一笑

古龍自署

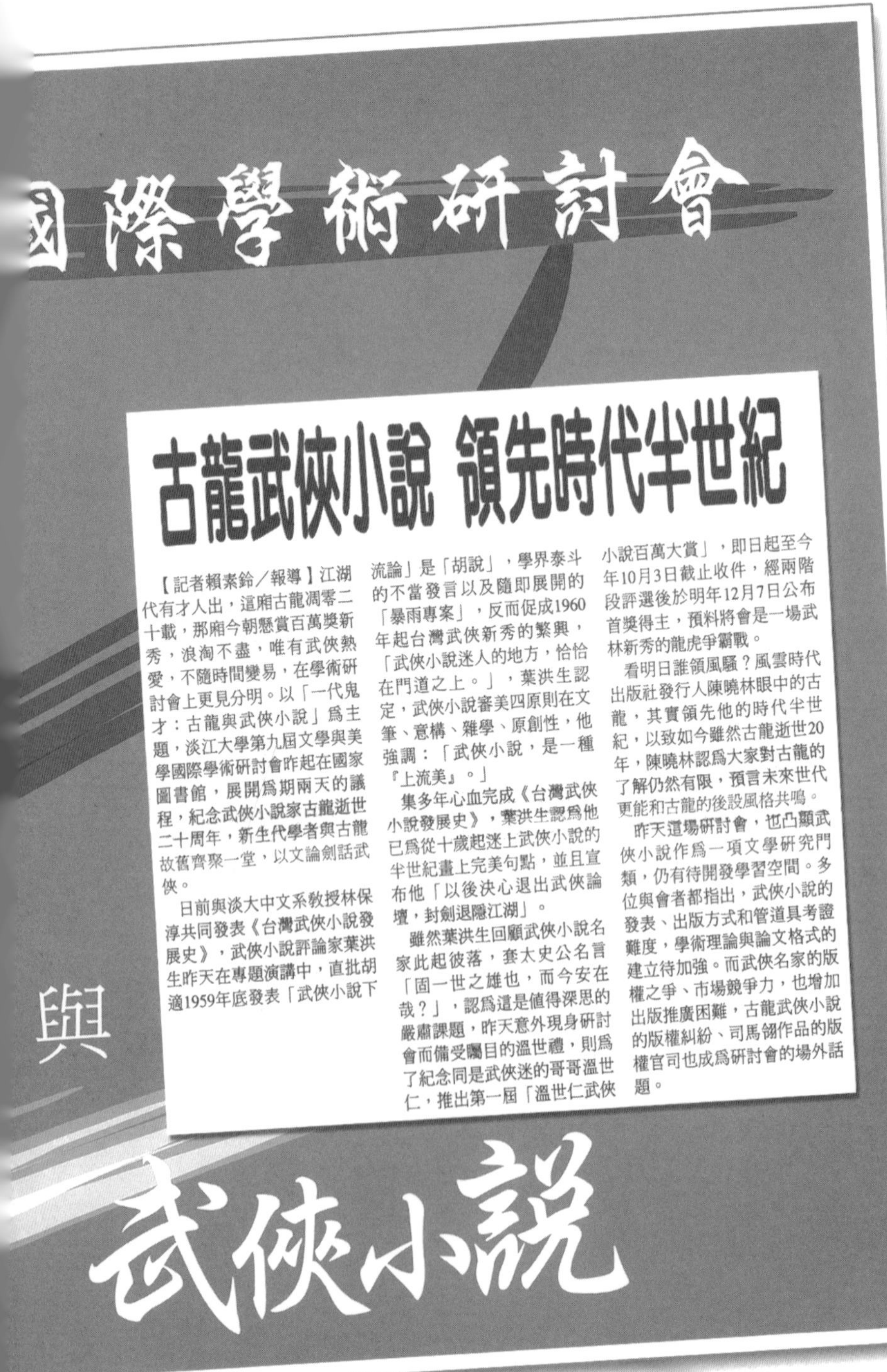

古龍武俠小說 領先時代半世紀

【記者賴素鈴／報導】江湖代有才人出，這廂古龍凋零二十載，那廂今朝懸賞百萬獎新秀，浪淘不盡，唯有武俠熱愛，不隨時間變易，在學術研討會上更見分明。以「一代鬼才：古龍與武俠小說」爲主題，淡江大學第九屆文學與美學國際學術研討會昨起在國家圖書館，展開爲期兩天的議程，紀念武俠小說家古龍逝世二十周年，新生代學者與古龍故舊齊聚一堂，以文論劍話武俠。

日前與淡大中文系教授林保淳共同發表《台灣武俠小說發展史》，武俠小說評論家葉洪生昨天在專題演講中，直批胡適1959年底發表「武俠小說下流論」是「胡說」，學界泰斗的不當發言以及隨即展開的「暴雨專案」，反而促成1960年起台灣武俠新秀的繁興，「武俠小說迷人的地方，恰恰在門道之上。」，葉洪生認定，武俠小說審美四原則在文筆、意構、雜學、原創性，他強調：「武俠小說，是一種『上流美』。」

集多年心血完成《台灣武俠小說發展史》，葉洪生認爲他已爲從十歲起迷上武俠小說的半世紀畫上完美句點，並且宣布他「以後決心退出武俠論壇，封劍退隱江湖」。

雖然葉洪生回顧武俠小說名家此起彼落，套太史公名言「固一世之雄也，而今安在哉？」，認爲這是值得深思的嚴肅課題，昨天意外現身研討會而備受矚目的溫世禮，則爲了紀念同是武俠迷的哥哥溫世仁，推出第一屆「溫世仁武俠小說百萬大賞」，即日起至今年10月3日截止收件，經兩階段評選後於明年12月7日公布首獎得主，預料將會是一場武林新秀的龍虎爭霸戰。

看明日誰領風騷？風雲時代出版社發行人陳曉林眼中的古龍，其實領先他的時代半世紀，以致如今雖然古龍逝世20年，陳曉林認爲大家對古龍的了解仍然有限，預言未來世代更能和古龍的後設風格共鳴。

昨天這場研討會，也凸顯武俠小說作爲一項文學研究門類，仍有待開發學習空間。多位與會者都指出，武俠小說的發表、出版方式和管道具考證難度，學術理論與論文格式的建立待加強。而武俠名家的版權之爭、市場競爭力，也增加出版推廣困難，古龍武俠小說的版權糾紛、司馬翎作品的版權官司也成爲研討會的場外話題。

第九屆文學與美

一代鬼

古

古龍兄為人慷慨豪邁，跌蕩自如，變化多端，文如其人，且復多奇氣，惜英年早逝。余與古兄當年交好，且喜讀其書，今既不見其人，又無新作可讀，深自悼惜。

金庸

一九九六．十．十一．香港

蒼穹神劍

下

古龍 著

古龍

古龍

真品絕版復刻 3

古龍真品絕版復刻說明

由於版權限制之故，本專輯「古龍真品絕版復刻」所集六種古龍最早期武俠作品，在台灣已絕版很多年，而本版推出後也不會再印行問世，故稱「絕版復刻」。此版本限量發行，只以饗有緣人。

殘金缺玉，碎鑽散翠，卻可由此透視後來光芒萬丈、膾炙人口的古龍武俠諸名著，其最根柢處的靈氣之源和俠情之始。凡對古龍作品有真正興趣、愛好的讀友，必會收存這個專輯，並可由此看出：當古龍將這些金玉鑽翠串綴起來時，是何等的璀燦奪目？

目錄

目錄

第二十八回
疑雲點點，劍蹤迷離
長笑聲聲，人跡撲朔

原來他觸手只是自己的背上骨肉，空虛無物，貫日劍竟不知何時失去，這怎能不使熊倜吃驚呢？

夏芸望見他丟魂落魄的樣子，也隨著怔住，再一看他背上的貫日劍不知去向，立刻明瞭是什麼事了。

夏芸想起昨夜和熊倜，在燈下解下來賞鑒這口名劍，當時曾說那繫劍鞘的絨繩快磨茸了，但是進入鄭州城內，熊倜還靠近轎子窗口上和她說些閒話，劍影尚在眼中閃耀，怎麼一進客棧就不見了？

以熊倜的耳目之靈敏，別人挨近他的身子偷去寶劍，他會發覺不了，那這人的身法武功不是十二分的了不起麼？

難道又是天陰教高手做的手腳？

熊倜貫日劍失而復得之後，一向十分留心，無如他心理上繫著許多難解的死結，而夏芸的傷勢又使他沒有一刻不是沉重的焦慮著，這應該是他失劍的最大原因。

熊倜也在努力回憶，這口劍可能在什麼時候失去！他想起快進鄭州城時，遇見那匹牲口上白髮婆婆所說的語，他本來判斷是天陰教高手盜去的，但又懷疑上那攜有銀色拐杖的婆婆，而這婆婆又恰好不前不後也投入這家客棧。

貫日劍固然不及倚天劍那麼重要，可是經崑崙雙傑的關照，夏芸述及江干二老的話，都增加了它的重要性。

熊倜懊惱的心情已是很難過了，而夏芸又笑笑說：「倜！你的劍……」

熊倜歎了口氣說：「我真粗心，如何對得起崑崙兩位前輩：塞外愚夫和笑天叟呢！況且江干二老也很重視雙劍！」

遂又問夏芸江干二老當時怎樣吩咐她。於是夏芸把那次怪老頭的話複述一遍，因為在白鳳總堂時，環境影響了心情，她還把那回事視為滑稽可笑呢。夏芸回味那怪老頭的話，似乎還很看得起她呢。

夏芸提及了銀杖婆婆，兩人都同時呀了一聲，尤其熊倜想及今天所遇的白髮婆婆，不是牲口上繫著一根銀色拐杖，而他的貫日劍又恰好在此時失去，這難道是一種巧合的事？又焉能與那婆婆毫無干連？

夏芸說：「真是怪事，我又上崑崙山找她做什麼？你那蒼穹十三式劍法，果然有些奧妙，白鳳總堂一戰，我才看出來，一柄別人送你的劍，丟了就丟了罷，它與倚天劍又有什麼關係呢？」

熊倜堅決的語氣說：「我要把它立刻找回來，雙劍都關係著武林中絕大的秘密，我不能忽視他們的話！」

熊倜是在竭力回憶著半日來所遇過的人，什麼人形跡最為可疑，最後他雙手一拍說：「一定是她！」

夏芸驚奇地發問：「你已經發現了線索？那麼你又要和人動手了！你相信可疑的人就在我們附近麼？」

熊倜微微一笑說：「芸，你好生安寢，不趁這偷劍的人尚未走遠，把它追回，時機一縱即失，但是我不願你替我操心，因為你的傷還沒痊癒，你可不能幫我的忙呀！」

這時，他倆的心情都很緊張，而恰在此時，窗外似有微風掠過之聲，又同時帶來一陣由近而遠的蒼老笑聲。

笑聲不類男子，尾音拖得很長，一陣風般已飄渺無蹤，這使他倆立刻神色一變。

熊倜以極快的身法，搶步出門，院中哪裡還有什麼人影，只有秋風拂拂觸面生涼而已。熊倜悵悵地望著空中半輪明月。

他極迅速的目光掠及側面廂房，那位白髮婆婆的住屋，燈光依舊照耀著半明的淡影，而各室中還有絮諾之聲。

熊倜傴伏著身軀，躡步挨近廂房窗下。不需要他多費周章，窗紙上風吹裂的口子不少，使他可以一目了然房裡的情形，連一點行李都沒有，室內空蕩蕩的，竟沒有那白髮婆婆的影子。

熊倜已感到極度焦急，那婆婆必早已聞聲遠揚，在他倆討論失劍的事時，他們沒有壓低話音，就是聲音低些，別人暗中竊聽，還是可以留心聽到的。這無異打草驚蛇，她自然要乘機一走了事，他倆真是極為愚蠢！

熊倜把一切責任都歸罪於他自己的粗心。

熊倜本想立即追下去，但是四方八面，應該向哪一方面去捉她？他是肯定了那婆婆就是偷他貫日劍的人！

她與江干二老所說的崑崙前輩銀杖婆婆，不可能是同一個人，因為若是銀杖婆婆，她無需採用這種手段，同時也不會因他倆一談及她，就立刻溜之大吉！但是她那一聲長笑，又代表著什麼意義呢？

熊倜覺得先回去安慰夏芸一下，然後向不可捉摸海闊天空的方向，盲無指針的撞一下，撞上了便是幸運。

當他回去向夏芸表示他估計的情勢，那白髮婆婆室中空空如也，顯已乘機離去，而正是笑他們懵懂無覺時，夏芸以懷疑的語氣說：「我看不會是她，她進客棧來時，顯然沒有帶著你的寶劍，而且她也沒有理由找來和我們碰碰頭的！如果真是她拿去你的寶劍，她應該遠避我們了。」

熊倜也認為夏芸判斷的有理，但是她何故偷聽他們說話？臨去時又何故發笑？除了白髮婆婆令人之可疑外，難道另外還有人在暗中注意他們？

熊倜這幾日來，每夜歇店以後，必為夏芸施功醫治一陣，肌膚相親，夾有一番喁喁的甜蜜情話。

今夜為此，將不能享受這旖旎風光了。

熊倜正向她說：「芸！無論如何，我今夜必須設法追上那可惡的怪婆子，她總是個值得懷疑的人物！你不要枯坐等候我，安心睡一宵！」

他又怕天陰教人密佈四周，那麼他一離開，夏芸手無縛雞之力，會落入魔掌之中。他躊躇了。

顧慮過多，往往使人失卻當機立斷的勇氣。

夏芸正向他揮揮手說：「不必關心我，祝你成功順利！」

恰在此際，屋頂瓦隴上面似有夜行人腳步壓下，接著又是一陣高朗而蒼老的婦人笑聲，笑聲因年紀大而蒼老，但仍然可辨出來是女人。這一片笑聲，卻和剛才那種笑聲，有些異樣。而老婦人的聲口又朗朗發話了。屋上的人說：「小子，你把你那口劍送出來吧！免得我再費事！」

屋上的人竟似知道他有一口貫日劍，或是倚天劍，而來登門索取，更不把熊倜看在眼裡。熊倜以為必是那騎牲口的白髮婆婆，不由得心神大震。就是夏芸也為之驚奇不已，熊倜多了這口劍，竟惹出無窮是非。

熊倜慌急中囑咐了夏芸兩句，他立即縮身縱出。

仰望房頂瓦隴上站著的人，卻不由怔了一怔。原來屋面上雖是個老婆子，卻是一身道士裝束，頭頂束髮圓形道冠，面如秋月，與白髮婆婆截然不同，年紀也只在五十五六歲左右。

老道姑雙目如電，向下面的熊倜，投下一瞥後，喝道：「小子，你那口劍呢？」

熊倜傲然答道：「你不配問我那口劍！你先把找我熊某的來意說說，若你是天陰教人，一切我全接著你就是了！」

老道姑愕然一怔說：「小子你竟信口雌黃，憑你這點道行，也不配用那威震武林的貫日劍，誰是天陰教人？你連崆峒老前輩秋雯師太都不認識麼？我取去你的寶劍，是恐你懷藏寶物惹禍上身，你還蠻機靈的，乘我一時大意又把它偷回來是麼！」

熊倜心裡好笑，你偷了我的寶劍，還有這一篇歪理，主人收回賊贓，反落個偷盜之名，這不是滑天下大稽麼？但是她自稱崆峒秋雯師太，難道也是武林中享有盛名的人物？崆峒也是武林五大宗派之一呀。

熊倜心裡又說：「你既自承偷去我的貫日劍，我倒要向你追問它的下落呢！」他忍不住飄身縱上屋頂。

熊倜對那個老年人是不肯失禮的。他一抱拳說：「秋雯師太，在下熊倜，蒙友人贈貫日劍，武當玉真道院會晤此劍舊主崑崙雙傑，笑天叟和塞外愚夫，也諄諄囑在下保管此劍。道長不問在下得劍來歷，冒然——」他本想挖苦道婆兩句，卻頓了一頓改換口氣說：「道長諒是一時和我開玩笑，現在怎卻反向我要它？道長鶴駕在何處歇宿，可容我隨去面承教益，把此劍取回麼？」

熊倜說出的話，非常溫婉得體。

老道姑面上卻僵住了，而且從面上一直紅到耳根，她本沒看出熊倜的武功，她認識這口名劍，在熊倜專心一意和夏芸談敘時，掐斷繫劍鞘的絨繩，把劍取去，混入人叢之中，不意又與那騎牲口的白髮婆婆相遇。任何名劍，都是練武功人珍惜之物，秋雯師太也不能例外。

秋雯師太卻不認識那個白髮婆婆，因為比自己輩分高，久不在江湖上露面了。秋雯師太得劍之後，心中狂喜，可是她又不慎，在不遠另一家客棧中，因一次去廁所小解，返屋之後，名劍得而復失。

秋雯師太以為熊倜是多少懂些武藝的小子，把劍偷回去，所以她竟找來登門索劍。沒想熊倜是經過名劍主人的法嗣塞外愚夫們交他保管的，這一來她面上如何掛得住？熊倜的話又非常合理，不亢不卑，讓她承認也不好，不承認也不妥，而這口劍現下又不知另歸何人之手？

秋雯師太怔了半天，勉強答道：「既是閣下得自友人所贈，又經原主人囑咐過，那老身是多此一舉了！閣下諒與崑崙派淵源頗深，可惜此劍又被人盜去！你隨我去又有何意義？剛才我見閣下輕功超人，武功確屬不凡。」她又以抱歉的口氣說：「一切歸咎於老身一身吧！如閣下能在鄭州小住三日，老身必設法找回此劍，原璧歸趙，以表歉意。」

熊倜忙說：「既如此，我願去道長住處，追隨查看一下，也許還有蹤跡可尋！怎敢麻煩道長一人呢。」

於是熊倜竟隨著這位老道姑，來至她所住客棧的斗室之中，自然室中不會留下什麼異樣痕跡，因為那口劍老道姑隨手放在床頭，她回房以後就無影無蹤了。而老道姑一雙銳利的目光，早把那客棧內各房間客人都窺察過一遍。

秋雯師太歉疚不安的勸熊倜先行回去，說：「閣下先回去照料你的同伴吧！倘若找得線索，需要你做幫手時，我再去通知你，因為這是老身的責任！」

熊倜於無意中提及崆峒派中的單掌斷魂單飛，老道姑立刻憤怒無比，一拍桌子道：「老身此次下山，正為懲戒這不肖的師侄！」

熊倜試探著問道：「秋師太不滿意他歸身天陰教麼？還有一位峨嵋女俠雲中青鳳柳眉，不知和你怎樣稱呼？」

秋雯師太皺皺眉說：「眉兒也被他攛掇壞了，眉丫頭是老身的徒弟，也是九天仙子繆天雯的外甥孫女，她幾次要把柳眉叫去她身邊傳授武功，我不得已答應的。可是單飛年紀和眉兒太不相稱了，他總是存著壞心思！」

老道姑又歎息一聲道：「單飛這人，竟助紂為惡，甘心做天陰教的爪牙，把我崆峒一派名氣丟完了！」

熊倜乘機把白鳳總堂的情形一說，老道姑霎著眼珠，似乎對尚未明非常感覺興趣，含笑問說：「尚未明是你的朋友麼？他為何溷跡綠林之中呢？」

熊倜聽出來老道姑和天陰教白鳳堂主繆天雯多少有些密切關係，他不能把武當派人動態明白說出，卻想藉這位崆峒長老，搭救尚未明，遂把尚未明行徑略略讚美了一番，並且說：「尚未明年少有為，志向不凡，而且武功也很有根底！他在兩河英雄會上，技壓群雄，被推舉為總瓢把子。」

老道姑歎道：「但是熊小俠與尚當家的，怎麼與天陰教人結下樑子？天陰教網羅群英，勢力已遍佈各地，確是不好惹的一股新興力量。天陰教人在江湖上有無惡跡？老身久不出山，年前才打發眉兒去見老姑母，以此毫無所悉，熊小俠能把所見所聞，詳細告知老身麼？」

熊倜頗覺為難，他對天陰教的內幕，也不算熟悉，又怕把天陰教人說得太壞了，觸怒老道姑。

於是他只把他所經歷過的簡括敘說一遍，如泰山荊州府武當山三處的情形，他順便把尚未明陷身天陰教的事，拜託老道姑設法援救。

秋雯師太已聽得大為忿怒，拍的一響，手掌拍在方桌上厲聲道：「熊小俠，你這些話當真？」

熊倜心說：「你暴躁什麼，我還有許多話不便說呢。」

熊倜客客氣氣的點著頭說：「確是如此。」

老道姑氣呼呼道：「我被他們一派花言巧語騙了！否則我可不能讓眉兒跟著她混，眉兒冰清玉潔，我要先把她接回崆峒。」又似想起了什麼，很抱歉的說：「以前老身隱居崆峒，從沒注意繆天雯的行徑！你那位朋友，我一定設法救他，並且看看這位江湖後起的英雄！」她又口裡念叨說：「塞外飛花三千式！」熊倜雖提及尚未明所擅長的掌法，卻不知這套掌法的淵源。

而老道姑卻連連念叨了三四遍，似乎她想起了一件事，眼神怔怔的望著面前的熊倜，臉上隱然掠過一層悽愴的暗影。老道姑不因天陰教人與她有交情，而泯滅了正義感，這已使熊倜異常欽佩。

老道姑突然神色一肅道：「熊小俠，你快些回去照顧夏姑娘吧！天陰教人邏騎四出，留在太行的一部份實力加上北方各地教徒都召集起來，傾巢而出，不日要經此南下了！老身立即替你尋一下貫日劍，盡三晝夜之力，若我不出頭緒，也只有——」

她以一聲長歎，來表示她的歉意。

熊倜則逆料貫日劍，十之八九，必又落入天陰教人之手，但他不願表示出他的猜度，熊倜也打定了主意，暫時住下，留心天陰教人蹤跡，不難找出蛛絲馬跡！他同時憬然醒悟，夏芸隻身在客棧非常可慮。

熊倜遂起立告別，但仍表示他自己可以留在鄭州，找尋貫日劍，請秋雯師太勿須費神。這是一種禮貌的謙辭。

老道姑卻搖搖頭說：「這事咎在老身，老身不能盡綿力，用不著多說，三日後必有佳音！」

熊倜以焦急的心情，馳回他住的客棧，夜靜更深，他施展潛形遁影輕功，自屋頂飄落院中，望見上房裡燈光微弱，落葉掠地之聲嫩嫩，這時北方的氣候，已黃葉滿地了。可是又使他大為吃驚。

當他剛剛躍落下去，腳尚未沾地之際，幾乎比他還要快捷一倍，閃飛過去一道黑影。

轉眼之間，這位夜行人已閃入上房之中。熊倜恰好慢了一步，門已呀然而開，他可以望見夏芸以腕支頤坐在燈下，夏芸顯然是枯坐等候他，熊倜失了寶劍，使她也不能減去煩惱。

夜行人在燈下湧現，那一頭白髮，更顯出她瘦削的背影，夏芸尖叫一聲叱道：「什麼人！快些出去！」

又呀了一聲道：「老婆婆是你！貫日劍原來在你——」

夏芸的話只說了半句，剩餘的幾個字突然噤聲不出，而熊倜已望見那人以極快的手法，點封了夏芸的穴道。

熊倜很直覺的想及天陰教人，那麼這人必將不利於夏芸了——怎能不使他驚駭欲絕？熊倜輕功之高，原是出類拔萃的，他又一縱已至門側，而這夜行人面目畢露，卻正是在鄭州城廂相遇的白髮婆婆。

這白髮婆婆是否天陰教人呢？熊倜心中起了疑問。

但這白髮婆婆身法快捷得出乎想像，她似已覺察熊倜跟著蹤來，她已把夏芸挾在腋下，態度非常從容，並不挾著她遠去，一旋身間，已把夏芸平平放在床頭，而床側桌上，則赫然放著熊倜那柄貫日劍。

饒是熊倜生性沉著，也不由大聲驚呼起來。

白髮婆婆面上略無惡意，嘴角微微泛起笑意，很快的掃視了熊倜一眼，左手連連擺動輕聲喝道：「你先出去！」

熊倜不知她是怎樣擺佈夏芸，況且貫日劍又在她手中，怎忍得住這亂跳的心，不搶過去奪回寶劍解救夏芸？

於是熊倜發出他從來未有的怒吼：「老婆婆，快些放開她！怎麼貫日劍又被你從崆峒秋雯師太手中偷來？」

白髮婆婆似乎迫不及待，不願回答他的話，只冷冷喝了聲：「小子不得無禮！」她的手同時很快的向夏芸身上各處大穴，嘭嘭嘭一連點戮下去。

這可急壞了熊倜，這些穴道，點中一處都可以致命，白髮婆婆竟如此心黑手辣，使他急出一身大汗。

熊倜猛然身軀暴跳，口裡大喝一聲：「老婆婆，我和你拚了！」以熊倜的輕功，一兩丈遠，一縱即至，但是他剛一腳下用力，突然一隻怪手從背後搭住了他的右肩。自怪手上發出一股強韌無比的力道，把他整個身體扳得向後倒退。

熊倜以為是白髮婆婆埋伏下的伙伴，正待雙拳向後面掄擊，他這兩膀之力，常人是吃不消的，熊倜天雷行功火候已深，內力貫注在臂上，數尺以內掌上勁風也可傷人，可是他又遇見了剋星。

熊倜剛一用力，搭在他肩頭的手勁力悠悠，按緊了他的肩井穴，使他身軀一陣痠麻，雙臂軟軟垂了下來。

一個很熟稔的聲口，在他耳畔喝道：「不許動！你敢向崑崙前輩銀杖婆婆無禮！」

熊倜聽出來是兩次教誨他恩比戴叔叔們的毒心神魔，心中可就明白了。毒心神魔指出面前就是崑崙銀杖婆婆，那麼當然不會是來害夏芸了！熊倜不明白毒心神魔和銀杖婆婆的關係，何故他老人家恰在這時出現？

但是毒心神魔已輕輕把他肩頭的手移去，又在他腰眼穴道上輕拍兩下，熊倜立刻身體緩和過來。

熊倜不敢再向白髮婆婆發橫，他慌忙旋轉過身子，欲待向侯生行禮拜謁，眼前只見飄飄然白色高大身影一閃，已飛出對面牆頭之外。而白影臨去時一串兒極清晰的話，注入他耳鼓之內，道：「倜兒！一切聽候銀杖婆婆安排，倚天劍的秘密你可以向她請教吧！三月後峨嵋再見，老頭子要看看熱鬧，有常漫天夫婦幫助你，諒可把它收回！但是神物有主，我老頭子保管了二十多年，更是你一件奇緣呢！」

毒心神魔又飄然而去，為什麼他不和銀杖婆婆談談呢？這是熊倜無法理解的事，只侯生這次對他毫無責難之辭，反而希望他去峨嵋奪劍，三月後毒心神魔將暗中幫助他，使他非常欣慰。

熊倜又想起崑崙雙傑江干二老的話，立刻對眼前這位銀杖婆婆，油然而生無限的敬意，這麼許多神奇的高手，如此重視雙劍，而自己卻能做雙劍的主人翁，這又是什麼道理，難道他是個幸運的寵兒麼？

當熊倜扭過身來時，看見銀杖婆婆，已端了一杯溫茶，撬開夏芸的唇齒，把另一隻手中三粒紅光閃閃藥丸，塞入夏芸口中，咕嘟咕嘟，灌下去。

熊倜再笨，也會領悟銀杖婆婆是替夏芸治傷了。

熊倜懷著敬慕感激之情，垂手走向她身畔，肅然站著，行禮說：「崑崙老前輩，晚輩熊倜拜見。老前輩是為夏姑娘醫治內傷吧！尤其使我衷心感戴！」銀杖婆婆枯瘦的臉上，露出無限慈祥之色。

她正雙手在夏芸各大穴上，緩緩揉摩，似乎不便開口回答，含笑點點頭，示意他暫時不要絮叨。

熊倜以極恭敬的態度，低聲敘述倚天貫日雙劍得而復失的前因後果，以及江干二老的垂示，武當派撒英雄帖對付天陰教，塞外愚夫等的囑咐等等，他不厭詳，娓娓而述，又略說明夏芸的父母與她嬌慣的性情等。

銀杖婆婆聽來似頗為滿意，尤其兩次說及江干二老時，銀杖婆婆表露出一種肅然起敬之色。

銀杖婆婆停住了手，雙手緩緩移開，微微喘吁了一口氣，又向夏芸睡穴輕拍，使夏芸呼呼進入睡鄉。

銀杖婆婆才笑向熊倜說：「我最喜歡夏芸這個女孩子，同時自然連帶的要調教調教你了！你經過飄然老人三年的培育，想來他不會看走了眼，目前武林浩劫，就應在你身上了！倚天劍也是崑崙舊物，應早日設法取回！」

她又說：「夏芸姑娘，服過老身配製之藥，陰煞掌寒毒可於七日以後，完全除去。這七日內切勿令她運用氣勁，與人搏鬥，否則又須費多日調養了。待老身把調過氣血排除餘毒之法告訴你，轉教她自行療治吧！」

熊倜又欣然拜謝，銀杖婆婆道：「還有雙劍合璧之後，你可率領芸姑娘來修南山子午谷見我！須待雙劍妙用傳授以後，方可蕩平天陰教餘孽。」

熊倜唯唯應是，他又問：「江干二老兩位老人家，究是何派高人，望老前輩示知！」他又將江干二老賜信他的一張折皺了的紙，自身上取出，呈與銀杖婆婆過目。

銀杖婆婆把張紙平展在桌上，細看了紙上的線紋，呵呵一笑道：「原來是這麼回事！你且收起來，以後再給你解說吧！至於這兩位老人家，行輩甚高，五十年前就如神龍一般，時隱時現，老身也不能確定他們是什麼來歷呢！」她又正色道：「崑崙一派，上次太行山一役，門下傷亡殆盡，只餘方堯兩位師侄，想不到將在你身上光大宗門呢！」

熊倜已經拜過毒心神魔，飄然老人家兩位本領絕高的師傅，銀杖婆婆言下頗有把他收入崑崙門牆之意，熊倜遲疑了一下，不敢立即應承，他不知毒心神魔是否喜歡他這樣做！再拜別人做師傅。

熊倜還有許多不明瞭的卻不敢一一細問，因為在長輩面前，這樣是失禮的。他恭聆銀杖婆婆指示，關於夏芸如何調治之法，牢記在心。

銀杖婆婆欠身而起，微笑說：「一切安排得很妥當，我要走了！你好好照顧芸姑娘吧！」她翩然出室。

卻又一停腳步，皺皺眉說：「你是不是送她回關外落日馬場？」熊倜自然應了一聲

「是」。銀杖婆婆微微歎息道：「那你還要小心，路經太行山時必會惹出麻煩！而且那老怪物居然沒有死，竟在此時突然出現了！」

熊倜摸不著頭腦，不知她所指的老怪物又是什麼人？

熊倜看了床前桌上的貫日劍一眼，肅然請示說：「這口劍呢？」

銀杖婆婆笑道：「自然還是你暫時佩帶，它對你有很大用場呢！我發現崆峒秋雯老道婆，順手牽羊取了你的劍，夜間去找她，恰好見天陰教一個老傢伙乘機自她房中盜走，我追下去制服了那個老傢伙，才把貫日劍帶回來的。」

熊倜聽說天陰教人，又在此間活動，不勝驚訝，難道他們消息這麼靈通，又派人跟綴他和夏芸麼？

熊倜又問盜劍的是什麼人，銀杖婆婆笑說：「你不是和他交過手麼？就是那個老不死的仇不可。」

銀杖婆婆說完，就翩然離去。

熊倜立刻又增加了一番戒心！

第二十九回 名馬歸來，美人生色 令旗所至，俠女驚魂

銀杖婆婆走後，熊倜剔亮了殘燈，看夏芸香夢方酣，雙頰綻著兩朵極美麗的梨渦，熊倜輕輕替她蓋上一條棉被，他自己也另上別床睡下。

大半夜的折騰，使他睡得十分甜美，只是他既知天陰教人在側，心情自然存了警覺，而夏芸獲銀杖婆婆妙藥醫治，使他更為欣慰。

夏芸反而先睡醒了，夏芸喚醒了熊倜。照例的梳洗過後，熊倜把昨夜銀杖婆婆替她治療，以及七日內應如何調養之法都告訴了夏芸，又問她：「芸！你身上覺得怎樣？」

夏芸這一覺醒來後，只覺體健身輕，周身骨節裡已消失了那種痠軟的感覺。她也想起昨夜白髮婆婆闖進來的情形，她只覺眼前人影一晃，心裡已迷迷糊糊，被人挾放在床上了。夏芸欣然笑說：「老婆婆真的讓我去終南山麼？這次離家漫遊，才知道我的本領

比不上別人，老婆婆喜歡我，我會跟她再學些高深功夫。我要把四儀劍客一一敗在我的手下！」

熊倜道：「四儀劍客並沒有錯，他們只做的太過分些！」

夏芸一嘟嘴嗔道：「算了，都是我的不是，我吃了多少苦頭，從武當山溜下來，只討得一碗豆渣吃……」

這女孩子越說越氣，眼圈兒都快紅了，熊倜慌忙軟語溫存，柔聲勸慰，又問道：「你試試看，可以運用氣功了麼？」夏芸柳眉一挑，嘴角綻開了笑容，她欣喜得跳起來說：「銀杖婆婆真是一位神仙！」

原來夏芸一試體內，各處暗穴脈絡暢通無阻，真氣凝聚，抱元守一，隨心所欲，她那一身功夫又恢復了舊觀，怎不欣喜欲狂呢。

已經保有的東西，往往不會珍重它，一旦失而復得，那比未失以前還要快活十倍！夏芸立刻嚷道：「倜！你快去替我買匹馬，誰耐煩坐那悶死人的轎子！」

熊倜也陪著她，分享了無限的快樂，但是想起銀杖婆婆的話，忙又囑咐她七天之內，切勿耗用真氣和人動手，熊倜猛然觸想起一件事，他不願再隨夏芸遠赴關外，現在她的傷已經好了，去關外不是多此一舉麼？

況且尚未明尚在難中，峨嵋倚天劍亟待收回，需要他立即去辦的事太多了，於是他以溫軟的聲口，勸說夏芸暫勿回落日馬場！夏芸卻瞅著他低聲說：「你應該跟我去見見我的爸媽，也好決定我倆……」

熊倜故意說：「決定什麼？你說明白些吧！」

對著柔情似水的夏芸，熊倜能不銷魂麼？

夏芸一撇嘴，道：「你……你裝腔什麼？哼，我一輩子不理你呢！」熊倜突然神色一震，他又想起了虬鬚客——寶馬神鞭薩天驥，這可恨的仇人！他一念及戴叔叔，立刻決心隨夏芸前往落日馬場了。

可是他眼光中不自覺露出一種肅殺之氣。

熊倜說：「隨你說吧，應該決定的我們就把它決定吧！路已走了一半，又何必中途折回去呢！」

夏芸才略為回嗔作喜，但是熊倜又想起了一件事，貫日劍既已歸來，不可不通知崆峒秋雯師太一聲，何必讓她再茫無頭緒的亂找呢！

熊倜告訴了夏芸，昨夜會晤老道婆之事，夏芸武功業已復原，她是好動不好靜的，她跳起來說：「那我倆一起去見見她。」

他倆並肩走在街上，熊倜按照昨夜的方向位置，遍問這一帶的客棧，果然找到了那老道姑所住宿的客店。

但是那秋雯師太卻早已匆匆離去，她飄然一身，既無行李又無伴侶，店伙計也不知她幾時歸來，甚至她一去不返也有可能，這使熊倜非常歉疚與悵惘。

老道姑偷去他的劍，固然居心可鄙，但既已覿面相識，沒有理由讓她再茫無頭緒去尋找這已收回的寶劍，這根本是不可能了，豈可累她四處奔波？

熊倜本想在客店中守候一陣，但夏芸是沒有耐心的，她認為：「理她呢！誰讓她起了貪心！應該自取這種麻煩呀！」

熊倜看出夏芸的心意，他只有陪伴著她走出客店。

夏芸突然向遠遠兩匹奔騎一指，呀然說：「那不是我的大白麼？怎麼會來到中州，落在那人手裡呢！倜！我記得我的馬是在鄂城客棧中呢！」

熊倜才注意南方百餘步外的那兩匹馬，一個赤紅臉相凶橫的漢子，騎在一匹棘紅色馬上，他另外牽著一匹通身雲白的高頭大馬，那白馬昂首揚鬃，縱聲長鳴。

熊倜也認得那就是夏芸的大白，後悔自己只顧和尚未明追蹤前往武當，竟把夏芸遺留下的神駒忘掉！

對於夏芸的話他覺得非常抱歉，他說：「真糟，你被四儀劍客架走，我就急得頭昏！經過甜甜谷武當山兩次激鬥，把什麼也忘掉了！你認清楚果是你的大白麼？」

夏芸一拉熊倜的手說：「快追，我一定要把大白追回來。」她突然向南方飛奔，把熊倜拖得隨她一口氣跑下去。

熊倜因為她內傷初癒，不應多耗真氣，以免影響了功力的恢復，他輕聲勸她：

「芸！你內傷初癒不可過於勞累！」夏芸嬌笑吟吟，聲如笙簧乍起，銀鈴微震，她說：「我不怪你，你當時也急壞了，不過現在可不能放過，大白是我從小騎慣了的，關外有數的名馬呢！」

熊倜想勸她不必為一匹馬奔馳，況且就是她的大白，諒也是輾轉經過許多人轉賣，否則不會又回到北方來，假如馬主也深愛此駒，豈不要經過一番交涉，又怎能硬把牠要回來呢？

但是他深知夏芸個性非常要強，只有順著她的性兒。

他倆一直追出城廂，順官道又向南奔馳，但是他倆因對話略一遲延，前面那漢子已馳出很遠，遠得只能望見馬後的一團輕塵。

夏芸心裡極不自在，她撇起小嘴，前面恰好一片黑烏烏的樹林，路上行人又絡繹不絕，竟把她的馬追得看不見了影子，眼前卻左右兩方各出現一條叉路，向西去那面隱現一座瓦舍村落，距官道不及半里。

叉路旁有個鄉下佬擺攤子賣零食，他倆遠遠望去，南行大道上不見騎影，究應從哪條路去追呢？

夏芸也怔住了，她喘吁著問他：「倜！我們應該從哪一條路追？」

熊倜心說：「你教我怎樣答覆呢？我不是和你一樣沒看見馬去的方向！」但是他可不願使她失望，而眼前恰好有這個鄉下佬可以問問。

熊倜遂勸她暫時歇腳，他上前向那鄉下佬詢問，他把那兩匹馬的特點，馬上漢子的服飾年貌說一遍。

這老人應該是附近村莊的人，他聽了熊倜的話，臉色一變，先把熊倜這英氣逼人的小夥子，打量一番，眼光又移向夏芸的身上，他聽出他們是外路口音，詫異地反問說：「你打聽人家做什麼？公子認得他麼？」

熊倜很難回答，他微微搖頭，他說不出任何理由。

老人歎氣說：「最好不要惹他，你們既是外鄉人，諒必和他沒有什麼瓜葛？」他還東張西望，似乎非常畏懼那漢子。

夏芸霍地跳下來說：「老頭子！那傢伙搶了我的大白，快說他往哪條路走的，不要吞吞吐吐驚悶我！」

老人翻翻眼珠，皺眉說：「大白是那匹白馬麼？姑娘，我勸你忍口氣，他不好惹的！一匹馬所值幾何，犯不著太歲頭上動土！」

夏芸雙目一瞪，殺氣迸射，她更加不耐煩了，吆喝著說：「你說吧！我們的事用不著你擔憂！」

老人心說：「這位姑娘可真橫呢！」他又看見熊倜背插寶劍，夏芸也腰裹長鞭，顯然都是練家，但是他始終不相信兩個倚年玉貌少年男女，敢去碰一碰這中原有名的一雙惡徒，他見夏芸目射凶光，這才諾諾連聲道：「好了，我說說說！只是不關我的事，請別把小老兒抖摟出來，那紅臉漢子騎馬還牽著一匹馬，他就是西面那梁家寨人，赫赫有名的赤面靈官王鈺，那匹馬怎麼來的——小老兒可不清楚！」

夏芸得到了滿意的答覆，她不再逼問他了！

熊倜估料這赤面靈官王鈺，必是這一方著名的強梁惡徒，所以這鄉下佬害怕成那種樣子。他正待和夏芸一同走向那個村莊，身後又一片鸞鈴聲喧！遠遠馳過來一群快馬，陡然使他吃了一驚。

因為馬上幾全是黑衣勁裝的壯漢，其中一位身高八尺以外面貌黝黑，活像廟裡周倉的大漢，體格魁偉之極，虬筋粟肉，豹頭環眼，尤其惹人注意的是他背上那柄四尺多長的長柄開山大斧。

那巨斧連柄用精鋼鑄造，表皮髹了一層金，分量是特別重，可想而知使用它的人膂力是如何的驚人了！

其中唯一一位普通服色的壯漢，容貌之醜，是要從閻王廟泥塑的小鬼裡面才找得出來，頰上不規則的幾片藍色大疤，而身材卻較為瘦小，嘴有些尖，雙耳也尖尖聳著，幾乎活像個鬼子腦袋。

夏芸閃在熊倜身後，又有那鄉下佬在旁，因此她只暴露出一身苗條婀娜的線條而面貌卻遮住了。

否則這一群馬上的暴徒，又要垂涎她的國色天香，而惹起一場風波了。這些人無疑是天陰教徒。

那面生藍疤的人，正裂著獠牙突出的大嘴，怪笑格桀，向背巨斧的大漢說：「黃堂主威名遠震四方，現又在天陰教獨掌分舵，誰不景仰你這位黃河一怪！竟肯和愚兄弟下交，我藍面鬼王鎰，真是三生有幸了！」

原來那背巨斧的人，竟是名震遐邇的黃河一怪巨靈斧黃滔天，就連熊倜也久聞大名呢，怎不為之一震？

巨靈斧黃滔天笑聲上澈雲霄，連口稱讚藍面鬼王鎰，赤面靈官王鈺兄弟倆的武藝，並以懇切的口氣說：「賢昆仲成名武林，又是少林本寺達摩院洗塵老法師高足，黃某也久想識荊了！以閣下這身硬功夫，江湖上是很少敵手呢，本教竭誠歡迎賢昆仲攜手合作，在本教是錦上添花，對少林一派來說也可報復武當各派的舊仇了。」

巨靈斧傲視群倫，語無遮攔，在這曠野裡，他更無所顧忌，顯然是要遊說少林派人，加入他們的天陰教了。

可是那藍面鬼，經他一番恭維，幾乎輕飄飄的被他捧上雲端，樂是樂得心花開放，而卻不敢冒然答應參加天陰教，他雖是少林派的俗家弟子，而少林派作風是清律謹嚴，從不輕易參與武林爭端的。

少林派自然有他的苦衷，因而約束門下非常之嚴。這王氏雙豪，偷偷的做些欺凌善良的事，並不敢做出太大的惡跡，更不敢答應黃河一怪邀他入教的話。只是唯唯諾諾，不置可否而已。

黃河一怪也看出他滑溜不肯上鉤，那麼他這件使命就無法完成，他繞著大圈子換了個方式笑說：「其實本教也是為武林同道謀福利，和爭取自由呢！武當和點蒼各派把江湖道兒壟斷著，使同道幾乎不能生存，老是受他們的惡氣，何時才能出頭。這不必多說，少林派也隱忍吞聲很久了！閣下何嘗不曉得。」

他們大笑大說，一群快馬，已自北面越過熊倜身畔，他們正談得起勁，並沒注意路旁這兩個英俊少年。

那些簇擁黃河一怪的下三流把式，看不出熊倜的功夫，他們又團在四周，遮住了黃河一怪的視線。

可是巧合的事又發生了。

自南面官道上揚鞭飛馳過來一騎，而馬上正是個千嬌百媚的少女，她穿著一身天青色勁裝，腋下懸著寶劍，人生得美到無以復加，而面孔卻冷於冰霜。

她不時瞻前顧後，像怕有人追躡她。

熊倜和夏芸目光一瞧那少女，立刻又起了一團疑雲，他倆都認識她，她是迎接熊倜去荊州府的崆峒雲中青鳳柳眉啊！她既是天陰教徒，何以又不穿那種白色異服？而遠遠北上，又是奉了什麼使命麼？

總之，鐵面黃衫客，黃河一怪，白鳳堂的少女都出現過了，那麼熊倜和夏芸顯然又要陷入天陰教人的重圍了！

黃河一怪，拍馬直迎上去，在馬上一拱手說：「白鳳堂柳香主，芳駕匆匆北來，諒必有重要使命，黃河道分舵不能不盡地主之誼，如有需黃某協助處，就請柳姑娘吩咐吧！」

這一群人在前面把熊倜等擋住，雲中青鳳只在遠處望見極像是夏芸和熊小俠，她一臉慌張之色，她唯恐黃河一怪是知道她已竟叛教，故意留難她。果真如此，那她是不能輕易闖過去的。

雲中青鳳面上裝出十分鎮定，但是她目光仍然閃閃不定，這是任何人在掩飾自己的心情下不能免的。

雲中青鳳遂想儘快的敷衍他兩句，以早早抽身離去為妙，她表示是回太行總壇一行，至於奉有什麼使命，那她故意神秘著，好像不便奉告。以雲中青鳳的絕色麗質，在天陰教下是無人不垂涎三尺的。

黃河一怪，縱橫江湖十餘年，年近四十，在天陰教下原可替他撮合個年貌相當的女人，但是白鳳堂稚鳳壇中他最渴慕朱歡和雲中青鳳二女，而兩女年齡比他小了一倍，是不會喜歡他的。

平時他遠在洛陽，執掌黃河道分舵，是沒機會和她親近的，這時猝然相遇，正是他獻殷勤的好機會，他如何肯放雲中青鳳走去？至於江南白鳳堂發生的事，他雖經黃衫客告知，卻不認識熊倜和夏芸。

再者他並不知悉雲中青鳳是叛了天陰教，因為仇不可並沒提及這回事，仇不可這次北上，奉派有極重要的任務，他將集會北方和東西關外各地的天陰教徒，率領著南下和各正派人士一較短長，他們的聲勢是極為龐大呢。

巨靈斧黃滔天也素聞雲中青鳳冷豔之名，誠恐稍有失態，要會引起反感，也足恭諂笑著說：「柳香主自江南總堂北來，在下還有許多事請教，官道上不便長談，我想借地一談，這位是梁家寨馳名遐邇的王氏雙豪——少林派洗塵法師法嗣藍面……」他似不願說出這個鬼字，改口說：「這位是王鎰大俠，極為好客，敢煩香主同往王大俠家中，在下借花獻佛，王大俠新得寶劍名馬，設筵相邀，香主也可稍卸征塵，暫為休息一下呢！」

他說得非常委婉，實則不過想多套些近乎，略親芳澤。

那藍面鬼王鎰，這一雙賊眼，直勾勾的瞄著雲中青鳳，他何曾見過這樣傾城絕色佳人，嘓嘓咽下去許多唾液。

而雲中青鳳則始終面罩寒霜，不唯正眼看這可厭的藍面鬼，就是巨靈斧黃滔天，她也漫不為禮。

雲中青鳳超越了一般少女矜持的限度，她的丰神是更含有極高貴的氣息。但是她隱忍著，唯恐脫不了身。

她見黃河一怪，語氣中似不悉她叛教之事，態度不似初到時那麼緊張了。她從人縫中偷偷瞧著夏芸。

夏芸和她在白鳳總堂中相識，雲中青鳳落落難合的性格，夏芸則是心高性傲，兩人自然保持著一段距離，而無法親近呢。

柳眉是羨慕而兼妒嫉她和她的情侶，鶼鰈雙飛，而柳眉呢，正為著她的心上人懸著一份沉重的心事。

妒嫉推廣到別的情侶頭上，這真是女孩子心理微妙的地方！

雲中青鳳對於黃河一怪所表現的醜態，她不屑嗤之以鼻，因為她是冷酷而寡言的習性，她只以一聲輕哼，和搖搖頭，表示拒絕他的話，她把韁繩一帶，偏過頭去，準備催馬離去。這一下連藍面鬼王鎰都急壞了。

藍面鬼胸無點墨，十足的粗手笨腳，他大張口叫道：「柳俠女，你這是瞧不起我藍面鬼了！彼此雖是初會，可都算是武林同道，柳俠女崆峒名手，不賞給我兄弟們個臉，王氏雙豪從此在江湖上字號叫不起來了，容在下薄備一席水酒，略盡地主之誼！」

他這一番話，若是向江湖好漢表示殷勤，他還可說得過去，但是對方是個妙齡少女，未免擬之不倫！

這還是他嘔盡心血，挖空了心思，想出來的江湖客套話，平日慣用的粗話，虧他能沒順口帶出。

雲中青鳳並沒有給他任何反響，因為她覺得回答這種無聊的莽漢的話，那更降低了身分，於是她理也不待理他。

黃河一怪真不敢得罪她，雖想留她卻找不出理由，論武功黃河一怪是比雲中青鳳高多了。而且天陰教還有許多規矩，你不能對於稚鳳壇一個未婚少女有非分之想啊！但是不巧的事又遇上了。

恰好自南面飛馳過來一位黑衣勁裝的人，他在馬上不住的拭汗，顯然他神態疲倦已極，滿面風塵之色，經過多少天的奔波了。這人望見黃河一怪，正好交差，他不由張口叫道：「黃舵主！龍鳳令旗到！」

黃河一怪立刻神情一肅，而隨在他身畔的七八個教徒，都一字向南排開，跳下馬來，垂手恭立，雲中青鳳也聽見了這句話，更是嬌容慘變，黃河一怪招呼她說：「柳香主！快接令旗！」

當南來的漢子，把令旗自黑色綾子錦囊中取出交與黃河一怪，那張怪旗上面，只有：「一體緝拿叛徒柳眉」幾個字。

官道被這一群人擺滿了，雲中青鳳的馬衝不過去，她略一遲疑，驟然拍馬向西面叉路馳去。

雲中青鳳知道龍鳳令旗，是傳令天陰教各地分舵的唯一信物，而且必有緊急事態，她原沒想到那令旗上竟專為緝拿她呢。

黃河一怪裂嘴大喝：「叛徒柳眉，往哪裡逃走！還不與我下馬受縛！」他顧不得和藍面鬼招呼，一拍馬頸，當先向叉路上疾追緊趕，而那些天陰教徒，也哄然上馬，各亮兵刃，如臨大敵，隨著黃河一怪馳去。

那傳令的天陰教徒，拭拭汗珠，把令旗依舊收入懷中，他依舊跨馬北上，繼續他未完成的使命，傳令各舵。

那藍面鬼為這奇異的場面怔了一怔，這自然是天陰教本身的事與他無關，但是他卻替雲中青鳳焦急，讓天陰教人把她擒回，其結果不問可知，藍面鬼起了憐香惜玉之念，他要設法救她了。

憑藍面鬼這微末字號人物，他敢和勢力滔天的天陰教作對麼？藍面鬼的行動，可以答覆這個問題，他也拍馬追下去了。

眼前這一幕，使熊倜和夏芸為之驚奇不已，雲中青鳳為什麼又要脫離天陰教？諒必有她的難言之隱了。

這女孩子高貴的氣度，出塵的丰姿，使熊倜不禁為之生了憐惜之意，他突然想起尚未明說的，雲中青鳳指示他們不可吃天陰教人的茶酒，又贈給解藥，難道這女孩子真個有意於尚未明麼？

熊倜不能表示急於去救她，因為他知道女孩子的心理是難於捉摸的，他以輕鬆的口吻說：「我們快去那梁家寨找你的大白，順便也可救救這個逃出天陰教的女孩子！」夏芸秀目瞪視他的面上，想從他面上找出什麼蹊蹺似的，她目光的尖銳，足使熊倜為之一震！

夏芸放刁的說：「那你為什麼剛才還不願我追我的馬呢？現在就急壞了！」

熊倜陪笑說：「難道你不想追回大白麼？你不要——」他說不出適當的字句，而代之以附耳兩聲悄語。

夏芸滿意了，於是他倆提步向西疾馳。

往西去距梁家寨的村門是很近的，很窄的一條車路，兩邊一半是青紗帳起的玉蜀黍田，綠油油長有一人高，另一半是收割過果食長滿了野草的田地，雲中青鳳不能順這條路逃竄，若順路入村，就要逃不脫了。

她帶起馬頭，在荒田中急竄，但是田裡荒草野蔓，還有不少荊棘，她策馬奔馳到田塍盡頭，卻被一條兩丈來寬小河阻住。於是後面的黃河一怪等展開扇形的包圍圈，把她攔截在小河岸上。

黃河一怪示意他手下的人暫勿動傢伙，他怕傷了這位美人，他把那柄巨靈斧交在左手，在馬上閃露著一片隱藏野心的奸笑，說：「柳姑娘，你不是本教的柳香主了！現在我和姑娘開誠相商，只要姑娘——」他又奸笑了笑，說：「我黃河一怪心儀姑娘已久，恨不能為你效點微勞，姑娘重入天陰教人手中，那結局是不難想見！只看姑娘願意走哪一條路！在下倒願和崆峒一派留個交情！」

雲中青鳳本以為山窮水盡，免不了一死相拚，希望很微，但是還有一線逃生的希望，卻被他這種不尷不尬的話說得更加氣憤，她臉上的顏色變得更如凍僵了的石像，柳眉冷哼一聲說：「黃滔天！你原是黃河道上的豪傑，既甘心做天陰教的走狗，廢話少說，你就執行龍鳳旗令吧！」

雲中青鳳凜然不可犯的神色，她把寶劍亮在手中，挽起了一大蓬劍花，靜候著黃河一怪動手過招。

黃河一怪卻依舊目注著雲中青鳳，他那貪婪而懷有惡意的眼光，更加觸怒這位冷酷高傲的女孩子。

黃河一怪假惺惺說：「龍鳳令旗，令下如山，不過我黃滔天還有種擔承起來這件事，左右都是在下的親信，只要姑娘留下一句話，黃滔天立刻拱手送行！」

雲中青鳳外冷內剛，她更是任何惡勢力不肯低頭的性子，否則她也不會決心脫離天陰教了。

雲中青鳳一晃手中寶劍，青光閃閃，她冷笑一聲：「那請問問我手中這個伙伴！」

這時小河對岸一片荒蕪的原野上，正有一個紅臉大漢，暴跳如雷，和一匹牲口在苦苦的拚鬥。

那是那個王氏雙豪——赤面靈官王鈺，他買了一匹公認為的劣馬——也就是夏芸的大白，他還算識貨，他認出那是一匹千里神駒，他試著去制服牠。

他被那匹神駒，狂踢亂蹦，滾翻了七八次，跌得滿身是傷，但是這匹蒙古種神駒，是忠心耿耿於牠的主人，任何人也不服從，牠拚了鞭打，忍受饑餓，使一般馬販子對牠毫無辦法，以低廉的價格輾轉售入赤面靈官之手。

赤面靈官得了這匹無法駕馭的劣馬，他偏要憑藉一身橫練功夫，和牠一較身手，虧也吃夠了，還是控制不了大白。目前正在秋郊試馬，他已使盡了他的周身氣力。

那匹神駒，昂首向天，發出悠長的嘶鳴，馬身上的汗水，潛透了雪白的毛，牠像是表示著牠的尊貴。

赤面靈官又一個「燕子翻雲」，雙足一併，縱上了馬背，他是嘗過這匹劣馬的苦頭的，不敢怠慢，雙手牢牢拖住馬頸，用帶鐵刺的馬靴，一夾馬腹，鮮血從馬腹上汩汩流下來了，他以為這一次可把牠制服住了呢。

那匹白馬卻忍痛長嘶了一聲，一雙前蹄騰起，馬首左右擺搖，想摔脫背上的壓制者，牠人立著和赤面靈官掙扎，赤面靈官全身伏在牠背上，雙足仍然套在鐙裡。

夏芸和熊倜也跟蹤來至這片荒地上，她一眼看見她的大白，正在赤面靈官鐵蹄之下掙扎，她心裡何等憐惜，也氣憤得臉色變為鐵青，而熊倜卻注視著雲中青鳳的安危，他覺得黃河一怪，非常討厭。

他正借著優越力量，要脅這位崆峒女俠。

夏芸已自他後領上揪了他一把，笑說：「管人家的閑帳，快隨我去把大白牽回來！」

熊倜也自覺失態，他雖已向夏芸解釋明白，但仍恐夏芸懷疑他的舉動，而雲中青鳳又生得那麼漂亮，不讓他的夏芸獨擅其美，將來或者還會引起尚未明的誤會呢。但是若黃河一怪，真要向雲中青鳳下毒手，他仍不能坐視不救！

熊倜隨夏芸溜至小河岸邊，黃河一怪等都沒注意他們，固然有兩個生人出場，在視線中出沒，但是黃河一怪更沒功夫理會這兩個少年，他正威風凜凜的在馬上靜候雲中青鳳的垂青。

夏芸打了幾下手勢，捏著嘴唇，噓起了一種奇異的嘯聲，這是她從小操縱她的神駒的本領。

那大白和敵人翻騰旋轉，牠聽見了牠所熟悉的聲音，滴溜溜在當地滾轉過來，可憐的赤面靈官，陪著牠在泥地上翻滾著，而大白回頭望見了牠的主人，一聲長嘶，尾巴刷的左右揮舞。

牠如果會講話，恐早已要叫喚主人了，牠興奮得拖著半掛在牠背上的王鈺，四蹄起伏跳躍，箭一般向河這邊竄來。赤面靈官受了不小痛楚，他樂了，他以為是這匹神駒被他馴服了。

赤面靈官剛剛爬上了馬鞍，那大白恨透了牠背上的人，牠不能讓這蠻橫多力的傢伙，安坐在背上。

大白突然前腿一蜷，後足隨之一蹺，龐大的身子，直朝著一株遍生芒刺的棗樹橫倒下去。大白真是會計算敵人，牠自己並未碰上棗樹，而恰好使赤面靈官上半截身子接觸了那一蓬長滿硬刺的樹枝。

赤面靈官是過分樂觀而鬆懈了注意，因之赤面靈官更加名符其實了，他一臉的血痕，染成了更鮮明的紅色，而痛得哇呀怪叫起來。

赤面靈官倉猝間躲避那株惡樹，雙足不得不脫離鞍鐙，咕碌碌翻下馬背，在荊棘草蔓之中，翻滾過去。

他依舊喪失了對大白的控制能力。

當赤面靈官掙扎著爬起身來，檢視他半邊身子所沾染的芒刺時，那匹劣馬已展開四蹄，飛躍過小河這邊。

大白長鬃飄風，倏忽之間馳至夏芸身畔，找到了牠的舊主人，極親切的依偎在夏芸身側。

夏芸喜極而又憐惜牠的遭遇，她尖叫道：「乖啊——大白，你回我身畔來了！」

她輕輕撫摩馬身，察看大白身上所受那些惡販子鞭打的傷痕，掏出些傷藥，輕輕敷上去，又替牠拭揩汗水。

那位藍面鬼王鎰本想擠入天陰教人圈子裡，拔刀相助，替雲中青鳳抱打不平，但是他也被一位突如其來的怪客迎面攔住辦起交涉！

這位不速之客，竟是位鬢髮蒼蒼的老道姑，也足使熊倜驚喜的，她正是雲中青鳳之師崆峒秋雯師太。

秋雯師太是從梁王寨村中那個方向飛縱而來。

秋雯師太以很客氣的語調，說：「閣下想就是馳名附近的王氏雙豪藍面鬼王鎰了！貧道崆峒秋雯，有一事相商，打擾了王施主啊！」

秋雯師太乍然躍至，她沒看清楚熊倜和夏芸，因為他倆正在密林中調馬，同時她更不知黃河一怪和許多天陰教徒，圍在河岸邊做些什麼？天陰教人密密排列著陣勢，因之她望不見她的徒弟柳眉。

假如她早一步發現雲中青鳳受窘，她不會和藍面鬼辦這個無關重要的交涉了。她是個俠義道中正派人士，不輕然諾，許過熊倜為他找尋失劍，她這半日來已極盡奔波的能事了，畢竟她還是找錯了門路。

她探聽出來的是：王氏雙豪所獲一口古代名劍，很可能就是熊倜失去的貫日劍，無如僅是一種巧合，她卻煞費周章了呢。

王氏雙豪得了一口名劍，而這口劍竟關係著未來武林的盛衰呢！

第三十回 逞強梁，藍鬼受創 獻殷勤，黃怪多情

藍面鬼懷著一腔邪念，本待過去勸一勸黃河一怪，向雲中青鳳賣個順水人情，卻被老道婆攔住了他。

他是吃江湖飯的人，再糊塗也能明瞭這位老道姑自稱崆峒派，必然是武林中有數的高手，他不敢輕易得罪她，而他師門少林派與崆峒同屬外家，多少還有點往還，他更不能怠慢了。

藍面鬼一套江湖口吻，先說了兩句：「久仰。」的客套話，然後抱抱拳說：「秋雯師太有何示下，就請直說吧！」

秋雯師太和顏悅色道：「敝友熊倜，遺失了一口名劍，聽說閣下新近獲了一柄古劍，請賜借貧道一觀，如果不巧就是敝友那口劍，那貧道願提出條件，與閣下一商！」

藍面鬼性情是特別狡詐而凶橫，他聽見老道姑這種老氣橫秋的口吻，氣憤洶洶，無法忍下去了。

藍面鬼冷笑如雷，橫了老道姑一眼，怒吼道：「那……不錯，在下是買來一口古劍，並不是搶來偷來的，而且——」他不好出口說下去，因為他新得來最心愛的東西，竟被一位了不起的人物當面巧取豪奪，名為暫借，實際無異換了主人，已不屬他所有了。

藍面鬼後邊這一句話，什麼搶來偷來的，像一支利劍刺傷了秋雯師太的尊嚴，這位崆峒老手，不期然而然的紅了臉，但是她皈心玄門，出家人總能多忍一分惡氣，她心裡滿不是滋味，而藍面鬼卻是信口開河，無意諷刺她的。

秋雯師太勉強陪笑說：「貧道也自知出言冒昧，剛才去梁家寨府上，府上人說閣下與令兄在村外試馬，所以特來與閣下一談。閣下能將所得古劍的名稱見告麼？」

藍鬼面被她一味糾纏，他的粗魯脾氣發作了，他說：「道婆，你怎一味囉嗦！告訴你你也把這口劍討不回來！這是一口叫做什麼？……」他沉思了，他真是個健忘者，他拍拍額頭說：「你問它撈什子名字有何用處？劍已給華山玉女峰秋陽道士借去了！」

老道姑不由愕然一怔！

秋陽道人乃是個武林怪傑，獨往獨來，超然各大宗派之外，而又生性乖戾已極，最著名蠻不講理的怪物。

她想：「熊倜的劍，若落在此人之手，那可要大費周折了！」但是幸而藍面鬼這粗魯的傢伙又發作了。

他似乎為避免老道姑的糾纏，而實則他被秋陽道人強借了他心愛之物，正說不出那麼糟心，他哈哈大笑說：「那劍麼？他們說叫什麼玉魂劍。」

藍面鬼本不懂這口劍的名貴之處，他帶著一種輕蔑的笑聲，而卻使秋雯師太大吃一驚，同時也喜出望外。

老道姑猛然握住藍面鬼的手，搖了幾下，說：「閣下此話當真？」

藍面鬼愚而多詐，他還以為道婆要對他猛下辣手，嚇得面上青黃交替，藍面鬼快要變成了黃面鬼了。

他定了一下神，才知老道姑還是感激他的表示呢！

秋雯師太發現了失去多年本派鎮山名劍，怎不教她驚喜欲狂呢？

藍面鬼掙脫了手說：「我所知道的都一一奉告了！道婆，你還有何話說？」他的意思是要去照護雲中青鳳了。

這一起兒在相對話，正和夏芸喚來大白，黃河一怪圍住雲中青鳳說那些無聊的話是同時發生的事，敘述起來無法同時表明而已。

老道姑正待向藍面鬼表示兩句感謝之意的話，但是她為雲中青鳳一聲尖叫所驚醒了——聲音是那麼熟悉，雲中青鳳從小跟她長大，若非是三起兒喧鬧聲過於嘈雜，她早就該發現她的徒弟，竟會在中州不期而遇呢。

於是秋雯師太和藍面鬼同時向那河邊天陰教人圍成的圈子裡，縱身竄了過去。

雲中青鳳慷慨激昂，不為黃河一怪所屈，她指著寶劍，回答黃河一怪極強硬的話，使黃滔天暗暗欽佩她的膽量。

黃河一怪並無擒她向天陰教邀功之意，他又說：「柳姑娘，再仔細想想！我黃某並非甘心寄人籬下的人，我師兄秋陽道人獨樹一幟，名滿西北道上，只要——」

他又「只要」說不下去了，繼續以懇切的語調歎息道：「黃某願與姑娘歸隱深山，永遠長相廝守，黃某倒還不怕天陰教人找我為難！姑娘，還不能接受我的愚誠麼？」

其實雲中青鳳早明瞭他話裡含意，用不著他再三表白，對黃河一怪既醜又怪，年齡堪做她爸爸的人，她怎不討厭之極！何況她早有了心上人呢。

黃河一怪既然作了露骨表示，雲中青鳳不能再裝糊塗了，她這半天早已計畫著逃走，她不肯捨棄坐馬，否則她雖敵不過黃滔天，脫身一走尚非不可能之事。於是她知道沒有妥協之餘地，她立即採取行動。

雲中青鳳猛然催動坐騎，向那些天陰教三流角色中衝去，手中寶劍，展開崆峒少陽劍法，以極快的手法，一劍「力劈玉龍」向左側一個漢子刺去。

那漢子手持雙刀，拚力迎架。

雲中青鳳雖望見熊倜和夏芸在不遠處調馬，她倔強的性格，不願求助於人，她和熊倆原沒什麼關係，或許態倜倆還認為她是敵人呢。

手持雙刀的漢子，本領差多了，三四個照面，就幾乎被砍下一隻膀臂，黃河一怪始終凝坐馬鞍，不肯出手，而那一干小嘍囉，卻一擁而上，把柳眉圍住廝殺。柳眉一口劍舞起來，左攔右架，招式異常輕靈曼妙。

黃河一怪忽然又動了個歹毒念頭，他心想：「我當然得不到你的歡心，但是我把你捉住，怕你不乖乖依從我？」

他這才一揮開山大斧，縱馬近前，他神力驚人，一斧劈下去，嘘嘘生風，而招法又那麼詭譎。

他的巨斧鋼鋒，已快到雲中青鳳背上了，雲中青鳳手中劍正封架前面的敵人，那一群人的刀槍劍棍橫七豎八，使她無法抽身回頭迎戰，雲中青鳳嚇得發出一聲尖銳的叫聲，忙撥馬向側面躲避。

黃河一怪，大斧一起，心中不勝懊悔，怎能用兵器去傷她呢，所以巨斧又猛地往回一撤招兒。

晃眼之間，藍面鬼已拔下他的鬼頭刀跳了過來，他往黃河一怪馬旁一站，立眉豎眼，怒沖沖說：「這兒是梁家寨王氏雙豪的地面，黃堂主你要在這兒拿人，可得先衝著我藍面鬼，把話交代清楚！」

黃河一怪被他這一喝鬧，倒楞住了！他立即明瞭王鎰這小鬼是什麼用意，他正想把悶氣出在王鎰頭上。

秋雯師太也突然飛縱至當場。

雲中青鳳力敵七八個天陰教壯漢，她仍然不感吃力，劍鋒閃閃，把那些小嘍囉，一齊逼得團團轉，她一看見師傅，心裡驚喜欲狂，而黃河一怪也恰好在此時一聲震喝，把他手下人一齊喝住。

雲中青鳳高叫：「師傅」，她跳下馬來，撲入秋雯師太懷中，想及以往所受的委屈，她在秋雯師太懷中啜泣了。

老道姑摟住她的愛徒，撫慰著說：「眉兒，我正是來接你回山的！不要哭了，你怎麼離開白鳳堂的？」

黃河一怪看見秋雯師太來至，他立刻見風收舵，喝住手下人，秋雯師太是崆峒名手，他未必能勝過人家，而且老道姑與九天仙子繆天雯有舊，多少要給她點面子，他想正好向秋雯師太獻獻殷勤呢。

黃河一怪一收大斧，向老道姑拱手道：「秋雯道長，令徒雲中青鳳脫離本教，現有龍鳳令旗一體捉拿她，我黃某久仰崆峒諸前輩，正想籌商個妥當辦法，把令徒交給師太自行保護，是再好沒有了。而柳姑娘卻一時誤會，和本教這幾位管事起了衝突！」

黃滔天這樣奉承秋雯師太，又表露了自己對雲中青鳳原無惡意，秋雯師太自然十分感激，她忙還禮說：「黃堂主，你倒是個明白事理的人，老身的徒弟，回山看看她師傳，這是天經地義的正理，焦教主不能這樣不通情理啊！」她又安慰柳眉說：「孩子，究竟是怎麼回事？快給師傅說說——你沒和你繆老姑母鬧翻吧！」

雲中青鳳卻面含慎恙，抬起頭來說：「繆老姑媽還是照舊的疼愛我，不過我不能再在白鳳堂耽下去！我是糊糊塗塗年幼無知的入了教，現在我懂事了，我決心脫離他們天陰教！還有許多話，待回了再告訴師傅！」她又白了黃滔天一眼。

黃河一怪唯恐雲中青鳳把他剛才那些不尷不尬的情形說出，幸好她沒說什麼，她卻是認為黃河一怪舉動不值一笑啊！

黃河一怪心安了，他反而誤會雲中青鳳是屬意於他，因此黃河一怪還死心塌地單思單愛著柳眉，日後甚至反了天陰教，也在所不惜。

秋雯師太歎息說：「我本沒允許你投入天陰教，不過繆天雯是一番好意，要傳授你武技，而她也是崆峒別派出身！不想——」老道姑說不下去，因為究竟是怎麼回事，她還沒弄清楚呀！

藍面鬼這時在一旁非常尷尬，他白白向黃河一怪發了幾句橫，得罪了天陰教人，而黃河一怪卻是衝著秋雯師太，極盡恭維奉承的能事，輕輕把雲中青鳳交給崆峒派人了，他站在那裡又算什麼呀！

黃河一怪向他手下人一丟眼色，他準備帶著那些人走了，他又向秋雯師太拱拱手說：「關於柳姑娘的事，在黃河道上地面我承擔下來就是了——將來繆堂主也會原諒我這份兒好心，改日再去崆峒面領教益！」

秋雯師太覺得黃滔天為人頗為直爽，以為這人很懂得江湖道義，自然微示感激之意，忙和黃滔天道別。

秋雯師太笑說：「黃堂主有興來崆峒山一遊，老身當竭誠款待呢！」黃河一怪得到了這麼親切的召喚，他快活極了，但是他再偷偷瞧了雲中青鳳一眼，柳眉還是沒好氣兒，直撅著嘴。

他以為女孩子的性情，是慣於撒嬌弄癡的，心想：「下次多陪些小心吧！」他以愉快的心情，率領他手下人走了。

這時熊倜那面卻又發生事故了。

那赤面靈官爬起來以後，眼望著隔河樹林裡，夏芸接收了那匹神駒，極熟慣的撫摩馬身，而大白更是千依百順，一變了對他那種跳踉廝鬧的態度。

赤面靈官快氣破了肚子，他擦擦臉上血跡，暴跳如雷的越過小河，直奔熊倜二人身畔，怒吼道：「你這兩個傢伙！快還我的馬來！」

夏芸投以不屑的目光，鼻孔中哼了一聲說：「這是我家從小養大的大白，我還沒追問這賊贓的來源呢！你發什麼橫！真是個不通情理的渾蛋！」

夏芸的性情是驕縱不可一世，何況她還占著理！

熊倜卻不願為這匹馬和人無端拚鬥，他從中勸解說：「這位是王氏雙豪赤面靈官王兄吧！這匹馬確是這位夏姑娘家中豢養之物，在下熊倜，閣下花了多少錢自馬販子買來，我們照價賠還就是了。天公地道，物歸原主，你閣下也不吃虧啊！」

熊倜這話頗合乎情理，但是赤面靈官卻不服這口氣，而且他恨透了大白，他說：「大爺不稀罕這匹劣馬，這畜牲把我整苦啦，大爺有的是錢，我就是撒開手，也要在牠身上出出氣！」

夏芸秀目一瞪說：「小子你說明白點，你待怎樣？」

赤面靈官道：「我買來的馬你管得著？」他一咬牙說：「我受了一身傷，不打牠個半死，怎能心甘！錢！大爺豁出去不要就是了！」

熊倜沒想到這人說話如此不通情理。

那藍面鬼站在那邊不是味兒，他提著鬼頭刀竄過來了。他遠遠就喝叫道：「大哥！馬我們是要定了，別理那臭丫頭，我們牽回去慢慢整治牠！」

秋雯師太也注意到這面了，她望見熊倜背上的貫日劍，她心裡可有些氣憤。心想：「熊倜你既早偷回你的寶劍，還捉弄我去找尋，你太冤苦人啦！」這一陣雲中青鳳正趴在她肩頭，娓娓細語。

女孩子的心事，對於她最敬重的師傅可以替她拿主意的人，用不著隱瞞的。秋雯師太聽的更加生氣，她說：「單飛他敢！他敢欺侮你，不告訴他師傅從嚴懲處，如何能使你消消氣呀！自有為師作主！不過尚未明——」

雲中鳳在她師傅身上一陣廝扭，撒嬌說：「師傅，你別說嘛！這麼多人，提他做什麼？應該從速把他救出虎口呀！」

秋雯師太被這個女孩子磨得心煩了，她卻對熊倜有些不甘，她拉著雲中青鳳向這邊走來。

秋雯師太存心挖苦熊倜兩句，而她也正要看看這一場爭馬的糾紛。她心裡更念念不忘那口崆峒鎮山名劍——玉魂劍，但秋陽道人也是個難纏的傢伙呢。

藍面鬼遠遠發著橫，片刻他跳至河岸上，才看見夏芸乃是個比雲中青鳳還有過之而無不及的絕世佳人，他不由眼前一亮，深悔自己剛才的一陣胡嚼，而赤面靈官，則沒有他這種下流的德性。

赤面靈官那些話，也夠凶了，加上藍面鬼這一套，怎不氣壞了夏芸？夏芸看見藍面鬼氣勢洶洶，挺著一口鬼頭刀，她立刻解下那趁手的丈二銀鞭，準備來一場痛快的廝殺，熊倜慌忙攔住她說：「芸！千萬不能過招兒，珍重你的玉體——萬不得已，我會打發這兩個紅面藍面的小鬼——這七天裡你要多多珍重！」

夏芸撅著嘴說：「那你快替我打他們——搶了我的馬，還敢信口雌黃，這還了得——你不動手我可忍不下去！」

熊倜扶著她的嬌軀說：「好好好——我來對付他們！」

他倆說得這樣輕鬆，簡直把王氏雙豪看成了瘸三，赤面靈官測摸不透這一雙少年，究是什麼來歷？

熊倜雖然名滿江南，在北方只保鏢路過臨城時，和日月頭陀交過一次手，武林中還不曉得他這個角色。

王氏雙豪平日夜郎自大，又確實是少林嫡傳的俗家弟子，手底下確有些真功夫，哪裡受過這種惡氣！

藍面鬼雖不忍動夏芸一根汗毛，卻看著熊倜宛如眼中釘，這小子竟和她勾搭得很親密，他說溜了嘴，嚷道：「姓熊的，衝著那位姑娘，一切還好商量！要是你小子出頭多事，那非教訓教訓你不可！」又向王鈺說：「大哥，王氏雙豪這旗號，不能認栽！我們先打他！」

熊倜呵呵笑了，他以雍容高貴的態度，說：「自然熊某隨時接著你弟兄兩個！藍面小鬼，你弟兄倆一齊上吧！和你們這些牛鬼蛇神，有理也講不清呢。」

熊倜傲然峙立，凝如山嶽，而秋雯師太師徒恰好跑過來，秋雯師太向熊倜冷冷一笑說：「恭喜熊小俠，名劍原早就在你手中了！」

她這句話極盡諷刺的能事，使熊倜非常不安。

熊倜心說：「現在越鄭重解釋，她越犯驚拗了——索性給她個含糊過去。」而夏芸卻和雲中青鳳打起了招呼。

雲中青鳳說：「夏姊姊，聽說你受了傷，不妨事吧！」

夏芸點點頭，提起她的傷，她自然引起對天陰教人的憎恨，雲中青鳳現下脫離了天陰教，原來也是騙誘熊倜尚未明的呀！若不是熊倜告訴她那一番話，她真不願意理柳眉。

她勉強含笑叫道：「眉妹妹，你又為什麼反叛了天陰教呢？你在天陰教不是很有地位的重要人物麼？」夏芸這句話，確實太過分些。

雲中青鳳被她說得臉都紅了，她反唇相譏道：「我是崆峒正派門人，不過繆天雯是我老姑媽，我才跟她學本事！你父親虬鬚客才是天陰教的關外分舵舵主呢！」

她針鋒相對，向夏芸作了個有力的諷刺。

熊倜也訕訕的向秋雯道婆說：「昨夜幸有一位武林前輩，奪回此劍，我趕到那家客棧通知您，師太已經外出了！這事我原不願重煩師太！」

熊倜不能說出銀杖婆婆和毒心神魔，他只輕描淡寫的表白一下。果然秋雯師太還是冷笑不止。

但是畢竟是熊倜的寶劍，人家找回來不找回來，與她又有什麼關係呢？

王氏雙豪又在一旁叫囂了，他們怒吼著說：「姓熊的，你不交代一聲，我們可就要牽馬了！」

那藍面鬼卻偷偷瞧著這一雙絕色少女，夏芸和雲中青鳳，春蘭秋菊，各極其美，他無法判斷她們之間的優劣。

夏芸見他一雙賊眼，老是向她和雲中青鳳身上盯著，討厭極了，她抓了三粒鋼丸，冷不防向藍面鬼擲出。

藍面鬼王鎰，色迷迷的正在胡思妄想，而那三粒鋼丸，閃閃發光，已飛追面前，使他嚇了一大跳。

藍面鬼也學過收接暗器的少林獨門真傳，稱為「龍爪手」和「虎掌功」，他不慌不忙伸手迎綽，被他綽住了一粒鋼丸。

那另外兩粒卻斜斜飛上他頭頂，他以為夏芸手法不精，錯了準頭，不料那兩粒自行在他頭頂一撞，絲絲一陣響，竟又翻翻飛下來，這一來他才慌了手腳，背上嗤嗤，嵌入兩粒蓮蓬大小的東西。

立時深入皮肉，血流如注，藍面鬼痛得怪聲嚎叫。

田敏敏這種發暗器的奇妙手法，本領略低些的是很難躲得過的。四儀劍客尚且不免受傷，藍面鬼怎能應付過去，因為暗器發出後，那刺射的角度，往往是奇詭莫測，使人防不勝防呢。

夏芸露出了這一手，震驚了赤面靈官王鈺，同時也使秋雯師太驚奇不已。雲中青鳳卻聞名已久了，天陰教人那夜傷在散花仙子鋼丸下的不在少數，他們立刻傳令各堂各壇，一體研究被這種暗器手法之策。

所以武林中就是這樣，你有一種絕技可以稱雄一時，別人立刻精心研究對策，而頭腦聰明內功深厚的人，同樣也可悟出一種專門對付你的特種本領！金鐘罩鐵布衫功，就有許多方法專門來破它。

雲中青鳳稱讚說：「夏姊姊好俊的手法！」

熊偶見夏芸出手打傷了藍面鬼，想阻止也來不及了。除了天陰教人已成了死對頭，此外沒有輕易和人結仇的理由。而且王氏雙豪，又是少林正派門下，將來不要添許多麻煩麼？但他不敢責備夏芸。

藍面鬼吃了個不大不小的虧，皺眉苦眼，他恨極了，忍著痛跳過去就要拉那匹劣馬——夏芸的大白！

熊偶不能不出手了，他已經答應過夏芸，否則這任性的女孩子，又要闖出更大的亂事！

熊偶以極快的身法，潛形遁影，閃晃之間，已到了藍面鬼身後，他用了幾成力道，抬腿踹去。

踹在王鎰的臀部，王鎰怪叫一聲，向前翻撲下去，咕咚咚向前滾去，夏芸看得呵呵笑了說：「快滾你們的蛋吧！別在這兒出醜了！」

秋雯師太也向赤面靈官叱道：「王鈺——快攙扶你兄弟回去養傷吧！」熊偶卻取出

兩錠銀子，估計夠償還這匹公認劣馬的價格了，托秋雯師太送過去。

赤面靈官見對方合為一起，人多勢眾，自料決非他們的對手，今兒王氏雙豪算是塌了台，只有向他師傅搬弄是非了。江湖上的規矩，學藝不精，幾年再見這一類套話，敷一敷門面，他也顧不得說。

赤面靈官憋著一肚子惡氣，扶起藍面鬼來，一聲不哼，兄弟倆垂頭喪氣，蹣跚著走向梁家寨村裡去了。

雲中青鳳只冷哼了一聲，而夏芸卻很寫意的撫著她的愛馬，現在她滿意了，寶馬名駒回到她的身邊，熊倜也將永遠和她廝守，她需要的一切都擁有了。

她還有什麼缺憾呢？

哪知她心愛的倜，不久就要自她身畔離去呢！

王氏雙豪走後，他們四人款款一同步回鄭州城內，熊倜很禮貌的邀請秋雯師太至他倆所住客棧中。

熊倜懷念著尚未明的安危，他想從柳眉口中問點線索，所以他邀請她師徒，作一席長談。

雲中青鳳恢復了她少女應有的高貴和矜持。

熊倜陪笑發問：「柳俠女，敝友尚未明的下落，你能見告麼？」這一問似乎唐突得很，而使柳眉冷若冰霜的嬌靨上，微微泛起了紅霞。她躲在師傅身後，還是掩飾不了她的嬌羞，同時引起了熊倜和夏芸的注意。

雲中青鳳蛾眉一蹙，她心裡也正懸念著她的心上人，她還訪不出尚未明的消息呢，她一雙秀潤的眸子，斜睨了熊倜一眼。她為難了，她不能表示她關心尚未明，實際她是最關心的人呀！

她臉上焦急之色並未少減，她不怕天陰教人找麻煩了，卻芳心纏結在尚未明身上，她不能不答覆熊倜的話呀！

雲中青鳳觸動了心事，有些忸怩不安，她師傅卻以慈祥而憐愛的眼光，扭頭向她一瞥，秋雯師太知道了徒弟的心事，她不能勉強柳眉回答熊倜的問話，秋雯師太更怕雲中青鳳不防口露出什麼。

因為雲中青鳳終究和尚未明還僅僅一面之緣啊！

雲中青鳳淡淡說：「我這次自白鳳總堂出走，繆老姑媽原不讓我走，可是我想著師傅！」她這一篇極巧妙的謊話，尚不至引起熊倜倆的疑心。

她又道：「這樣就是叛教麼？崆峒派又不是天陰教，我自然應該回本派師長的座下了。至於熊小俠那位朋友——尚未明，按照天陰教規矩，多半交由龍爪壇執行……」她眼圈兒潮潤了，不忍說下去。

頓了一下，聲音變得顫抖起來，道：「最好的結局，是交龍爪壇監禁起來，但這不可能！你們打傷了天陰教許多人，這仇恨怎不要算在他頭上呢！」

雲中青鳳言下，神情竟有些淒然了。

熊倜失望了，他從雲中青鳳口中，問不出他急欲明瞭的事。同時卻很欣慰，崆峒派人能與天陰教人分開，他說：「柳姑娘回到令師身畔，這是非常明智之舉！武林各派正醞釀著一場浩劫，置身局外，自不至玉石俱焚了。只不知令師兄單掌斷魂單飛，他作何打算？」

柳眉神情又突然大變，她似極憎厭她這位師兄單掌斷魂，悠悠一聲歎息，搖頭不說什麼。

而秋雯師太立刻忿忿說：「單飛竟敢倒行逆施，違背本派戒律，老身要通知他師傅，立即驅出門牆！」

熊倜怕這火氣太大的老道婆又發脾氣，不再提單飛這回事，信口談些武當派點蒼派的閒事。

夏芸則和雲中青鳳呢喃絮語，女孩子在一起，自另有許多話說。她們雖無世俗兒女嬌揉造作之態，卻終有些女孩子間的閒話。譬如說兩人為一件衣飾，也會討論好半天。而愛美更是女孩子的特點。

熊倜小小作東，留她師徒吃夜飯，她漸漸和雲中青鳳親熱起來，她倆性情原有些相近啊！

於是夏芸又獲了一位閨閣朋友。

華燈初上，客棧中又紛擾起來，許多遠道旅客，紛紛歇店，鬧哄哄的，他們則淺斟低酌，正談得十分融洽。

熊倜發現院中有兩個黑衣人影一閃，他們很機警的拔步退走，無疑是來探道兒的天陰教徒。

熊倜不願告訴夏芸，怕她會立即找碴兒惹事，他假作離席，比及他跑出房外，那兩個黑衣人已走得沒了影子。

熊倜直覺地判斷今夜必會發生點小小事端。

飯後，夏芸此時和秋雯師太也很熟慣了，秋雯師太讚美她白天發暗器的手法，問知是點蒼雙俠獨擅的絕技時，更加傾倒，秋雯師太和玉面神劍夫婦原也在點蒼一派比劍大會上見過一面的。

更漏一滴一滴滴下去，夜漸漸歸入靜寂，人們停止了活動，而各尋安息之所，秋夜綿綿，微覺寒意襲人。

熊倜眼快，猛然發現窗前有黑影晃動，他非常警覺，立刻撮唇一噓，使夏芸柳眉都為之一驚。

秋雯師太卻勃然起立，向窗外喝道：「是天陰教的朋友麼？不必鬼鬼祟祟，縮頭藏尾，快請出面一會！」秋雯師太以為天陰教人是衝著雲中青鳳而來。

熊倜呢，則自銀杖婆婆說出從鐵面黃衫客手中奪回寶劍，他就料及他們不會放鬆他和夏芸了，但沒想到來得這麼快！

窗外卻呵呵響起一疊蒼老笑聲，聲震屋瓦。

窗外的人朗朗說道：「熊小俠！今夜務請留意！」

這句話音甫歇，屋瓦上一疊輕微足音，顯然那人已飛身上了屋頂，繼之就音響俱寂了。

秋雯師太性情非常急燥，她已一個箭步竄出屋外，但是她仍舊沒看見這發笑人的面目，只側面廂房屋頂一條高大身影一晃，就消失在黑暗之中了。秋雯師太非常懊惱，因為她沒抓著那發話的人。

夏芸也躍躍欲試，緊紮了一下衣裳，熊倜急以柔聲勸她說：「芸！你何苦和自己過不去呢！你內傷未復，萬萬不可生氣拚鬥！今晚我守它一宵，總之我倆切不可離開，在一起什麼事都有我呢！」

夏芸冷笑說：「現在我一切都復原了，你就是太小心了！倘若白鳳總堂那些傢伙都追了來，憑你熊大俠，只怕一個人也打發不了呢！」

熊倜笑說：「真個需要你幫忙時，我自會求助於你啊！你那一手散花手，在白鳳總堂外確曾擊敗許多能手呢！」

熊倜早聽出剛才窗外的人，說話口氣，是友非敵，所以他沒有追出去查看。聽聲音那人年紀不小，卻並非毒心神魔，這可使他墜入五里霧中，究竟是誰來向他們示警呢？他想不出答案了。

熊倜安慰夏芸說：「天陰教高手，雲集湘鄂，不會有多少人來北方，緣黃河一怪之流，諒都是些北道上人物吧！」

經過這一番驚擾之後，秋雯師太師徒告辭走了。

秋雯師太是怕天陰教人目的在於她師徒，她們賴著不走，反而別人誤會她們依賴熊倜倆。秋雯師太傲骨凌雲，她寧肯自己獨當一面，不屑求助於這兩個少年。秋雯師太對於熊倜的本領，尚不深悉。

熊倜也是同樣心理，不能留人家替自己壯聲勢，更不願使老道姑牽入這是非漩渦裡。他和夏芸現在不再懷疑雲中青鳳了，她確實是站在反對天陰教的一方。

秋雯師太師徒走後，熊倜哄著夏芸睡下去，拴妥門窗，把應用之物放在手邊，然後吹熄了燈。

夏芸卻仍然穿著一身緊紮小衣褲，而且把銀鞭放在床頭，這女孩子的個性強得誰也勸不住她。

臨睡前，熊倜和她照例有一陣溫存，互相溶洽在愛河裡，今夜稍有例外，因為各人心裡都存了警覺。

熊倜又再三叮嚀，無論有什麼變故，勸她就在房裡別出去，在暗中以逸待勞，也可重創三兩個敵人。

夏芸笑笑說：「你真囉嗦！可是倜！你也不能大意呀！」

他倆交換了個甜蜜的微笑，熊倜和衣躺在自己床上了。

三更初敲，萬籟無聲。

奇異的聲息，在屋瓦上面輕輕顫動！

熊倜翻身溜下床來，把貫日劍提在手中，他屏息以待。

屋上沙啞而蒼老的聲音輕輕喝道：「熊倜！快些出來會會本師！本師在城東教場候駕了！」

說完，屋上腳步聲已悄然移去。

第三十一回

喜怒無常，怪老僧負氣
神明內疚，虬鬚客迎仇

熊倜聽這人口音陌生，又不像是天陰教人，他唯恐驚動了夏芸，躡步溜出房來，略遲疑了一下。

他想：「這人既來叫陣，絕無畏縮之理。」他輕輕帶上房門，施展上乘輕功，縱上屋頂，向四方望去。

那夜行人早已去遠，屋舍鱗次，夜靜更深，成了黑寂寂的一片，熊倜就從屋面上飛馳而去。

東教場相距不過二里，熊倜懷疑著這位夜間來訪的怪客，他猜想不出來除了天陰教徒，還有什麼人找他麻煩！

冷靜而昏黑的廣場上，卻呼呼的響起了一片風聲，那聲音是有武功人肉掌硬拚，所帶出來的衣袖飄風之音。

遠遠望去，兩個龐大的黑影，都是寬袍大袖，四隻衣袖在空中翩翩飛舞，一上一下，一起一落，那姿勢非常曼妙飄忽。

殘月繁星之下，雖尚未辨出面貌，卻已看出兩個人頭頂上光禿禿的，顯然是兩個僧人，熊倜想起剛才屋面上人自稱本師，自然是和尚了。

既然約定自己來教場相會，他們為什麼又先打起來？難道先行練習一下拳法麼？但看去又像是在硬拚！

熊倜躍落平地，他遠遠向那廣場上的兩人喊道：「兩位朋友邀約在下，我熊倜前來領教了！」

他話音一出，其中一位光頭和尚，怒吼說：「正點子來了，老朋友你該歇歇啦！」

這面的和尚哈哈大笑說：「得放手時且放手！我讓你多休息一陣，不要和他過招落了下風，把這筆賬賴在我和尚身上！咱們是不見不散，待我和尚太行山歸來，再去嵩山少林寺達摩院找你！」

說著，兩個人倏然衣袖一分，各自收招，飄然落於當地。他倆又都哈哈大笑。先前那和尚說：「跟你走這幾十招，還不等於逗小孩子玩耍，你替我餵餵招兒，省得本師多年不和人動手，把招式都荒疏掉呢！」

這說話的和尚，顯然就是指名叫陣的夜行人了。

熊倜正待提步向他倆身畔走去，看看這兩位都是什麼人物，卻聽得身後有細巧腳步聲，飛縱而至。

熊倜扭頭看時，只見一條纖弱身影，向他身畔竄來。而空中立刻一聲嬌笑劃破岑寂，熊倜聽出來是夏芸聲音。

他心說：「她又來了！原來她也警覺跟下來了。」

熊倜回頭走去，迎住夏芸，笑說：「芸！你怎麼也來了？」

夏芸披著她那件白猞猁斗蓬，鬢髮在夜風中搖拂著，她冷笑說：「怎麼！不許我來看？」

熊倜忙說：「只是夜裡風寒霧重，你還是休養內傷的好！既然來了就算了！我總是好意為你著想呢。」

夏芸嬌笑著，偎依在他肩膀，說：「我謝你的好意了！可是你應該知道我是多麼關心你！」

熊倜更沒話說了，他享受著夏芸的柔情蜜意。

道貌岸然一位老和尚，挪步走近他倆，熊倜才看清楚來者原是武當會過面的吳詔雲之師——大雄法師。

大雄法師合十見禮，他詫異著熊倜身畔的夏芸，他對於熊倜的一切，明瞭的太少了。

大雄法師笑說：「熊小俠，你怎麼開罪了這位少林惡禿——脫塵和尚？傍晚時分，老衲發現有些可疑的人，在小俠房屋四周窺探，特地通知小俠一聲，早作準備。卻沒想到找你麻煩的人卻是我一位老朋友呢！」

熊倜慌忙稱謝，並說：「大法師幾時北上？武當——」

大雄法師攔住不讓他說下去，道：「詔雲還留在武當效力，我和尚自己討了這趟差事，不忙說這些，你先把人家脫塵和尚應付一下吧，這位是——」

他望了一下夏芸，熊倜忙為夏芸介紹相見。大雄法師呵呵笑道：「我在關外，久聞雪地飄風的芳名，不想卻是熊小俠的——」他頓了一頓，才說出「朋友」二字。大雄法師還不知他倆究是什麼關係呢。

夏芸也聽說過，大雄法師武功超絕，她表示出一種敬佩之態，大雄法師顯然看得起她，使她芳心非常得意。

熊倜這才挺身走過去，拱手為禮，同時已看出少林派這位高僧，鬢髮俱白、面孔紅馥馥的，內功顯有很深的火候。

他彬彬有禮的說：「在下熊倜，想閣下就是少林脫塵法師了。只不知大法師呼喚在下，有何賜教？」

那脫塵和尚，雙目把熊倜仔細觀察一番，呀然失聲說：「閣下倒是一位內功好手呢！無怪愚師侄王氏雙豪在閣下手中吃癟了！」

脫塵和尚一提起王氏雙雄，熊倜自然會明白是怎麼一回事了。他一定是來替王鈺王鎰來找場的。

果然脫塵和尚又呵呵縱聲大笑，說：「那匹馬想就是這位姑娘豢養的了！愚師侄王鈺從馬販子手中買下這匹劣馬，究竟因何引起衝突，本師不能聽信王鈺一面之詞，還得請閣下自己交代一下。少林派門徒，不能隨便受人欺侮的！」

這老和尚顯然是大興問罪之師，不過他話還說得不太使人難堪，熊倜抱著息事寧人之旨，他照直把白天的情形直述一遍，以溫和的語氣說：「良馬識主，自動回到敝友夏姑娘身畔，令師侄赤面靈官，就說出難聽的話來，在下忙表示願償還馬價，那位藍面鬼更是氣焰凌人，逼得夏姑娘不能不出手！這確是一場誤會而引起的衝突！」

熊倜以為經此一番解釋，總可使老和尚滿意了。

脫塵法師卻搖搖頭說：「這自然是閣下一方所持的理由了！讓我再和那姓夏的丫頭辦辦交涉，她自己丟了馬，竟信口雌黃，誣衊別人搶她的馬，這真是蠻不講理！怎麼把錯處全歸在王氏兄弟頭上？」

老和尚顯然有些袒護門下，他又冷笑說：「熊施主倒還略通情理，馬匹原是一件小事，是她的讓她拿回去，不過不能不給她點教訓！黃毛丫頭，竟敢欺凌少林門人，這是令本師看不下去的！」

脫塵和尚歸結到底，還是不肯放過夏芸。

熊倜更加為難了，讓夏芸一出場，那只有再增加一層誤會，以夏芸的性情，她還會向這老和尚低頭認錯麼？

熊倜連忙說：「大法師年高德劭，夏姑娘不過是個年青女子，這點過節，由在下代她向大法師領罪吧！」

熊倜以為這樣賣給老和尚面子，老和尚應該沒什麼說的了。

而豈知大謬不然，脫塵和尚竟連連擺手說：「熊施主！你不能代她受過，事情是她闖下的，讓她自己來了結！那個丫頭號稱雪地飄風，想當然是個武林兒女，本師倒要看看她究有多大本領？」

熊倜沒想到這老和尚性情如此怪僻，他正待替夏芸承擔下來，還來不及說話，夏芸苗條的身影，飄然縱出。

夏芸哼了一聲嬌嗔道：「我不錯是個年青女子，什麼事我自己做出就有本領承當！讓他少說廢話，要動手就快些，雪地飄風可從沒皺眉含糊過！」

她言下，還有些因拔九宮連環旗，獨鬥四儀劍客，怪熊倜沒有順著她去敵禦凌雲子之意。

熊倜知道再要自己攬事，更引起夏芸的不快！

這女孩子倔強的小性兒，你是勸不下來的。

幸好那大雄法師也搖搖擺擺走過來，他呵呵笑道：「原來是這麼回事，脫塵老禿頭，你儘管欺侮個後輩女孩子吧！王氏弟兄惡跡昭彰，你少林一派宗風，原來是如此庇惡護短，我和尚不替你在江湖上宣揚一下，你脫塵和尚的本來面目還不會揭穿呢！」

大雄法師和脫塵和尚有過節，他真會用這種諷刺挖苦嘻笑怒罵的話，把他激得無名火高起十丈！

而夏芸也響啷啷亮出軟銀鞭來，鞭梢向脫塵和尚一指說：「脫塵老和尚，我可沒功夫陪你瞎扯，咱們是傢伙上面見分曉，還要不要劃出道兒呢？」

熊倜以為脫塵和尚一定更加忿怒，這一場衝突勢所難免了！

脫塵和尚卻脾氣乖謬得出奇，他反而一陣狂笑說：「丫頭！你不配和本師接招！本師倒歡喜你這種不屈不撓的橫勁！剛才大雄老鬼拿話擠兌我，本師再以大欺小，反讓這老鬼抓住邪理！」又向大雄法師道：「老朋友，你從旁一架樑子，咱們一併結算舊賬就是了！這丫頭的賬，也算給你啦！幾時你辦完事呢？遲早本師在嵩山候你的臭駕！我們找個僻靜處，考究考究你這十幾年來的造詣，說準了到時不來，就算你認栽！」

熊倜更沒想到夏芸硬挺起來，老和尚反而虎頭蛇尾輕輕把她丟開，這真是白擔了半天心事！

這種方外高手，果然性情怪僻，使你無法捉摸呢！

熊倜卻不知道，這老和尚聽了他一篇解釋的話，早已默認熊倜和夏芸，原沒有什麼過分的錯處，他是抓著碴兒下台。

而這和尚性情確實怪異，他是服硬不服軟的，夏芸若是向他賠罪討情，那他就抓住理了，他會以為你是自承無理了！世外高手，岩居穴隱，怪僻處往往如此。

大雄法師也狂笑入雲，說：「你算給我就算上吧！十餘年沒和你痛痛快快較量一下，今晚我癮頭也沒過夠！不過武當點蒼崑崙三派，和天陰教這一場驚天動地的浩劫，沒有結束之前，我和尚沒功夫陪你玩的！那就明年端陽節吧！只要你我兩個老不死的還活著，總得再碰碰頭呢！今夜承你還看得起老朋友，明年嵩山之會，一定拚這付老骨頭，讓你嘗嘗我和尚大雄掌的滋味！」

脫塵和尚呵呵大笑說：「大雄老鬼，我們一言為定，咱們可得避著別人，別又攪得什麼人出來攪擾，就玩得不痛快！」

老和尚話音甫歇，長袖飄揚，人已向西方飄飄逝去。

老和尚這份兒輕功，使熊倜也不勝心折。

熊倜再一看兩個和尚剛才交手的這片地上，顯露著橫七豎八，踏陷下去的一片腳印，顯然脫塵法師內功非常醇厚，剛才如果夏芸和他交手，那是不出十招，必然吃上大虧了！

脫塵和尚乃是少林派內功最深的一位高手，在達摩院中數他行輩最尊呢。熊倜當時可還不明瞭老和尚的來歷。

熊倜心裡暗暗慶幸，但是他不能把這話說出口來，否則夏芸又不快活了。

一天的陰霾，竟爾風消雲散。

夏芸雖然倔強，但是她自己的事，被大雄法師承擔下來，她不免有些歉然了，她向大雄法師斂衽為禮說：「大雄老師傅，我自己的事，不能讓你去代勞，明年端陽節我還要去嵩山會會他！」

大雄法師皺皺眉，他真不願這個驕縱而又可愛的女孩子，去嵩山自尋煩惱，他合十還了禮，笑向熊倜說：「熊小俠，依我和尚，這位夏姑娘不必去找囉嗦了！小俠和夏姑娘交情很不平凡，你可以勸勸她呢！」

大雄法師這句話，使夏芸粉臉紅了半邊。

熊倜連忙應諾，又詢問大雄法師北上之行，有何重要情事。

大雄法師性情火烈，而又非常風趣，他是口沒遮攔，什麼話都衝口而出的。他笑著說：「折騰了半夜，熊小俠和夏姑娘，快回客店休息！太行山天陰教老巢，將有一番大規範的蠢動，又有一位老怪物出場，我和尚先來探聽一下虛實，而且時機非常匆迫，不及細談了！」

大雄法師表示急急離去之意，熊倜歉疚著自己沒擔任一點重要工作，更不能堅留大雄法師了。

於是就在教場互相握別。

大雄法師內功深厚，所以他能看出來熊倜的造詣，日後他們竟成了忘年之交呢。

大雄法師嵩山之約，熊倜為了夏芸也不得不去參與，這也是一件關係武林大局的關鍵呢。

大雄法師走後，他倆攜手返回客店。

夏芸認為那脫塵和尚，震於她雪地飄風的聲威，而不敢和她交手。她得意地表示出她的看法。

熊倜卻深為夏芸免於和脫塵和尚動手而欣慰無限，他明白就是他和脫塵和尚較量，也多半要失敗的。

熊倜歎息說：「少林龍、虎、豹、鶴、蛇五形羅漢拳法，達摩杖法等等七十二種奇功，也未可小視啊！」

熊倜沒有直接說出脫塵和尚功力超絕，而夏芸已感覺他的話是旁敲側擊了，她一撇嘴嗔道：「那脫塵老禿頭怎麼不敢和我接招呢？」

熊倜不願再激怒她，只有奉承她兩句：「自然你雪地飄風的名氣，也是威驚武林呀！」

夏芸撇著嘴，她已高興了，仍說：「你騙我！看你就不是真心話！」

熊倜歎氣說：「你疑心真多！我用不著辯論！」

他又軟語溫存把這件事撇開，再三哄著她，兩人回去匆匆就寢，這一夜已只剩下一個時辰了。

他倆用過早點，夏芸精神煥發，揚鞭試馬，她那寶駒，依然神駿無比，他倆沒有再耽下去的理由，雖然天陰教人蹤跡出現，但夏芸既已恢復原有功力，那就沒有絲毫顧慮了。於是他和夏芸並馬重新踏上了征途。

過了黃河，莽莽平川，在秋高氣爽的陽光下，一雙愛侶，載馳載驅，各自施展精湛的騎術，揚塵若飛。

他倆喁喁情話，是不願向外人道的。

兩日馬程，經過了衛輝府，彰德府，進入北直隸省境，他們是沿官道北上的。這天他倆越過沙河，向順德府進發。

西面自北而南，宛如錦屏翠幃，蜿蜒而來的太行群峰，巍巍在望，熊倜觸想起青帕少女的話，後悔不曾問明天陰教人在太行的老巢，而他的好友尚未明，很可能被囚禁在太行山中他們的龍爪壇內！

熊倜又念及和玉面神劍散花仙子夫婦分手以後，他夫婦不明內幕，反在長江一帶盲目踏穿鐵靴，但是若不是遇上青帕少女，他不是同樣茫無頭緒麼？

天陰教勢力發展到什麼限度，除了白鳳堂外露面交手的人物，還有沒有本領更高的人？似乎武當峨嵋崑崙點蒼各派人聯合起來，頗可穩操勝券。但是天陰教人行動詭譎，陰謀多端，確也未可輕視。

夏芸卻不大談論天陰教，她多少因她父親虬鬚客列身教下，而有所顧忌！熊倜懷著絕大疑問，虬鬚客既就是寶馬神鞭薩天驥，為什麼親生的女兒又姓夏呢？難道他隱跡關外，連姓氏也改了？

熊倜不願揭開這個謎，隱忍著他的一腔悲憤，倘若因此竟刺穿人家隱諱，當然也會使夏芸不快。

熊倜眼望著距離山海關，路程日漸縮短，所謂圖窮匕首見，終將到來的會是一幕無可挽救的悲劇。

自與夏芸重聚以來，兩人感情上的結晶，越來越濃厚，而這已結晶的感情，正如尚還燦爛盛開的花蕾，將有被秋風肆虐，一掃而空之慮。

熊倜享受著這短暫的甜蜜愛情，也期待著它變為一場泡影！

他於無可如何的心情下，遂把一切隱諱在心房深處。

人生是多彩多姿的，也是波詭雲譎變幻無常！

他倆這時，都淘淘然沉醉在愛河裡，互相歡愉地看著在身旁的愛侶，他倆恨不能溶為一體，一聲一笑那又何足表現於萬一呢。

夏芸揚鞭指向東北，欣然笑道：「那邊就是我的家，我倆可以欣賞大海的風濤了！」

熊倜回眸注視著這興奮欲狂的女孩子，笑說：「我沒來過北方，但是還遠呢！」遠就是他暫時的聊以自慰之法，甚至熊倜希望這寶馬神鞭，會自己害病死去，使這場悲劇永遠不會發生。

他沒想到悲劇的來臨，竟如此之快！

當他倆談笑著，渡過了沙河來至對岸，前面丘陵起伏，路較為荒涼些，斜陽古道，道旁的樹木，光禿禿的搖落下去僅存的幾片黃葉，衰草一望無際，西邊高地上散散落落幾許柏樹荒塚，又有誰去憑弔呢。

路上行人越來越少了，他倆迎著朔風奔馳，從不會考慮天色早晏，夏芸是唯恐不能多趕些路。

突然一片土丘背後，噹噹噹發出三聲極熟悉的鑼聲。這是多麼刺耳的怪聲呀！連夏芸也不覺為之一震！

熊倜立刻警覺，忙向夏芸說：「芸！這兒就在太行山腳下，一定是天陰教出沒之地，這次可要小心，他們毒計很多，趁早衝過去吧！」

夏芸一嘟嘴說：「怕什麼！我不信會比白鳳總堂一戰聚集了更多扎手的傢伙，那次就夠使他們膽寒了！」

她雖然嘴上從不服輸，卻也隨著熊倜的馬疾駛。

而這條路，偏偏又向西繞去，因為當前是一面高崗。大路兩旁，密密列著樹林，葉落枝稀，鳥雀飛繞，似乎沒有什麼異樣徵象。

樹林中一眼望穿，也不見有人隱伏，但是鑼聲顯然是順這方向送來的。他倆跨下駿馬達達達向前奔去。

前面突又鑼聲大作，這次很顯然的距離很近，熊倜也估料天陰教的好手，都在湘鄂集結，應付武當派人，來北方的當然不會太多，二三流的角色，讓夏芸一個人也都能打發過去，所以他並未在意。

他倆依然聯轡而前，弛過這一條丘陵間的隘道，兩旁樹林也更加稀少，順路向北面繞過去，眼前一片曠野。

當路上卻密密滿布著十幾條黑衣勁裝大漢。

中間又是那位鐵面黃衫客仇不可老人，左手侍立著熊倜曾會過的吳鉤劍襲天傑，另外還有他當年初出道時打傷過的金陵三傑之一，神力霸王張義，和江湖上威鎮邊陲的生死判湯孝宏。

還有幾位體格雄健的江湖好漢，一色兒黑衣勁裝，顯然是北道線兒上朋友。

熊倜和夏芸，見天陰教人攔住大路，便同時勒馬收韁，熊倜以為這一場衝突是無法避免了！

可是大出意外，那位黃衫客卻向他抱拳說：「熊小俠久違了！請勿誤會，老夫是特地來迎接夏姑娘的！彼此已有約定，明春洞庭君山再見真章，今日卻不攔阻你熊小俠的大駕呢！」

夏芸已把她的銀鞭自腰間解下來，提在手中，準備一顯身手，再和這些北道英雄決一雌雄。熊倜也何嘗不是分外緊張，而仇不可卻很輕鬆的表明態度，他們的人也都很悠閒的神氣，像並不在準備廝殺。

熊倜反而莫名其妙，遂以詫異的口吻還禮說：「夏姑娘北上返家省親，不能在此耽擱，更不煩貴教派人迎接！仇堂主這話是什麼意思？熊某頗難明瞭！」

夏芸也冷笑道：「要打就打，何必多說閒話！」

仇不可卻一本正經的皺皺眉說：「夏姑娘，你令尊虬鬚客就在附近，片刻即可到此，老夫誠恐你父女錯過會面的機會，率人來此等候！所以連熊小俠的大駕也攔住了，夏姑娘還見怪老夫麼？」

這一說，夏芸可喜出望外，她怎料她父親會來到關內，而且就在太行山邊等著她呢。但是熊倜卻內心紛擾地激動起來，虬鬚客此時突在太行山邊出現，這是不大可能的事，天陰教又是什麼詭計？

但如果寶馬神鞭，親自來接夏芸，沒有理由不讓她跟她爸爸走，熊倜應該怎樣呢？就在這場合把仇人手刃掉？還是讓她父女歡聚一段時間，隱去自己真面目，暗中下手呢？熊倜一腔悲憤的熱血快要沸騰了。

不過他還是疑信參半，一個人的心情，無疑地要在臉上表現出來，黃衫客已看出他懷疑而複雜的神情。

仇不可笑說：「熊小俠諒還不信老夫的話！請看那邊山道上！」他向西邊山坡上一指，又奸笑著說：「虬鬚客眼看就到了，小俠還有什麼疑問？」

果然那面山道上，數里外電掣風馳一般，馳下來一大群駿馬，奇怪的是馬上竟是八個貌如冠玉十五六歲的俊秀少年，而在這八個少年中間，巍然高聳著一位蒼髮虬鬚，高大威猛的半百老人。

可厭的是這雄偉老人，也穿著一色黑衣。

熊倜縱然當年見過寶馬神鞭薩天驥，但是印象久已淡得沒了影子，這馬上的男子，是否虬鬚客？又隔了這麼遠，他是無法判斷的。可是馬上男子提著一根發亮的烏金鞭，竟與夏芸的銀鞭，長短式樣完全無異。

夏芸是再遠也看得出是她父親的，她激動得一把拉住熊倜的手，笑了說：「真的！爸爸來了！」

熊倜掙脫了夏芸的手，他臉上神色已慘然大變，他把馬韁一領，一鞭緊抽下去，不知他是否在馬身上洩氣？

那馬放開四蹄，向來路上奔回。

熊倜是否缺乏面對這現實的勇氣？

熊倜複雜而矛盾的心情，他不能和夏芸分離，也不能不報戴叔叔陸叔叔的血海深仇！那他應該如何呢？

在夏芸初投入慈父懷抱之時，就使她痛失父親，那是多麼殘酷的事！何況天陰教人在場的不少，未必就能順利的把仇人毀掉呢！

夏芸又是什麼感覺呢！太使她驚奇了！怎麼熊倜突然決絕棄她而去，不願見她的父親麼？又為什麼呢？

哦！虯鬚客投入天陰教，熊倜是與天陰教人無妥協餘地的！夏芸以為她猜測的完全對的，她內心說：「熊倜！我也討厭天陰教，但是不能討厭爸爸啊！這又不是不能挽救的事，我可以把爸爸勸說得脫離天陰教！你既然愛我？就不該如此使我心傷！」

夏芸也立刻撥轉馬頭，緊追下去，並且親切地喚道：「倜！你不能走，聽我的話！」

熊倜卻頭也不回，策馬狂奔。可是他的心也碎了，他支持不住他的情感，眼眶裡閃著晶瑩的淚光，而心裡卻燃起了熊熊的憤怒之火。

夏芸又大聲疾呼：「倜！你不能這樣，你應該聽我把話說明白呀！」

他倆在隘道中一前一後的追馳著。

站在那邊的天陰教人，卻都為這突變的一幕怔住了。黃衫客滿以為熊倜這次可要墮入彀中，卻不料又猝生變故！

從山坡上疾馳下來的九位，其中那虬鬚客策馬到的最快，他也看見了夏芸追趕熊倜，這位寶馬神鞭薩天驥，多年來內疚神明，他做錯了一件無法彌補遺憾終身的事，甚至使他避仇關外，隱姓埋名！

他接受了天陰教的命令，帶著張義，專騎馳來太行，一半為了消弭這以往的仇恨，他懺悔了十年，他愧對江湖上的朋友，天陰教人告知他熊倜和他女兒愛情已達沸點，他從夏蓮貞口中得悉這兩個孩子，可能是嫡親兄妹，他不忍她——夏芸和熊倜再熱戀下去！

寶馬神鞭只略向仇不可施禮招呼了一下，便也策動他座下赤炎神駒，向隘道上追了下去。他看見了熊倜的背影，這孩子將使用最殘酷的手段對付他，他十餘年來良心上的責罰，使他寧肯早日接受了這應有的懲罰！

他抑不住激動而悲愴欲絕的心情，但是他追上了這位可怕的少年，他又該怎樣？他將把以往誤會全部坦白說出，以求換得這少年的饒恕麼？他自忖：「應該勇於認過！聽憑這少年決斷吧！」

十餘年的自疚，總想把這事一吐為快！

一切的後果，他不願再考慮了。

寶馬神鞭這種決定，確是無可如何的，他不失北劍南鞭英雄的本色！他一追下去，黃衫客仇不可也揮手招呼眾人一齊隨著疾馳而去。仇不可並不明瞭虬鬚客和熊倜還有一段永不可解的仇怨！

天陰教人這是最後一次對熊倜所施的手段，倘若這次計畫失敗，那只有把熊倜置之死地，以絕後患！

熊倜的坐馬奔馳的再快，也不及夏芸騎術之精，而她的大白，腳程比一般的馬快了一倍，他倆間距離逐漸縮短！

寶馬神鞭也和夏芸相距不及半里。

薩天驥思潮起伏，他不怕和這少年決裂——一較身手，但是在目前就宣佈他和夏芸並非親生父女，多少更不利於自己，於是寶馬神鞭默默尋思一個更妥當的辦法。總之不能讓這兩個孩子結合！

夏芸氣得要哭了，她的心上人就在數丈之外，她顫聲呼喚，幾乎等於祈求哀懇的語調道：「倜！你忍心這樣對待我麼？你只不過是為了爸爸歸身天陰教，可是這與我倆的事又有多大妨礙呀！」

熊倜眼含淚光，在馬上扭回頭來，激動著說：「芸！海枯石爛你的倜永遠是你的！但是請你原諒我，我另有隱衷，不忍也不願立刻見你父親！」

夏芸張大了眼，她看出熊倜的神情大異，她無法瞭解熊倜的心，如墜入五里霧中！她心說：「你有什麼為難的心事，還不能對我說麼？」

她又親切地呼喚：「倜，任憑你有什麼心事，我都能原諒你！只是你不能不明不白的丟下了我！倜，你不是歡歡喜喜隨我去落日馬場麼？怎麼你又變了心！」

熊倜無法解釋，他倆都心碎了！

熊倜猛然雙目圓睜，他本想把這事揭穿，因為這是終不能避免的事，但是感情又征服了這少年的勇氣，他低低垂下頭去，也以同樣懇切而祈求的語調說：「芸！你不必問，我求你暫時不要問！可是天日在上，我對你的心是永不改變的！芸，你為什麼還不相信我？」

夏芸對他的話滿意了一大半，她仍然喚道：「倜！那我倆還要計畫以後的事呢！你不能撒手一走，也不和我約定以後我們怎樣相聚呀！」

她的馬已快追上了熊倜。

而前面又揚塵飛馳而來兩匹快馬。又一樁新參入的事情，將使這兒立刻愁雲籠罩，化為一片血腥的屠場！

馬上的人，無巧不巧卻是崆峒派的秋雯師太，和她的愛徒雲中青鳳柳眉。

這兩匹馬縱轡飛馳，幾乎和熊倜撞在一起。

雙方都咦了一聲，彼此都認識的，各收勒住坐馬，互相致歉。因為有了生人的介入，夏芸一腔的話，不便傾吐了，於是四匹馬發聲長嘶，會在一處。

夏芸以幽怨的眼光，睨了熊倜一眼，說：「倜！你今日的舉動太離奇了，但是我自信總要把你追回，現在你有什麼話，快些痛快的告訴我！我永遠同你站在一起！只要你恨天陰教人，我永遠不和他們攜手，我爸爸他強不過我的，他會回到你們這邊來！」

這時，寶馬神鞭，一騎先至。

第三十二回 珠淚成行，檀郎義憤 陣影回環，俠女突圍

夏芸破涕為笑，張著雙臂，向他叫道：「爸爸！我和他正要趕回落日馬場拜見你老人家呢！怎麼你會在太行山下等候我們？」又一指熊倜說：「他叫熊倜，武林三秀之一！爸爸你不認識他吧！」

夏芸幾乎恢復了童年無邪的天真，這時她最快樂，可愛的爸爸和最可愛的熊倜，都在她的身邊。

她想：「不要再用什麼親熱的話來替熊倜介紹，爸爸也應該明白呀！」

可是寶馬神鞭的答覆，使她非常吃驚！他苦笑說：「熊倜？我早認識他了！」

夏芸不測虬鬚客怎麼說出這種話來，她一雙秀目，陷入迷惘之中，她看看父親，又看看熊倜。

寶馬神鞭，仰天喃喃自語道：「星月雙劍，我祈禱你們看著這悲慘的一幕！我不能再隱藏著十餘年來的死結！我聽憑他替夢堯兄——」

他眼裡淚珠掉下來了！

寶馬神鞭英氣挺生，他向熊倜招手道：「好，你就是熊倜吧！老夫就是當年的寶馬神鞭薩天驥，你和星月雙劍什麼關係，我不深悉，但是孩子，你說實話，戴夢堯臨死以前向你說過些什麼？」

這宛如一個晴天霹靂，震驚了熊倜，也震驚了夏芸，她到現在還不知道她爸爸虬鬚客乃是當年的寶馬神鞭薩天驥！那麼為什麼爸媽都說他一家姓夏呢？看來這其中大有難言之隱了。

虬鬚客又追問什麼星月雙劍的遺言，這是什麼道理呢？而熊倜與星月雙劍又有什麼不平凡的關係？

夏芸瞪著一雙眼，她激動地叫著：「爸爸！你這話我怎從未聽說過？」

熊倜一看，眼前這位虬鬚半百老人，就是戴叔叔的仇人，而他卻慷慨自承是寶馬神鞭！又追問戴叔叔的遺言。

熊倜按把不住一腔悲憤，以極難堪的話氣，冷笑說：「不錯！我就是戴叔叔的門人熊倜！戴叔叔留下什麼話，我想閣下自己應該明白的！兩位叔叔都死在你這不仁不義的傢伙之手，戴叔叔陸叔叔在天之靈，絕不能讓你再逍遙法外！熊某今兒就和你結算這一筆血債！」

他話音悲痛激昂，句句震顫了虬鬚客的心弦。

而夏芸呢，驚駭得宛如泥塑木雕，她怎會想到心愛的人，竟是她父親的生死對頭！她猛然策馬向熊倜身畔衝過去，雙手擒住熊倜的一隻胳臂，她驚聲尖叫道：「倜！你忍心殺死我爸爸？你不能饒恕了他老人家？」

夏芸生性再要強，總是個女孩子，她眼淚如泉，隨著話音，撲簌簌掉了下來，她芳心已快寸斷，又說：「倜，你不是說永遠愛我嗎？你連我一齊殺死吧！」

寶馬神鞭也被夏芸感動得虎目落淚，但是他是堅毅不屈的血性，他激昂入雲，一聲斷喝：「孩子！你快過我身邊來，你不能拿你和他的愛情，減沒了天地間的正義！熊倜這樣做是對的！」

寶馬神鞭恨不得自殺以謝戴夢堯，但他不忍夏芸和她的手足相戀，他虎眉一挺，向熊倜道：「熊倜，你是個明白事理的好男兒——這不能不承認，戴夢堯確是傷在我的手下，但這是一場誤會，你能容我把這回事始末說一下麼？如果你不容我解釋，薩天驥不是貪生怕死的人，一切聽候你劃出道兒，也不必費話了！」

夏芸哀哀欲絕，仍然緊緊抱住熊倜，她央求說：「當年的事，我太小了，應該聽爸爸把經過說明，是非曲直，自有個公道。你連這一點要求都不答應我麼？」

熊倜何嘗不是一顆心，宛如碎割凌遲，只是他不能違背戴叔叔遺命。夏芸是佔據他心靈，永遠不能排除的生命之花！他處於這種場面下，要在夏芸面前，手刃寶馬神鞭了，這是虬鬚客自己找來的結局呀！

寶馬神鞭仰天長歎一聲，向夏芸喝道：「『孩子你過來！我不許你和他結合！無論怎樣，海枯石爛，你應永遠記著我這一句話！』他心裡沉痛到了極點。

他又道：「熊倜，我不能怪你，你動手吧！」

但是他仍忍不住十餘年心裡埋藏著的遺憾，他指著天日為誓，說他當時以盛意款待戴夢堯陸飛白，筵前比較武技，他雖輸給陸飛白一著，但並不因此懷恨陸飛白，而陸飛白死於何人之手，至今還是一個啞謎。

當然陸飛白死在和他比較武技之後，戴夢堯很容易的認為是他暗下毒手，造成了一場失恨終天的誤會。

至於他和戴夢堯交手之際，他又無從解釋這場誤會，戴夢堯劍法原足以勝過他，反在無意中衛護熊倜不幸受了傷，他失手傷了星月雙劍戴夢堯，他實在痛心已極，所以無面目再見武林同道，隱跡關外的。

夏芸聽她爸爸說出那麼決絕的話，芳心又受了一次殘酷的摧殘，她不由放下熊倜，拍馬馳回她父親身畔，哀聲說：「爸爸！你不能因為他是仇人門徒，說這種無情的話！戴夢堯又不是他的父母，僅僅是師徒名分，我能使他化仇誓為友好，而我和他之間，更沒有絲毫仇恨存在，為什麼要硬生生把我倆拆散呢？」

寶馬神鞭一把拉住夏芸的手，面容十分嚴肅，道：「孩子，我不能告訴你！但你與他是不能結合的！他大義復仇，我拚了老命也接著他的義舉，就是他放棄復仇，我還是不准你再和他在一起！」

這可使夏芸迷惘得無以復加了！她對於虬鬚客這種乖謬的嚴命，實在想不出什麼正當理由，心說：「你既然承認失手傷了戴夢堯，又為什麼還這樣痛恨熊倜？你這樣重傷女兒的心，豈不使我抱恨終身？」

情場裡的兒女，把一切都看得無足輕重，就是拚了一死，也要償還這一場情債。夏芸顯然覺得她父親是不能諒解她了。

夏芸自馬上縱身，撲入虬鬚客懷中，她趴伏在虬鬚客肩頭，抽抽噎噎的哭了，說：「爸爸！這事我求求你，求你不要記恨熊倜！並且不能和他交手，無論誰勝誰敗，總之都使我活不下去了！」

熊倜也推開秋雯道姑說：「熊某和薩天驥的事，非口舌可解，任憑他怎樣自圓其說，戴叔叔臨終的話，絕不會是假的！待我和他了斷這以往的恩仇吧！」熊倜一手拔劍，貫日劍青霜奪目，臨風閃出一片似水寒光。

那邊薩天驥也硬著心腸，要把女兒推下去，然後亮兵刃和熊倜交手，可是天陰教人已來了多時，數十匹馬排列在兩旁疏林之內。

黃衫客仇不可突然一揮手，向那隨伴虬鬚客而來的八個少年喝道：「就請八位護法，準備擺開八卦遊魂陣，收拾這姓熊的小子！」他又向熊倜戟指叱道：「熊倜！寶馬神鞭乃本教分堂堂主，你想傷他分毫絕不可能，你把老夫勝過再跟他動手！」

他說著也立即揚起他特製的烏龍軟索，向空中舞動了個圓弧圈兒，又扭頭向寶馬神鞭說：「薩堂主請先帶著令愛回山，聽候八翼神君分派工作，這裡的事你用不著管了！只留下湯香主他們幾位，對付崆峒秋雯道婆師徒，把叛教的柳眉丫頭，擒回總堂，按律治罪就行了！其餘的人都回去吧！」

玄龍堂主令出如山，寶馬神鞭不敢不聽他吩咐，於是他拉著夏芸的手，一同乘馬向西邊山坡上馳去。呼喇喇一片馬蹄聲喧，其餘的人眾也走了一大半。夏芸知道天陰教人又要向熊倜惡鬥了，她如何不心急。

夏芸想撥馬回去，和熊倜並肩作戰，朗聲道：「爸爸！我要回去看看他！」薩天驥苦笑說：「熊倜屢屢和本教作對，這是他自投網羅，任何人也無法救他！孩子，你不許走！」

夏芸本待撥馬回去，但前後左右，擁來了二十多匹馬，寶馬神鞭又是大白的老主人，他一打手勢，那匹神駒，就放開四蹄，馱著夏芸向山上奔馳，夏芸被薩天驥緊緊挽住了手，脫身不得。

這裡黃衫客又向秋雯師太冷笑一聲說：「崆峒秋雯道長，令徒已投身本教，應受本教節制，莫非道長親自送她回來領罪麼？如她尚知悛悔，老夫可代懇繆堂主從輕發落！

道長請把柳姑娘交給老夫吧！」

請想崆峒乃武林五大正派之一，秋雯道長也不過因徒兒柳眉與九天仙子有親戚關係，因而相識，並非崆峒派人甘心依附天陰教，黃衫客這樣盛氣凌人的口氣，秋雯師太任憑有多深涵養，也忍不住這口惡氣了！

老道姑立時臉色大變，也以極不屑的口氣回答道：「九天仙子與老身不過見過幾次面，她也不敢對我這樣無禮！我崆峒派門下弟子，豈能受你們教下控制！」

這時熊倜心情紛亂得無法收拾，他正遙望著遠遠馳去的愛侶，一份兒無比的惆悵，同時眼看著寶馬神鞭遠去，更增加了無比的忿怒！他躊躇起來，他怕刺傷了夏芸的心，他不忍立刻追上去，拾掇虬鬚客！

他更不願和黃衫客這些人廝殺，因為這是沒有意義的！他在考慮，天陰教人巢穴中必然徒眾不少，縱是龍潭虎穴他也不懼，首先應該把夏芸接出來，免得她陷身邪教！夏芸畢竟是個女孩子，她能違抗父親的亂命麼？

至於崆峒秋雯師太師徒，對他是無恩無怨漠不關心，但是崆峒派人和天陰教決裂，是足以削弱天陰教實力的。

以此他迷惘地望著那一群天陰教人，包括虬鬚客夏芸在內，只剩下一團塵影，沒入了松柏交集的峰坡之中，他神遊象外，竟忘記了天陰教大敵當前呢！

天陰教人則靜待玄龍堂主發號施令，仇不可還在和秋雯道長辦著交涉，所以都還未向熊倜下手。

但是從山坡上馳下來的那八位少年，一色兒玄衣勁裝，宛如粉裝玉琢的金童，卻很自然的各踏一個方位，把熊倜和崆峒二女團團圍住，距離約在一丈六七尺以外，他們手裡各捧著一柄奇形兵刃。

這種兵刃，形如一面圓形齒輪，只後面多個把手，鋼鋒似霜，寒光耀目，極自然的滑動著，不知有何妙用？

此外就是生死判湯孝宏手中一柄判官鐵筆，吳鉤劍龔天傑倒提著一柄吳鉤劍，和其餘兩位綠林好漢一排站在仇不可身後。

仇不可仍然很悠閒的向老道姑說：「崆峒是本教友派，本不能就此反目，但是秋雯道長如此強橫不講理，只有把柳眉這丫頭留下了，對於道長，我們還是不願留難！」天陰教要硬把人家的女弟子留下，還說別人不講理，熊倜聽去十分刺耳。

仇不可又向熊倜說：「怠慢了熊小俠了！請試試本教這八卦遊魂陣吧！」

仇不可袍袖揮動，大喝道：「敬請八大護法，留下本教叛徒柳眉賤婢，嚴懲熊倜這頑梗不化的小子！」

隨著黃衫客話音一發，四面八方嗆啷啷響起一種刺耳的怪聲，八個少年風起雲湧，手中鋼輪迎風旋轉起來。

八個少年像是訓練有素，出招進擊，配合得非常巧妙，立時黑影紛紛晃動，或高或下，那怪兵刃同時向他三三襲來。而且再巧沒有，左右前後，一齊遞到，肩腰胸背，處處都在鋼輪閃閃之下。

鋼輪閃轉過速，挾著那種怪音，耀得人雙目難見，他們的身法也矯捷無倫，足以想見輕功不凡。

最妙的他們突發一招之後，八個人逼攏過來，竟旋繞著他們三人以極快的游魂步法旋轉起來。

秋雯道長拔出一口寒光飄飄的好劍，迎削這些襲過來的東西，但是她手法再快，依然是無法著手，因為鋼輪究如一片銀光結成的盾牌，連敵人的身形都遮得看不見了，若是鋼輪碰上些兒，怕不要血肉橫飛。

秋雯道長以極快的少陽劍法，嗆嗆一聲震響，把一付怪傢伙震碰回去，但是她那口劍已如經過一番鋸銼，立刻添了許多缺口。並不是那八個少年功力比她還醇厚，而是鋼輪旋轉之速，出乎想像，增添了巨大威力。

她還來不及察看寶劍能否再用，而同樣的鋼輪銀影又湧了上來。這是一種什麼玩意，使秋雯道長不勝駭異。

雲中青鳳手中的一口柳葉繡鸞刀，因為質地較薄，竟被鋼輪一絞之下，「克察」一聲折為兩斷！柳眉嚇得一聲尖叫，趕快把身子縮藏在老道姑背後。她恰好夾在秋雯道長和熊倜之間，這是最安全的地方了。

熊倜一柄貫日劍，原是鋒利無倫，尋常兵刃碰上了立刻可削成數段，但是這奇怪的兵刃，乃是白金鋼鐵合鑄，竟沒法摧毀。熊倜被這漫天盾影阻攔住，他的蒼穹劍法卻有所顧忌不能施展，因為他一離開，秋雯道長師徒，就失去了屏障，將不免為這八個少年所乘。熊倜也正要研究他們這種陣法呢。

八個少年都有相當的功力，他們運足氣勁，把鋼輪平伸側撲，都送出一股相當雄渾的勁頭，固然不能與熊倜的功力相比，但是和秋雯師太的寶劍相遇時，他們的力道是相差無幾的。

八個人的怪兵刃，輪番進襲，而且同發並至，時間配合得妙到毫端，秋雯師太雖以崆峒鎮山劍法相抗，而往往幾道盾影同時俱來，使她毫無喘息的機會，因而她沒法攻擊對方，只有拚命的自衛。

在這種奇妙的陣法包圍之下，在熊倜尚非無法攻破他們，但是顧慮到秋雯老道姑師徒，他空有一身絕技，像也只有束手待斃了。柳眉看見師傅手忙腳亂，有兩次幾乎把鋼輪磕不回去，她只有希望熊倜能夠把她們救出去。

她雖欽佩這個不可一世的少年，但她的芳心，卻早已有了專屬，尚未明和她在白鳳總堂短短一刻的交談，兩人是靈犀早通，而且使她終身不能忘掉。尚未明更是死心塌地，一見傾心了。

雲中青鳳為這奇異陣法而震弦著，她不禁柔聲說：「熊俠士！你有法子破這怪陣法麼？老是被困在裡面，我師傅年紀太大，恐支持不了多久呢！」

熊倜把天雷功內力貫注在貫日劍上，長劍起處，青虹閃繞，擊起一股肅肅的寒風，他也不耐煩和這八個少年僵持，他劍尖上自然湧出一蓬勁力，每次鋼輪碰上他的劍鋒，立刻嘎察怪響，把對方震退得很遠。

但是他們循環不息，穿梭而來，雖被震退下去，卻並沒受什麼重傷，因為鋼輪旋轉的力量，就把劍上勁力卸去，而他們練成這種游魂步法，輔以童子功渾元氣功，一兩個時辰，他們是不在乎的。

因此，他們是此來彼去，旋轉速度又快，幾乎是永無停息的進撲，若非熊倜澄心定念，抱元守一，以靜制動，他也會感覺應付為難了。

這比武當派的劍陣，作用又自不同。但同樣的使人防不勝防。熊倜也恐她倆不幸受傷，急中仍然安慰背後的柳眉說：「柳姑娘，你怎不和秋雯道長，施展輕功跳出圈外呢！你們不用顧慮我，我自有方法對付他們！」

熊倜這一句話，也同時提醒了秋雯師太。

她心說：「這才是冤枉透了！為什麼早想不出從空中突圍之法呢？」老道姑八步趕蟬的絕頂輕功，自信是很容易從空中躍走。但是雲中青鳳的輕功，比老道姑自然欠些火候。老道姑便伸手挽了柳眉的手臂。

她倆要走的一剎那，同以極關切的語調，囑咐熊倜留意，因為熊倜背後兩側要立即空出許多部位呢。

她倆突然並肩而立，老道姑採取一鶴沖天的身法，平空拔起兩丈多高，正準備向斜刺裡飄縱出去。

站在圈子外的天陰教人，早已安排好了，四周一片呵呵狂笑，絲絲嗡嗡之聲大作立刻從四周飛起了四五種精巧的暗器，原來這也是天陰教八卦遊魂陣法配合的一種武力，正好對付與衝出逃走的敵人。

暗器是從四面八方湧至，密如繁星，都向秋雯師太師徒二人身形附近交穿飛射，形成一片密不透風的網。

黃衫客是以漫天飄絮的手法，發出一大蓬杏仁鏢，其餘是飛蝗石，沒羽輕弩，子午悶心釘等等，都細巧無倫，而且多如牛毛。秋雯師太雖以少陽劍法中的銀龍舞爪招法，磕落了許多暗器。

但是嗤嗤幾聲響，她倆衣袖襟袂都連穿了七八個小洞，有些擦膚而過，劃破一層肉皮，若不是熊倜機警援助，她們早已喪身暗器之下了。

熊倜在這一路上，才和夏芸研究散花仙子那種絕技，而恰好他也留下幾十粒鋼丸，想偶爾試它一試，不想此時卻救了秋雯師太和雲中青鳳的危難。他以散花手法，擊落襲擊她倆背面的暗器，她倆才倖免於難。

這一剎那是生死間不容髮的事，秋雯師太和雲中青鳳她們衷心感激著這位少年，她們不能放過這逃走的良機，她倆立刻斜斜縱出圈外，天陰教的生死判湯孝宏，龔天傑等已拔步追來。

黃衫客則以總指揮的身分，操縱著這八卦遊魂陣，準備把熊倜累個力竭神疲，然後活活的擒獲，施以極殘酷的刑罰，逼使他乖乖就範，再以夏芸的柔情感動他，不怕熊倜是個鐵打的硬漢，諒他也熬不過去！

秋雯師太師徒能夠突圍而出，多少算是八卦遊魂陣失敗了，因為陣法困不住人還有什麼價值呢？

他們本來是準備圍困熊倜等三人一段時間以後，就餵以暗器，仇不可已看出秋雯師太露出敗象，他覺得連暗器都可以不用了，自然更為光彩些，沒想她倆會見機逃走，而暗器網又沒有把人家傷著。

仇不可專心對付熊倜，他相信生死判等幾位能手，不難把雲中青鳳擒回，因為他已看出來秋雯師太功力不算頂高，生死判湯孝宏一人就夠對付她了，那麼雲中青鳳還能逃走得掉麼？

所以他一心貫注，如何收拾熊倜，他自己不須去追了。

秋雯師太拉著柳眉，她施展八步趕蟬的絕頂輕功，幾個起落，已縱出十餘丈外。生死判湯孝宏也輕功超人，追了個首尾相銜，而龔天傑之流，腳程就要慢些落後數丈，在數丈之外，他們雖發出子午悶心釘之類，可是效力就微乎其微了。

熊倜不肯立時突圍，他要把八卦遊魂陣法的妙用，全部領略一下，將來便於使正派一方面人士，有辦法應付。

同時他想絆住仇不可這些人，使秋雯師太師徒，可以從容逃走。武當派的劍陣，困不住他，這八卦遊魂陣法，他也不難衝出。不過起初他是感到非常驚異的，熊倜當秋雯師太等走後，他背後門戶大開，險象環生。

八個天陰教少年，招法雖不過幾式，卻配合得天衣無縫，使敵人上下前後都同時受攻，他們進退起伏，像有固定的法式節奏，而那鋼輪旋成的盾幕，敵人是無法傷及他們的，因之他們居於絕對有利的地位。

加以這八個少年，功勁不弱，確可與武當派劍陣比美，這是不是他們自領略了武當劍陣想出來的對策呢？

熊倜覺著在這陣中，雖然他仗著潛形遁影之法，四面應戰，也仍然非常吃力。他選擇了另外一個戰術，就是和八人中的一位，聯肩接刃，隨著他進退俯仰，以同樣速度和角度打旋兒，那麼他反而變成了陣中柱石之一了。

於是這八個少年，失卻了圍攻的核心，若是把兵刃硬遞過來，反而會和自己人碰在一起。

熊倜是在研究他們的招法，和怎樣應付這種奇怪陣法。

黃衫客眼也看花了，因為熊倜快和他們的陣勢融為一體了。他無法打出他的精妙暗器，而八個少年腳步逐漸緩慢下來，因體力已發揮至飽和點了，繼之而來的效能遞減是免不了呢。

熊倜把握著時機，他把八卦遊魂陣法妙用全部瞭解之後，他再和他們廝纏，就毫無意義了，於是他立即準備突圍。

熊倜猛然把最擅長的蒼穹十三式使出，他奮力一劍，「銀河倒掛」，向他身邊一個少年直劈下去。

這少年筋疲力倦，而這一劍又自上而下，劈向他的後腦，無論如何，來不及用鋼輪所產生的盾影迎拒，他只有向前陡竄兩步，幸好還沒和他的同伴廝纏在一處，但是熊倜人影一閃，已從他這個缺口中縱出。

熊倜閃出圈外，那位黃衫客已怪嘯出唇，他想再把這八卦遊魂陣擺佈起來，重新困住熊倜。但是熊倜身法何等迅捷，又一縱已飛出三丈多遠。那幾個少年立刻收住腳步，他們為陣中的人影失蹤而一齊愕住。

仇不可奸笑著含有無比的陰險語氣道：「熊倜！你並沒有破了我們的八卦遊魂陣！這樣逃走算不得英雄！」

熊倜卻還給他一個輕蔑的笑聲，道：「仇堂主，你們這陣法的確很好玩！無奈困我不住！至於他們八個小孩子，辛苦練習這種兜圈子的本領，想該是從武當山劍陣學來的，改頭換面，更顯不出什麼精彩之處，不如我再奉陪堂主幾招呢！」

仇不可老奸巨猾，淡淡一笑說：「熊倜，你用不著嘴強，明春君山自有人制伏你！不過最後我向你盡一句忠告，天陰教的門，始終敞開著等候你覺悟歸來，因為教主挺喜歡你這個小弟弟呢！」

熊倜搖搖頭報以一陣冷笑。

仇不可又歎息說：「熊倜！你不管夏芸姑娘了麼？你若仍然和天陰教作對，以後你的夏芸就會屬於別人了！」

熊倜被他這種要脅的話，激怒得無法忍耐，他暗罵：「無恥，下流的賊子！」但是他卻有些惶恐，天陰教人真的要在夏芸身上玩什麼花樣？他以堅毅不屈的神態，朗聲大喝：「胡說，我熊某三天以內必把她救出你們的魔窟！」

仇不可陰惻惻的臉上掛著微笑，而以讚美他勇氣的口吻，歎息道：「熊倜！你算是個有種的男孩子！那就請你來我們龍鳳峪一趟！你的心上人正在期待著你呢！」

第三十三回

闖關探魔窟，捷徑輕馳
妾意感郎心，深仇難解

仇不可雖以輕鬆的口吻和他談著，暗暗又一揮袍袖，那八個少年立即又譁然四散，從四面向熊倜身畔圍攏。

熊倜雖知八卦遊魂陣困不住他，但是盡和這些少年纏鬥損耗力氣，是毫無代價的。乘他們尚未逼來之前，他立即以潛形遁影之法，騰空斜駛，飄飄然像一隻大鳥，他選擇了來路那個方向縱去。

仇不可則在他躍起之際，已撒出一篷篷白色杏核形狀的暗器，幸虧他身形飛去過速，那些小白色物件，追不上他，紛紛落於身後。熊倜知道這是他們的慣技，笑裡藏刀，隨時給你一個冷不防的毒手。

意外的仇不可並沒有率領八個少年追趕他，而相反的他們翻身上馬，一同向西面太行群峰馳去。

這一群人，馬蹄如飛，曳起了一團塵影。

這一片空地面，雖過一場苦戰，卻轉眼平靜如初。

冉冉將落的一絲殘照，使西面山頭上閃出絢麗的紅色，熊倜聽得一聲馬嘶，他那匹馬幸而沒被天陰教人裹去，竟識得主人又奔回他的身邊。

現在只剩下他一人一騎，身邊缺少了嬌縱多情的芸！

熊倜悵望著顏色逐漸黯淡下去的西方，他懊悔了！他懊悔輕輕把戴叔叔的仇人放走了！他又失望了，夏芸被寶馬神鞭帶走，將不會再回他身邊來了！

熊倜心上襲來一種孤寂之感，宇宙一切對他都只是一片虛空！彷彿戴叔叔臨死時所說的幾句話，又在他耳邊響起！他良心上受到一種嚴厲無比的譴責！他不應為了夏芸而姑息寶馬神鞭薩天驥！

何況薩天驥已投身天陰教，正是武林的公敵！

夏芸在寶馬神鞭身邊，將是何等的盼望著他！再三的熟思，眼前只有一條路給他走——就是手刃了寶馬神鞭，把夏芸救出天陰教魔掌之中，他不能再求夏芸的諒解，他只有這樣做良心才可得安。

至於夏芸會反目仇恨他，他不能顧慮這些了。

天陰教的老巢，自然已聚集了許多能手，而這龍鳳峪究在何處？應該何時前往？順哪條路去找尋？都是疑問。

但是天陰教人馳去的方向，就是替他留下的指標。

於是熊倜決定先找附近人家吃飽之後，夜晚是最好的行動時間，他希望能不驚動天陰教這些傢伙，而順利的完成了他的計畫。

他乘馬轉出隘道，他記得道旁有幾家飯店，於是很快的找到了他果腹之處。他把馬匹寄放在小店裡。

他低頭吃著乾澀的食物，卻望見遠處斜馳過去幾條身影，這時已暮色朦朧了。他望不清那些人的面目，但都是黑衣勁裝，而且都抄捷徑奔向山頂。這或者是追趕秋雯師太師徒那生死判湯孝宏幾個傢伙。

由此他又念及老道姑和雲中青鳳，不知她們又逃往何處？她們由此北上，又恰好碰上了天陰教人，幸好自己設法絆住仇不可等，否則她們更是不堪設想，單是那八卦遊魂陣，她們也不易逃走得脫呢。

熊倜把肚子填飽之後，多給了些錢，托這小店主人替他飼餵馬匹，並告訴他回來時間早晚不一定，小店主人是個駝背老人，對他很驚奇，但是駝背老人極為誠實，沒理由拒絕一個行路人的囑託，而且對他還有報酬呢。

熊倜絲毫不再躊躇，他於茫茫低垂的夜幕中，向西面高峰馳去。出了隘道，那路就步步爬高。

黑夜中，星斗燦然，迎面巍巍挺峙的高峰，宛如列峙的一排巨人，而一步步和它接近，至山腳約有三十餘里。

以熊倜的超人輕功，只不過半個更次，已到入山的峪口，滔滔奔馳的沙河，衝激著奇形怪狀的巨石，響奏著一種震耳的鏘鏘之聲，四野荒寂，北風拂拂，而竟沒看見一個天陰教人。

這時若碰見個天陰教人，問問他入山途徑，總比瞎摸瞎撞好些。天陰教按說應該安置些明樁暗卡，難道他們大剌剌不怕有人去找他們為難麼？而事實卻正是如此，天陰教和地方官府都有勾結。他們的勢力已深入各地了。

他們擁有著無比的實力，北道上英雄幾乎全被收羅在教下，更有誰敢冒昧去他們巢穴中捋虎鬚呢。

入山以後，熊倜以為窮山僻壤，應該是滿目荒涼了，而情形卻大出意外。沿著沙河源水北去，用青石板鋪成的山路，寬達八尺，路兩旁還有大樹成行，顯然他們氣派非常之大，各處小坳平坡上都有稀稀落落的房屋，燈光猶明。每當險要處，還築有丈餘高的關牆，黑衣人持械守衛。

這些是不能阻攔熊倜的，他以絕頂輕功，飄若煙霧的身法自暗中竄過，他一連越過三重關口，都未被人發覺。

這條路仍然很寬，不過坡度時高時底，自兩面高峰一帶清流中，盤旋而上，又走了約一個更次。

前面突然地形開拓，燈火齊明，竟是一座圓數十頃的盆地，松柏密集，瓦舍鱗次櫛比，宛如一座不夜城市。

前面人聲喧動，沿石道兩旁竟如同街道鬧市一般，店鋪林立，人影幢幢，他不能再往前走了，因為路上往來的都是黑衣勁裝的天陰教人，自己這身衣服與眾不同，立刻便會被人發現。

他站在百步之外，隱身一株大榕樹後面，遠遠望見簇擁而來十餘名大漢，各持火把，照耀得如同白晝。

當先一位卻正是吳鈎劍龔天傑，他率領著十餘名大漢，沿山路疾馳而過。幸而他們並未發現熊倜。

熊倜眼看著這一批人奔向三里以外，那座較雄壯的關口，或者他們是增加關道的守衛力量，也許是例行的巡邏。

熊倜正想找一條較為僻靜的山徑，設法混進去，但是一面是極高的削壁高峰，另一面是臨著溪水的懸崖，只有從前面過去了。而那路口上黑衣勁裝的人比比皆是，並且有些是來回踱步，顯然他們警衛非常森嚴。

任何本領好的人也無法越過雷池一步的。

熊倜仰看天上的星斗，約近亥初時分，難道他們徹夜不眠不休麼？熊倜心想給他來一次硬闖！

但是他又為一件突發的事件怔住了！來路那三里外關口上突然一陣紛擾，鬧成一片，嗤的一聲，天空裡騰射起一支起火，在空中爆裂開來，閃成一團藍色火花。於是這面路口上長嘯之聲大作。

顯然是此呼彼應，互相示警而聯絡的信號。

熊倜猜不透他們是發現了什麼敵人，因為吳鉤劍一行人走過他面前時，不像發現了他，那麼必另有別人了。

他正在躊躇之際，身後一片細碎的腳步聲，輕蹬巧縱而至。使他大為駭異，不過聽聲音來人輕功尚非上乘。

他在暗中回身打量，果見兩道黑影冉冉而來。

前行的秋雯師太也看見了他，輕輕抿唇一噓，躍至他身畔，低聲說：「熊小俠，日間承你相助，至為感荷！老身也料定閣下會來龍鳳峪一探呢！谷口天陰教徒防守森嚴，小俠恐不易進去的。」

那雲中青鳳柳眉也挨肩縱至，她急急說：「既是熊小俠，不必久耽，師傅快請他一同走吧！我久居龍鳳峪，認識另外一條捷徑，請隨我來！」

她又連連催促說：「第三關上人已發現我們，再不走就難免和他們遇上了！」

熊倜本想詢秋雯師太來此之意，但時機不容他們再多說閒話。雲中青鳳以極快的身法，向懸崖下面躍去。

熊倜緊隨在老道婆身後，雲中青鳳對於龍鳳峪中地形極為熟悉，看似削壁斷崖，她卻能找著落足之處。

轉眼間，他們已躍至峪底。

峪底是兩丈多寬的上游源頭的溪水，天陰教人稱為玄龍溪，而溪對岸一帶危嶺，他們叫做白鳳嶺。

溪水深才及膝，石筍露出水面，正可落足。雲中青鳳目力特強，而且她是輕車熟路，迎著南來的溪水上溯。

熊倜耳中聽見崖上人聲沸揚，料是天陰教人自相驚擾，大約他們發現過老道姑師徒，而又沒法搜獲她們之故。

三人沿溪水奔竄了一陣，便到了那條溪水轉折之處，沙河是從西面一條峪中流出，西面的峰更為峭拔高聳，形成了一道深峽，而北面則重巒疊嶂，境界頗為幽邃。天陰教的總堂則在東面一帶山峰之下。

三人至松林深處，駐足稍憩，熊倜以詫異的口吻，問她師徒深夜來此何為？雲中青鳳卻拉了她師傅衣角一下，不讓她說出，老道姑也覺有些礙口。老道姑沉吟了一下道：「我帶她來一探天陰教人的陰謀舉動，沒別的事。」

老道姑又歎息說：「熊小俠可要謹慎行事，天陰教那位老不死的怪物又出世了！本領大得駭人聽聞，今日白晝那種八卦遊魂陣法，就是他的傑作！」

熊倜驚問：「難道比焦異行夫婦還可怕麼？」

老道姑點點頭說：「焦異行夫婦不過是蒼虛上人兩個司禮童子，因為執掌著教下練武功的秘笈，逃出性命之後，深藏山中，揣摩研習，實則他倆並未學得天陰教的全部秘笈，而這位老怪物卻是蒼虛上人的一位師兄呢。」

老道姑又道：「此人號稱八翼神君，當年崑崙各派高手削平天陰教時，他卻遠赴天山採藥，病倒在托托洛寧坡，因此正派人士少了一名勁敵，又經這多年來的深藏不出，一定練成了可怕的本領呢。」

老道姑長歎一聲說：「單飛師侄竟以天陰教為護符，無異忘師叛祖，眉丫頭又脫離白鳳總堂，本派從此和他們勢如水火，無法相容了！」熊倜這才乘機把武當派柬邀各正派人士，共起撲滅天陰教的計畫告訴了她。

「熊倜小俠，翻過左邊那座山峰，就是龍鳳峪總堂所在之地，不過千萬不要打草驚蛇，小俠獨身一人，怎能敵得住他們無數高手！我和師傅要往西面玄龍峪一行，不能替你帶路！」她似乎立即要和熊倜分道揚鑣了。

熊倜不便問她們去玄龍峪做什麼，料她們必有很重要的事，他又問：「不瞞道長，我是來勸勸夏姑娘，不可受天陰教人蠱惑，只是能否找見她，還成問題！」

雲中青鳳微笑道：「你到了峪中，別往總堂裡面亂闖，那是他們發號施令的地方，能手很多。其餘各處的人，一大半隨著焦異行去了江南，白鳳堂就在緊靠這面峰下，但是很可能她父女是被安置在風雲館，因為那兒是招待客人，外面教友和未入教人的地方。」

熊倜忙問：「風雲館又在哪裡？還望柳姑娘指示。」

雲中青鳳道：「風雲館和白鳳堂相去不遠，也在這一面，而且極好分辨，只有風雲館建造著一排樓房，你一去就找得著。小俠見了夏姊姊替我問好！出山時還是這一條路回去較為穩妥。」

熊倜連連稱謝，但是他又不放心這兩個女子，憑她師徒的本領，遇見天陰教勁敵，是很難自保的。

熊倜很不在意的問說：「玄龍峪又在哪裡？那位八翼神君，是否就在龍鳳峪總堂？柳姑娘離開太行不久，總該清楚些吧！」

雲中青鳳眼珠一轉，笑說：「玄龍峪就是西面那條峽谷。你不管了，那一面天陰教沒什麼高手把守。八翼神君行輩很高，他很少在龍鳳峪出現，還是焦異行夫婦遠赴湘鄂之前數日，他突自天山歸來，因此教中沒人曉得他棲身何處，只仇不可等少數幾個人知道他的住處！」

雲中青鳳似乎明瞭熊倜問話之意，她在天陰教下四五年了，自然她把教中情形，摸得十分熟悉呢。

熊倜向西面溪水上游望了一限，他的臉色已表示出來，他懷疑著那兒究有些什麼？為什麼老道姑師徒要去那荒涼幽邃的峽谷之中呢？

老道姑卻似時機不再，匆匆和他道別，領著徒弟一同向玄龍峪馳去，兩道黑影，冉冉沒入山峽深處。

熊倜不能再遲疑了，時間不容許他多作考慮。他立即施展絕頂輕功，縱上了左面高峰。到了峰頂以後，那龍鳳峪一大片平地，豁然呈現眼底。深夜中仍然有不少的燈光，散佈在這一片平峪之上。

高大而類似宮殿形的建築，顯露出天陰教人絕大的規模，房舍之多，頗像一座城布。而唯一的是朱欄畫樓，正是他要找的風雲館。風雲館卻在緊靠南邊的峰麓下，矗立著一帶危樓。

熊倜激動的心情，他已快到了目的地，他願立即會晤夏芸，卻不願碰上寶馬神鞭薩天驥。

因為再遇上虬鬚客，就免不了流血五步，橫屍以謝戴叔叔在天之靈呢！至於虬鬚客本領如何，熊倜從不加以考慮，他只有盡他的力量去報仇，當年的星月雙劍，已能比薩天驥技高一著，何況熊倜又經過兩位明師教誨呢。

熊倜自峰頭箭一般的奔躍而下，他斜斜直趨風雲館。這面高峰並不陡峭，接近平地時，更形成一片斜坡。而斜坡的盡頭處，瓦舍排列得非常整齊，一排排的蒼松翠柏，做了它們的屏障。

這時快四更天了，到處人聲岑寂，不過天陰教人因三關上發現了敵人，還分派些巡邏的人，在各處守望。

其餘的人應該都早入了夢鄉。所以熊倜踽踽行來，沒遇見有阻攔他的樁卡，很輕鬆的來至那一排高樓背面。

那一排高樓由北而南，長達三十餘丈，樓分三層，下面一層分為七面大廳，只盡靠南端一座廳中燈火未熄。第二層樓頭，也有一排槅扇窗上透出黯淡的弱光。廊下花木掩映，靜悄悄的不聞聲息。

熊倜半伏著身體，使能為那些花樹掩蔽住，他躡手躡足，挨近樓下。可是樓上樓下房間這麼多，又知道夏芸住在哪裡？熊倜不敢挨上廊去，因為廳裡既有燈光，可想而知他們必然有了防備。

熊倜的猜想，夏芸是個女孩子，必被安置在樓上，而樓下或者他們埋伏了很多的人，等候他來時對付他。

熊倜的猜測倒是大半對的，不過天陰教人自以為外有三道關口雄峙路上，而峪中各處也有高手巡邏，估料熊倜路徑不熟，他是無法深入天陰教腹地的。他們用不著多擔這份心事，他們認為熊倜隻身是不敢冒險深入！

熊倜窺視樓上的情形，距地面的高度不及三丈，不過他若縱上去時，總不免弄出聲響，以此他還在觀察四面地形，萬一被人發現，如何退走，這是熊倜細心之處。他沒有冒昧立即行動，而廊上突然縱過去一條黑影。

夜間是不易辨出面貌的，他忙縮身花叢下，窺看這人已沿著迴廊自南而北，輕輕縱了過去，由於這人一手捉著明晃晃的判官鐵筆，腳尖點地，目光向外掠掃，顯然是他們夜間巡邏的人了。

這人身法矯捷，如同風飄落葉，輕功端的超人一等，他的背微微有些駝了，似是一位年紀不小的人。

但這條黑影很快的掠過，又消逝在黑暗之中。於是一切重又歸於岑寂。夜風搖動著花樹，秋蟲斷斷續續叫著。

熊倜不能枯候下去，或許一撥巡夜的人過去，又來一撥，只有乘個空隙趕快躍上樓去。不過他發現了由廊柱可以猱升上去，比較是可免弄出聲音，於是他沿著廊柱，施展猿揉功爬了上去。

直至他一手攀住了二層樓欄杆，再一個「金鯉翻身」，輕輕翻入欄內，他身子已在二層樓上了。

熊倜首先去那有燈光的窗下，伏身探視，使他喜出望外的，室中銀燈餘燼，光影黯淡，而他的芸，卻雙手支頤，呆呆坐在一張桌前。

夏芸臉上神色憔悴，她惦念著他，她的生命離不開他，離開了他像缺少了陽光雨露的花蕾，她怕他會剸刃於她父親，但是她還是希望和他重聚。她不願虬髯客置身邪教，她反而被帶到天陰教巢穴裡。

總之，夏芸不是痛恨熊倜，而是討厭當年星月雙劍造成的悲劇，她內心彷徨不寧，她如何能睡得安穩呢？

夏芸心裡打算著，找個機會，把她父親勸一勸，設法脫離天陰教，如果辯不通的話，那只有她私自逃出太行，去尋找熊倜了。夏芸生性的堅強，是和熊倜差不了多少，而愛情的驅使，其力量是不可思議呢！

熊倜見夏芸為他而夜不安寢，心裡更加感動了，他把報仇的心暫時拋開，他推開了門，輕輕躍入室內。

夏芸還凝神沉思著不能解決的問題，直至熊倜溜至她身後，一手撫按在肩頭，低聲喚了一聲：「芸！」

她才驚覺，轉身一看是熊倜，夏芸驚喜了，她嬌嗔說：「我知道你要找來呢！為什麼悄悄進來嚇人？」

熊倜也笑了，他倆的手熱辣辣握在一起。他說：「芸！我來接你走吧！你願意在天陰教裡混麼？」

夏芸搖搖頭，她的頭低下去了，幽怨地說：「為什麼要這麼快？爸爸非常關心我，我問你一句話，倜！你說真心話，你還記仇我爸爸麼？」

熊倜歎息了，他不能說出違心的話。

夏芸雙肩抽動著，幾乎是聲淚俱下，她含著淚光的眼，瞧著熊倜，她肯定地說：「倜，你真個要替星月雙劍報仇麼？那我和你又有不共戴天之仇了，你想想看——那不過是一場誤會！」

她又說：「我不能跟你走，除非你答應我！」熊倜覺得他和夏芸是一個生命的兩面，他不能少了她，但是他又不願放過寶馬神鞭，他又不能回答出肯定的話來，他又不願騙她，那他該如何呢？熊倜陷於無可如何的沉默裡。

夏芸把手一摔，扭轉了嬌軀，她吞聲嗚咽，啜泣了。

熊倜想不出用什麼話來勸慰她，除非，除非把寶馬神鞭永遠忘掉，可是他良心上又無法得安。

熊倜最後只有囁嚅著，聲音小得只有他自己聽得出：「薩天驥！你投身天陰教，就是武林公敵，自然終要受正義的制裁，不過除非不再相見，見了時還是——」

他不忍說下去。他眼裡也潮潤了，他能不能換得夏芸的諒解呢？夏芸聽見他低微的語音，她轉過身來道：「倜！那我們走吧！讓我們走到荒山幽谷，廝守十年，不，再長一些的年代，你不必再參加武當派人的約會，至於我爸爸呢，我希望他能覺悟退出天陰教啊！」

熊倜不能再拒絕這個要求，因為這是最低限度的要求，他也只有接受夏芸的提議了，至於戴叔叔的仇恨，將會永遠成為一個未完成的壯舉了！

熊倜眉宇間略為開朗，他心房顫動著重複握住夏芸的手，說：「芸！我答應你，那我們立刻走吧！」

夏芸把身子偎依上去，他她都眼裡閃著淚花，各把自己投入對方的懷抱，他倆都為著未來的快樂，破涕為笑。

他倆陶醉在無邊的愛河裡，這片刻的溫存，是自結識以來從未有過的快樂，因為更含有一種特殊的意義，熊倜為了愛情，真的犧牲了自己另一種責任麼？

熊倜附耳低聲細語，催夏芸快些採取行動，天快亮了，破曉以後，他倆的行動將為天陰教人所阻，他們不能再耽擱多久呢。

夏芸天真而誠摯的愛著她父親，她不忍立時拋開，但是又不能離開熊倜，而且熊倜是有危險性的人物，倘若讓他和寶馬神鞭相遇，必會一死一傷，或許兩敗俱傷也未可定，那都是夏芸芳心所不忍睹呀！

夏芸還有一點徹底明瞭了，天陰教人將不會放鬆了她，投降在天陰教旗幟之下，她是不會心甘的。

白鳳堂的一戰，她力創幾位能手，使她心懷凜懼。雖然此次來龍鳳峪，在她父親羽翼之下，天陰教人尚未露出猙獰可怕的面目，但是那事情終要爆發的。於是夏芸同意立即隨熊倜逃出龍鳳峪。

夏芸耿耿不忘的，還有她那一頭神駒大白。

夏芸沒有什麼行李多費時間去收拾，只是匆忙中留下了一張信，寫給她父親寶馬神鞭的，上面寫明不告而去的苦衷——不願在天陰教中廝混，而把避免熊倜和他衝突的話隻字不提。

夏芸寫完了信，想及從此遠離雙親，將不知何年何月再回到父母膝下，她豐富的感情，又黯然落淚了。

夏芸畢竟是個女孩子，她幾乎支持不住她的身體。由熊倜扶掖著走出房外，熊倜看看樓下依然寂靜無異，他遂挽著夏芸，施展潛形遁影輕功，自樓頭翩翩躍落。

夏芸輕功固然比熊倜稍遜，但她身體輕巧，也是一等一的身手，所以才博得雪地飄風的美號！

他倆飄飄落地，只略揚起一縷輕塵，並沒發生重音，但是不幸的他倆行蹤，早已為人發現，而且在他倆情意纏綿之際，樓下的人早已展開了包圍網，他倆溶浴在愛河之中，誰都不曾注意。

所以他倆剛緊紮了一下衣服，攜手向西北方縱竄不出數十步，突然一疊蒼勁的老人腔口叱道：「熊倜！你這小子倒膽量不小，擅入本教聖地，可是你來得去不得了，乖乖聽候本教發落吧！」

話音一起，立從四面閃躍出來七八位手持兵刃的武林能手，包括仇不可，生死判湯孝宏在內。而正是生死判湯孝宏在巡邏時發覺了樓上他倆低聲蜜語，因而就近把寶馬神鞭一行關外的英雄喚起，藏伏在四周等候。

隨寶馬神鞭來關內的東北好漢，有長白派天龍和尚門徒宇文秀，號稱雪嶺神鷲，和他師弟渤海神蛟曹學詩，以及神力霸王張義等人。

熊倜見敵人雲集，他低聲向夏芸說：「我不難逃出去，但是你呢？你能隨我和他們廝殺一場麼？」

夏芸卻芳心大震，她唯恐寶馬神鞭此時出現，使她進退兩難，至於隨熊倜殺退這些人，她還頗有自信心。

夏芸嗆啷啷解下她的銀鞭，恨恨回答道：「走吧！白鳳總堂一戰和他們已殺成仇敵，我還顧慮什麼，只要——」

她原想說只要我爸爸不來攔阻，但是時機已不容許他們說下去，八位好手已轉眼刀劍齊揮，圍攻上來。

仇不可揮舞著黑龍一般的軟索，湯孝宏一支判官筆，閃飛如電，疾點熊倜周身大穴，另有宇文秀一柄護手金槊，渤海神蛟曹學詩一柄三環金背大刀，這四位功力超人，先把熊倜圍住動手。

其餘四位，在遠處沒有看清夏芸面貌，他們躍至切近，都把兵刃一收，他們都是寶馬神鞭的好友，還有張義等都是薩天驥鏢局舊日的把什，怎麼不認識她。張義首先呀了一聲說：「夏姑娘，你要跟這小子跑麼？」

夏芸平時都喊他黑叔叔，她自然也都認識他們，她不能動手了，神力霸王這句話，更使她面上泛起紅霞。

張義又笑說：「姑娘快回樓上去吧！薩堂主正擔心你呢！讓我們來收拾這小子！」夏芸一時反怔在那裡。

她既不能和黑叔叔們廝殺，更不忍熊倜獨身苦鬥這許多能手，她能做些什麼呢？

夏芸眼看著這四個人，也跳過去一齊圍攻熊倜，她想不出怎樣幫助熊倜，但是她不忍離開這頓時變成了腥風血雨的戰場。她希望熊倜打敗這一干人，她還有機會跟著熊倜逃走，於是她成了局外人作壁上觀。

繁星曉露，黯淡的光影裡，她也分不清誰是熊倜，因為眾人兵刃閃閃掠過去的光輝，使人目不暇接，而熊倜正以潛形遁影的輕功，在人群中穿梭來去，他沒有這種本領，他早就敵不住他們了。

不過熊倜那柄貫日劍，矯若遊龍，閃劃出一道一道的青虹，使夏芸能略辨出熊倜飄忽若風的身影。

但是仇不可，湯孝宏，宇文秀等這四位的本領，也僅僅比熊倜略次一籌，以這四人聯手合攻，熊倜很難脫身突圍，其餘四位不過壯壯聲勢，自然在熊倜想突圍時，他們也可發揮一點攔阻的力量。

許多兵刃，在黑夜中極易磕撞在一起，但聽見嗆察鏗鏘之音，和金鐵交錯激射出的火星飛閃著。

夏芸本想用散花仙子傳授她的鋼丸，向這些人暗中狙擊，但是黑叔叔等又都是她父親的好友，而且黑夜中弄不清楚會誤傷了熊倜，這可使她為難了。

一盞茶時過去了，她心愛的倜，依然青虹閃舞如電，她心裡暗暗稱讚著熊倜的本領，確是超人一等，她覺得熊倜確實是值得她引為驕傲的人兒。

夏芸突然看見一條高大黑影，自側面閃掠過去，使她心中立刻起了一陣震顫。因為那是寶馬神鞭啊！她怕父親和熊倜碰了頭，將演出一場慘劇！但是那高大身影掠過之後，竟未再現，使她仍瑟瑟不安。

熊倜的聲音，又在呼喚她：「芸！隨我一同走吧！」

於是這聲音提高了她的警覺，她知道熊倜並未為眾人所困，他還能從容走去呢！她立刻準備著只要熊倜一躍出重圍，她立刻追上去。若有人攔阻她，她也顧不得是誰了，她將盡可能的對付攔阻她的人！

夏芸猛然看見熊倜的身影，自圈子裡躍起三丈多高，從眾人頭頂縱了出去，劍虹還在他身後閃閃飛舞。

夏芸不能遲緩了，她立刻聳身也朝著那個方向縱去。

她銀鞭在身前舞起一蓬銀影，以防不測，於是她的視線稍稍受阻。但是她距離熊倜不及四丈，她身後那一群天陰高手，竟比她還遲了一步，他們於熊倜躍出以後，還捉迷藏的向附近搜索了一陣呢。

夏芸又奮力縱上峰麓，前面松柏密佈，突然自松林中竄出一條高大身影，挾著一蓬黑色光影，恰好乘熊倜竄來之勢來了一個迎頭痛擊。這人所用的鞭法，是夏芸熟習的「狂風落葉」招式，薩天驥的烏金鞭騰起，夏芸就明白是她爸爸了！

這一鞭來得太突兀了，寶馬神鞭藏伏林中突然發難，而且使出了他平生最毒辣的招數，當然他是想把熊倜一舉而斃之了！熊倜正急急逃竄，沒看清對面是什麼人，而來人的毒招已至。

熊倜不得不施展蒼穹十三式中最精妙的「漫天星斗」招法去應付，而對方卻旋身閃躲，又以「天風狂飆」的絕招，攻他的雙足，因為熊倜這一式，人還在空中未落下去，這人這一招確實夠毒辣了！

豈知熊倜的貫日劍削鐵如泥，而他劍上的功勁，遠比當年星月雙劍戴夢堯為高，又學了毒心神魔的奇怪劍法，所以他長劍迎著鞭影一絞，嗆啷啷一迭響，對方烏金鞭竟削落了數截，而熊倜順手又一劍「天虹倒劃」，直刺下去。

薩天驥原以為熊倜本領再好，也強不過當年的星月雙劍，而剛才他發出「天風狂飆」毒招，自信已經得手，不料熊倜另以十三式以外的劍招，削斷了他的烏金鞭，因此大吃一驚，而貫日劍已疾如閃電，貫頂而下，他本還可以用鐵板橋功夫，向後仰倒下去躲避，但是他疏忽了貫日劍的威力，他只往後縮退兩步，又掄起半截金鞭仰磕來劍。

於是熊倜得心應手了，他劍鋒用力又一絞，把烏金鞭又絞為數段，而劍鋒迅若奔電，嗤嗤洞入寶馬神鞭的前胸，這時熊倜才看清楚是薩天驥，然而已收招不及了！十餘年前戴叔叔的血仇，終於眼看著仇人倒在劍下了。

熊倜拔出貫日劍來，血柱自寶馬神鞭胸前噴起。這位寶馬神鞭，當年倖勝了星月雙劍的蒼穹十三式一招，但他仍免不了死在蒼穹十三式絕招之下。

熊倜心中懊悔了，他面對著這位愛侶的父親，由衷的懺悔著，他確沒看清楚是薩天驥，他也是出於誤會而失手傷了他，他已經答應了夏芸，他竟不能遵守自己的諾言，從今他將和夏芸永不能和好了麼？

深峪寂寂，北風獵獵，待曉的疏星正似霎著眼注視著地上這一幕未了的悲劇！

第三十四回 鑄此大錯，情天難補 攝人心魄，鴛夢孰溫

太行山深峪裡，待曉的愁雲，沉重的向大地上面籠罩下去，像要帶給人寰一種恐怖的惡運！

從雲層裡眨露著朗朗的疏星，似乎正在注視著這巍峨高峰之下，蒼松翠柏中的那位英俊的少年——熊倜！

他正茫然失神的注視著眼前他所造成的悲劇，鮮紅的血跡，依舊斑斑淋漓黏在他手中貫日劍霜鋒上面。

面前倒下去這位寶馬神鞭薩天驥，胸前鮮血濕透了重衣，沿著身體流向衰草亂石之間，熱血還不斷汩汩地冒著，而這蒼老的虬鬚人，口唇微微翕張，痛苦地抽顫著他胸前的肌肉，他已剩最後一剎的生命了！

少年為這副殘酷的景象震懾住，或者他是迷惘，但他眼簾中湧現了十三年前湖畔戴夢堯那一幕，戴叔叔含著笑容的面孔，恍惚感謝著他的勇敢行為，這影像只在眼簾前一現，代之以他心房一陣痛苦的齧噬！

熊倜茫然手足失措了，他不知應該做些什麼？

這可憎的虬鬚客，顯然已因傷及內腑，而沒有任何靈藥足以把他的生命延續下去了！他只是臨死前一種短暫的神智保留，這位神鞭大俠，臉上痙攣的表情，尚未瞑去的雙目，是否他還譴責忿恨著他的仇人——熊倜呢？

寶馬神鞭，藏伏林中，乘人之危，出其不意的狙擊這少年，他泯滅了理智，想以最殘酷手段，消滅這最後足以制他死命的復仇者！可是他殘忍的計畫失敗了，他得到了應得的報償！

熊倜的心房碎了，快碎成粉末，他並不憎恨躺在他面前的人，死前那種不光明的狙擊，他反而原諒這虬鬚人！他和虬鬚人之間，總要有一個倒下去的！他不能原諒的反而是他自己！他終於造成了無可挽救的遺憾！

在他身後數丈外的夏芸，夏芸是無辜的被犧牲者，她還幻想著一場幸福的美夢，她以飄忽的速度，追上了熊倜！

當她欣喜著能和熊倜，一同逃出天陰教人的巢穴，而將與心愛的人，遠赴和一般人隔絕的地方，相依為命，很快樂的生活下去，讓一切煩惱、愁苦化為烏有，她憧憬著未來燦爛和幸福的遠景！

但是當頭劈下來一道震雷，使她從迷夢中驚醒過來！她猛然發現那躺在地上的人，手裡還握著一條烏金鞭，胸前鮮血染成了一片，正是她的父親虬鬚客！

夏芸看見熊倜提劍呆立在她爸爸前面，劍上血跡猶殷，她還不明白虬鬚客的受創，就是她心愛的人一手傑作麼！只是在她最壞的想法，不過兩人曾經一場格鬥，虬鬚客不幸受了傷而已。

她沒想到虬鬚客受傷到那種呼吸垂死的程度，因為她把她父親的本領估計得太高了。虬鬚客在關外確是數一數二的英雄呀！

夏芸驚駭得變了臉色，她以為熊倜還要再下毒手！熊倜和寶馬神鞭一場激烈廝鬥，恰在樹林深處，夏芸在夜間相隔稍遠，她無法看得清楚的。

熊倜竟忍心刺傷虬鬚客，這是多麼使她痛心的事！

她不由心裡起了忿恨之念，又加上為她父親將遭仇殺的一份兒焦急，她怕熊倜再下辣手，一腔熱血自她心中翻湧，熱淚奪眶而出，她盡了她最大的力量，怒吼了！人在最緊張的時候，聲音特別高朗，她瘋狂的喝道：「倜！你怎麼傷了我父親？快些住手！你忍心殺了他麼？」

夏芸想起了熊倜對她的諾言，心裡更加氣忿，她心說：「你原來是哄騙我的！你這口是心非薄情寡義的人！」

熊倜被她這一聲怒吼，驚覺了！夏芸悲慘驚顫的呼聲，震碎了他的心弦！他是個情堅強的男子！

他終於對這女孩子俯首了！他衷心懺悔著，他不忍說出虬鬚客已瀕臨死亡，但這是無可避免將為夏芸發現的事實！

熊倜很堅決地說：「芸！我後悔，因為我在黑暗中碰上了他，我沒看清是你父親，才失手誤殺了他！」

他悠悠長歎道：「芸！你能原諒我的過錯吧！」

夏芸幾乎疑惑她的耳朵，她不願熊倜所說的這個「殺」字含有真實性，她還以為只不過是點兒傷，不足以致命的傷，但是不祥的預兆，已經從熊倜失神的面孔上現示出來，她直覺的感覺熊倜的態度變了！

夏芸對熊倜這幾句解釋，會認為滿意麼？

一個蓄意十餘年報仇的人，會放過他的仇人？

夏芸不能諒解他的！縱是一絲兒輕傷，也無可饒恕！夏芸女孩子的心理比較窄狹，就是任何人也都不會相信熊倜的解釋，夏芸覺得他完全是在騙她的！目前更重要的是，先察看虬鬚客的傷！

夏芸含著熱淚，俯下嬌軀，觸目而使她留心的，就是她父親胸前那個洞穿前後的巨大血洞！

夏芸看見血跡一片模糊，她已意識出來剛才熊倜的殺字，含著多麼沉痛的意義了。而寶馬神鞭微弱和急促的呼吸，黯黯無力的眼神，映射在她的臉上。這垂死的人口角微微泛起一絲笑意，他斷斷續續極低微的聲音說：「芸兒！我……我……死……得……其……所……我對不起……星月……雙劍……」二字只在唇上輕輕搧動了一下。

虬鬚客喘了兩口氣，又繼續著他的遺言：「永遠……不能……和他結合！爾赫……為什麼……改名換姓……聽熊倜……」他的嘴唇輕微開闔著。

顯然他還有許多要說的話，因為呼吸即將中斷，沒有氣力發出聲音了。一半的話，隨著他齎恨以終。

當年名滿武林的北劍南鞭——所剩留的碩果南鞭薩天驥，就這樣死在他女兒雪地飄風的面前！

獵獵的秋風，灰白色中顯露出來的山峰林麓，荒草亂石，似乎都蒙著一層灰色暗影，樣樣助人哀悼。

而天色卻由黑暗，逐漸轉入了光明。

夏芸發覺虬鬚客已竟含笑而逝，她不由呼天搶地放聲悲號，眼淚串串滴下去，和虬鬚客胸前的血跡融合成了一片。

哭聲是那麼慘淒悲傷，震驚了大地上的一切，宿鳥驚飛，長風嘶嘯，只有破曉的曙光，卻逐漸送來了光明。

熊倜木然凝立，他的感情也崩潰了，他為這已死的虬鬚客，而默禱，而誌哀，同樣的淚水掛滿了他的雙頰。

他無聲之慟，確實含有極多懺悔的成分。

這個自幼孤苦伶仃的兇手，他還在期待什麼？他殺了情侶的父親，希望她仍舊愛他麼？

熊倜自若馨青塚埋香之後，早已覺他的人生毫無樂趣，現在第二次重獲得生命花朵，將又要凋落枯萎，而使他依然虛空漠漠，了無歸依！他直覺地覺出唯有橫劍自刎於夏芸面前，以酬謝她相愛之意！

但是毒心神魔，飄然老人，以及江干二老鄭重的囑咐，使他覺得尚有未了的責任，他不應就死在此時此地，他應該取回倚天劍，交還毒心神魔或直接送呈銀杖婆婆，協助武當各派，完成清除天陰教的大患，方可從容就義！

其次好友尚未明的安危，也是他應立即去做的一件大事！生對於他雖沒有了多大意義，但是一切的責任，都還擔在他肩頭。至於他若橫劍以殉，是否更使夏芸心碎，那他是只求心之所安了！

他以最沉痛的語調，向夏芸呼喚說：「芸！我殺了寶馬神鞭薩天驥。我對不起你！

我終會自刎在你的面前，以謝你父親！芸，讓我們暫時分手吧！」

他又說：「芸！我熊倜言出必行，你不必仇恨我了！」

夏芸正哭得淚人兒一般，她的一顆心，好像被什麼東西吞噬得片片罄盡，這時她懷著一腔悲憤，眼前的情人，就是她不共戴天之仇，她半昏迷於哀慟之中，哭得力竭聲嘶，若不是熊倜這幾聲大喝，她是無法制止感情的氾濫！

夏芸聽見他說的話後，她以為熊倜又在騙她，並且要求她不再仇恨他，自刎以謝虬鬚客，這是多麼動聽的謊言！

夏芸立刻警覺了一種她做兒女的責任，她不能盡著悲慟，而把殺父的兇手放走！她猛然躍起來，叱道：「熊倜！我算是認識你了！還我爸爸的命來！」

夏芸一抖銀鞭，一招「斜風細雨」，白龍捲舞上去。出招非常歹毒，她是決心和熊倜拚了，她把過去愛他的心，一齊拋入東洋大海，她一腔悲憤，只有把熊倜立斃鞭下，才是以使她滿足。

噗噗噗一連幾聲響，自那邊躍過來六七個天陰教能手，就是剛才圍攻熊倜的生死判湯孝宏，宇文秀等一干人，其中只缺少了黃衫客仇不可。他們黑夜中，在各處搜尋，直待他倆發聲叫喊喝叱，才聞聲而至。

夏芸的黑叔叔，神力霸王張義，發現了夏芸身畔死去了的他的舊主人寶馬神鞭，他大吼道：「這小子殺死薩舵主了！不要放走了他，開膛摘心血祭薩舵主，神力霸王現也要和他拚了！」

眾人一擁而上，又把熊倜團團圍住。

夏芸也擔任了一個重要的角色，她銀鞭舞起來，白浪滔天，銀蛇舒卷，而每一招都用盡了她畢生之力。

這女孩子瘋狂的向熊倜猛攻上去。

熊倜不能用絕招傷她，也不忍傷她，於是他只有揮劍自保，向山麓更密的松林中閃退逃竄。

不過這時天色已經大亮，眼前的敵人都紅了眼，關外的豪傑，都要替薩天驥復仇，那生死判湯孝宏，被削去了左手，這幾個人中以他的功力為最好，雖然失去左手，仍是與夏芸的功力相比。

熊倜面前，以夏芸湯孝宏遞招最猛，宇文秀等也都功力雄厚，招法老練，神力霸王張義則發出憤怒的吼聲，他更為當年敗於這少年之手，而渴欲報復。

熊倜仍循著來時的陡徑，施展潛形遁影之法，瞥然馳去。只湯孝宏夏芸等四五個人還能追蹤縱躍，落後不算太遠，神力霸王張義等就越追越遠了，夏芸把狂飈鞭法十二式絕招都使過了，仍被熊倜從容逸去。

她眼裡冒起了血絲，她瘋狂的使用身上的力氣，她沒想到她所受陰煞掌內傷，仍有餘傷未復，在她感情發揮了最大限度，又加以拚力的苦鬥，不歇氣的奔馳騰躍，她終於周身骨節一陣疲軟，真力猛然虛脫！

她雙腿一軟，眼中金星飛旋，她咚的暈倒在陡坡上了。

滿天的愁雲，似都向她身上壓下，她哇的噴出了一口鮮紅的血！她失去了可愛的父親又逼走了最愛的熊倜！一切都落了空！她恨不得手刃了熊倜，但是她又下意識裡潛伏著一種力量，使她仍然愛著他！

宇宙的一切，一齊變成了淒淒慘慘的，在她心靈中，彷彿都是可恨的東西，她心裡充滿了恨，她覺得她不能再在這宇宙裡活了下去！她又體會到內傷終於重新爆發了，她的一身武功，不復存在！

她將是個手無縛雞之力的女孩子！

但是一線的光明，引導著她想起了她的媽媽慈愛的面容，已在她眼中幻現——還有疼愛她的人呀！

虬鬚客慘死的最後幾句遺言，使她震顫著。

她想及和熊倜初逢時神秘地互相傾愛著，以至白鳳總堂她受傷以後，熊倜為她施功疏通穴道，這一路上彼此輕憐蜜愛，形影成雙，她意識裡仍然是一片甜蜜的滋味，但是為了爸爸，她不能不變愛他而為恨他！

爸爸既是當年南鞭薩天驥，為什麼自稱姓夏呢？

薩天驥最後一句話，爾赫改姓名做熊倜，這是什麼含意？熊倜的身世！難道連他自己都不明白麼？

她想起了爸爸，她掙扎著爬起來，腳下虛飃飃的！胸前陣陣翻逆，她頭重腳輕一步步挨下山坡。

比及她走近薩天驥屍體側近，她又哇的大哭起來！

她同時杜鵑啼血，巫猿哀鳴，哀聲震動了山石林樾，直至她流盡了許多眼淚，聲音漸漸嘶啞下去。

熊倜懷著無限悲愴的心情，他不恨夏芸和他決裂，他寧肯延頸受戳，讓夏芸手刃於他胸中，這是他應得的報償，正如他刺死寶馬神鞭也是天經地義的行為！但是他和夏芸，愛苗已經長成，根深蒂固，使他無法排遣。

在一起是不可能了，縱相隔千山萬水，他仍然纏縛在情絲愛網之中，漸漸他由哀悼寶馬神鞭而化為一片輕愁，相思的愁，加上憐惜夏芸的遭遇，真是相見爭如不見，當初為什麼要和她相逢相識，以至於相愛呢？

他心情因此而有些恍惚，這是陷身情天恨海不能免的。

當他用上乘輕功翻過來那座峰頭時，居高臨下，他可以望見溪水轉彎處斜坡上站滿了黑衣勁裝的天陰教徒。

這面峰腰，噗噗穿林飛縱之聲，黑影箭激而上，那是湯孝宏宇文秀等，也追蹤躡跡而來。

要循溪水回去，那就不免一場苦鬥，而他又想起了那崆峒秋雯師太和雲中青鳳，她們是向西馳入玄龍峽峪的。

在他進退狼狽之際，新生了一線希望，也許那面另有出山的路徑，他覺得身體軟軟的，不像平時那麼孔武有力，這是他心理上負擔過重之故。而他唯一顧慮的就是怕再碰上夏芸。

他暗暗相思著她，卻沒勇氣再見她。

現在他只有朝著那玄龍峽方向走了。因為這三方都佈滿了敵人。他以飄忽的身法，躍下峰去，輕快的步法，在松柏密叢中疾馳，他和那些包圍他的天陰教人保持著一段距離，使他們不至於發現他。

他聽見兩面的敵人會合了，他們鼓噪喧鬧，議論著他逃走的方向，幸而那條峪谷，怪石林立，使他處處獲得安全的掩蔽。那些黑衣人，只在附近一帶搜索，並未懷疑他走向玄龍峽中。

沒有人向這面移動，使他得以很輕巧的逃出他們的視線。這條峽谷，兩面削崖筆立，中間清淺的溪流，寬僅兩丈，而且隨著山勢轉折迴繞，一步步向高處攀登。熊倜不會想到，他將有更奇特的遭遇！

他在水中岩石突出的部分上，落足墊力，鳥雀一般向上游逐溯，而那峽谷非常深長出奇，頭頂幾乎望不見天日。

幸虧是在白日，夜裡他會疑惑置身鬼域境界！

峽峪極不規則，時寬時狹，他估約奔出七八里有餘了，還沒把這條峽谷穿行出去。靜寂得只有溪流潺潺之聲。

他看見那兩頭削崖，一重一重的過去，他懷疑這將是一條走不完的深谷，而秋雯師太二人來這幽窈不測的峽峪，又為了什麼？

峽谷快到盡頭了，迎面是一座著翠如滴的綠崖，其高百丈，似乎封住了峪的出口。而溪水卻更狹了。

兩頭峰壁也逐漸向外拓廣，溪旁奇石羅列，亂草縱橫，因在深峪中寒風吹襲不至，還是一片綠色，松柏之類的喬木也偶然出現。他很快的縱至峪口，眼前溪水卻分為南北二源，自玲瓏峻拔的碧峰幽谷中奔流而來。

至這峪口互相衝激著，漩為巨大的溪流，自峽中款款流出。碧峰幽岩，互相環抱而形成了個巨大山環。

對面的綠崖則坡勢不算太陡，距地面三丈以上，另有一片斜平的山坡，綠樹離離，樹後一排極光平的岩壁。

綠色岩壁，由南而北延伸蜿蜒有半里來長，熊倜已逼近崖下，被山石樹木所阻，望不清坡上的情形。

可是眼前卻出現了一樁怪事！

崖下離石中，躺著兩具黑衣人的屍體，鮮血已凝結成紫色，有一人甚至身首異處，死得非常淒慘。

由這兩具死去不久的屍體推想，附近必是天陰教人出沒之區。這兩個天陰教徒又被何人殺死呢？熊倜判斷必是秋雯師太等與他們相遇，為了辦什麼重要大事，殺之以滅口了。但是這附近絕不止這兩個人！

他起了戒心，沉靜下去諦聽了一陣，山谷寂寂，仍只有南北兩方遠處滿瀑奔瀉，和兩溪合流處造成的衝激漩流的三重合奏，此外只有異鳥偶然在樹枝頭啁啾兩聲，聽不出什麼異樣聲息。

秋雯師太師徒，是否把她們要辦的事辦完已經走掉呢？他再向南北兩源碧峰幽岩中望去，山勢更為峻峭幽深，他不知道應該循哪一面攀登，可以找見出山路徑？他正陷入迷惘，無法決定他下一步驟。

崖上那綠色壁下斜坡上異響突起，似是四五個人的腳步辭沓聲，自南面繞至他頭頂上，皮靴踏著碎石喳喳作響，而粗獷的話音也隨之而來。其中一人怪笑著，以極詫異的聲音說：「呀！尚壇主何以如此疏忽，洞門敞開著，竟不派人守望？」說話的人，似向崖邊走來，他又大聲嚷說：「崔明，崔錫這兩位又不在下面把守，真是怪事！」

熊倜怕他們跳下來，必然發現了他，他立刻意識到必須趕快離開這兒，當然這都是天陰教人，那麼這兒必蘊藏著什麼秘密！他身子緊貼著綠崖，向南邊沿石壁溜過去。而崖上人又發話了，另一粗壯聲音說：「先進洞裡去看看！應該知會尚壇主一聲！陳文龍，聶重彬這些傢伙，也太貪睡了！倘若出了事該怎麼辦？」

熊倜身體移向南邊，他好奇心生，遂選擇一處可以攀上崖去的地方，躡足而登，他露出半顆頭，向這斜坡上面窺望！只見四五個黑衣勁裝的人，已魚貫進入一面石岩洞口。洞頂磐石刻成一個斗大的「丑」字。

這丑字代表什麼呢？熊倜想不出來它的含義！

那幾個天陰教徒，已全數進入石洞，石壁下又歸入一片靜寂，依然是北風呼呼的吹響了四面的松濤柏浪。

熊倜跳上崖頭，當他向南面望去，那綠色岩壁轉彎處，隱然又露出來個八尺寬丈餘高的石洞門。

洞門額上卻鐫刻著另一個不可解的「丙」字。

在他仔細觀察之下，這面岩壁竟是石洞林立，他剛才看見那些天陰教徒進入正面石洞裡，南面諒沒有多少人看守，他不知該從哪面進去，窺探一下洞內的秘密，而這南面岩壁上的各個石洞，都緊緊闔著石板門。

這一來他明白了秋雯道姑和雲中青鳳來此的理由了，但是他只能明白一半，而另一半正是他渴欲明瞭的疑問。

他猛然一個竄步，竄向距他最近的一座石洞口。

他用手摸摸那厚約半尺整塊的石洞門，分量怕不有兩千多斤，這不是他力量所能打開的。

他用力推了推，那石板門沉重得宛如天然鑄成，絲毫沒有搖動之意。他廢然失望了，他想另尋蹊徑。

又挨著岩壁移步走去，兩三個洞門過去了，都是一樣的緊緊闔著，他沒功夫再細看洞頂石上所刻的字。

但是他這次徘徨在一面石洞門外，不得其門而入，卻隱隱聽見洞中深邃不可測之處，傳來一片低微的人類痛苦呻吟聲，甚至還夾著許多柔弱女子啜泣之聲。他毛髮聳然了，這些洞中，究是什麼悲慘的境界呢？

他停留在這個洞口外，腳步無法挪開，他想明白這洞裡的情形！他不忍聽那裡面的悲切聲音，卻又想明瞭個究竟，他又傾耳諦聽那面，幾個天陰教人所進入的石洞附近，依然靜悄悄的毫無聲息。

會不會再有天陰教人，從他面前走過，無論他們是否執行巡邏的任務，總之天陰教人應該不會這樣疏忽吧！

突然石洞門裡傳出來一陣急促的腳步聲。

接著似是一種巨大輪盤旋動的咕隆隆異響。

他不測天陰教人安排下什麼古怪的埋伏，本能地身體向後縮退了兩步，但是他已來不及躲避了。

那扇巨大石門呼悠悠移動起來，而且是向裡移轉，頓時敞露出來將近丈餘寬的洞門，熊倜神情不免一震！

他怕天陰教人突然自內湧出，他沒料想眼前出現了一位幾乎沒有生人氣息的怪物！

那是一具殭屍麼？任何人接觸了她，會嚇得發抖。

她那像凍磁般的青色面孔，加上一雙白多黑少的眼球，射出冷颼颼的寒光，從她面上找不出一絲表情！

枯澀慘青的雙手，伸出衣袖之外，那軀體僵直瘦削到皮包骨的程度，若是去了衣裳，想必是根根支骨排列了！由於面龐的輪廓尚屬極端的秀整，使人無法判斷她的年齡，稍稍可耐人尋味的就是眼角隱現兩縷魚尾紋。

熊倜乍然看去，這女人太陰森恐怖了，她周身似散放著一股骷髏惡鬼應具的寒氣，而衣飾迥非天陰教徒！

熊倜誤會了，他以為石洞是這怪物的窟穴，她當然是主人翁，而洞內鬼哭神嚎的慘叫聲，都和她有著關連，甚或都是她一手的傑作！他由於驚奇這位出現的怪物，他反而又偷偷瞟了一眼！

類似殭屍的女人，突然發出一聲怪笑。

笑聲似比哭還難聽，尖銳刺耳，其聲陰肅肅的蕩人心魄，她口唇張開，綵然露出潔白而整齊的牙齒。

從她牙齒齊如編貝來看，她不會是個吃人的怪物吧！

怪物的話音，悠幽婉轉，微帶著激動而興奮的情緒，她冷冷驚詫說：「呀，是你！」

熊倜想不起這怪物怎會認識他，這是他從出生以至今日所夢想不到的事。她既然發生什麼誤會，應該向她解釋一下，他說：「在下熊倜！」

那女人微微搖頭，又縱聲狂笑說：「胡說！龍！你敢騙我！」

熊倜的面貌，的確是這女人二十年來處心積慮要營救的人，他倆太相像了，若說年齡上沒有差別，熊倜還真的無法辨明他不是她所要救的「龍」吧！

熊倜皺起眉頭，誰又是你的「龍」呀！他又大聲說：「我是熊倜！不叫什麼龍！」

那女人黑眼珠突然翻轉了兩轉，冷酷的神光，投射在這位少年身上，約半盞茶時使熊倜感覺到一種無比的恐怖氣氛，籠罩住他！那女人卻似證實了一件不祥的消息，憤怒，失望，夾著一種潦倒難以慰藉的心情，她突然自背上拔出一口寒光奪目的好劍，她臉上肌肉不規則的抽搐著。

那女人把她手中寶劍一順，劍尖直指著熊倜的心口，但是她突然長歎一聲，把寶劍又抽回插入鞘中。

熊倜在她寶劍向他一送之間，微覺順著劍尖肅肅送過來一絲寒意，而這口劍柄上赫然呈現一顆栩栩如生的蟾蜍，就那劍身構造，和耀閃在空中的霞光，已可想見是一柄遠古的名劍。

而熊倜也下意識地，一手扣著劍鞘啞簧，他準備她真個發難時，唯有挺身自衛，和她一戰。但是這種可能沒有了，她已經收劍入鞘，而她慘白的眼角，晶瑩欲滴，擠出兩顆熱辣辣類似珍珠的淚滴。

熊倜陷於茫茫然迷惘之中。

這類似殭屍臉色的女人，會具有正常人所有的感情麼？

那女人喃喃自語了：「熊倜！熊倜！我的龍又在哪裡？」

她臉上抽搐的動作停止了，代之以凝枯如霜的緊繃著的青色皮膚。熊倜心裡仍然毛聳聳的，他如獲大赦，他說：「我確實與你素未謀面，那麼我們再會吧！」

熊倜不能用其他的話刺激她，這是表示離去之意！因為和這種不具生人意味的人，相對著是毫無興趣的。

若是換了個膽小的人，會早就拔腿跑掉呢。

那女人卻胸前突然起伏得很快，她似乎一種無法控制的激動，使她不忍捨去面前這位少年，她尖叫：「熊倜也好！你陪伴著我吧！你不能走！」

熊倜心說：「糟了！這怪物要如何處治他？把他當作捕獲的獵物麼？」但是「陪

伴」二字的含義是蠻有趣味的，多少有些溫和溺愛的意味，那女人又淒淒慘慘聲如悲泣說：「二十年了！我煉成了奇功，可是仍不能找見你！殺盡這些壞蛋，又於我何益呢？」她轉以祈求的口吻說：「熊倜，我無意害你，只要我常常能看見你的輪廓，接觸上你的聲音笑貌，我就滿足了！你用不著瞭解這裡面的含義！」

「這與你無損！」她補充了理由。

熊倜經她一番解釋，反而更迷惘了！他暗暗好笑：「和她鬼混什麼，走吧！另外找個洞門進去就是了。」

熊倜卻不能不回答她的話，否則她會不會再來糾纏？他微帶諷刺的說：「可是在下還有要事，恕無暇奉陪！」

那女人多白眼珠，溜了兩轉，點點頭說：「你是不是和那個青衣女孩子一道來此？我想你一定有個知心相愛的女孩子，而且就是她，一定是她！你應該感激我，不是我制伏了鳳隱壇那黑煞魔女尚麗雲一干人，她和她師傅一定不得脫身了！」

熊倜被她說得觸動情懷，夏芸悲切忿怒的面像，立即湧上眼簾，他想像夏芸這時該是採取什麼態度，笑著時是那麼甜美可愛，她越嬌縱，越值得可愛，她悲傷的時候呢，除了自己，又有誰能安慰她？

他又怎能看出眼前這怪物的心理，也是深深觸發了一股潛伏已久的愛，而要向他身上找尋它的痕跡呢？

熊倜聽她說的青衣少女，還有一位師傅，是否就是秋雯師太和雲中青鳳呢？於是他很爽朗的回答：「不錯，我認識她們，假如你說的就是崆峒秋雯道姑師徒的話，不過她不是我的——」他真有些說不出口。

這個眼前冷酷的怪物，怎麼她會替他設想，想到這一方面去，熊倜心想：「原來你也是個女人啊！」不過他不敢設想這女人對他究竟存著什麼心理，那太離奇而近於不可能，怪物的年齡少說些也比他大出一倍呢！

那女人卻神秘地一笑，笑聲含有揶揄之意，她說：「熊弟弟，你自然還年青啊！用不著我提她的名字吧，你比我更熟悉呢！她的確很美，而且她的性情很像我，只是她比我幸福！她們來找一個男子，她們又怎知你已逃出天陰教人魔掌？我帶你去見她吧！」

她又說：「省得她們還在盲目瞎找，而你也找不見她！她雖原是天陰教人，鳳隱龍尾二壇情形，卻還不及我弄得清楚。你當然想進洞去找她，可是你不明白洞裡的機關和路徑，那會失去良機而失之交臂呢！」

怪女人自作聰明地說了一大篇話，她又神秘地笑說：「可是你還不認得我，論年齡你該叫我一聲姐姐，我號稱青魄仙子，姓名——」她歎息了，道：「不必說了！」

她沒想她的一廂情願的話，還沒說完，熊倜竟扭轉身要走了，熊倜本估量不出這女人本領的高低，所以他沒有施展潛形遁影本領，他剛一扭身，那女人身法竟如電閃風馳，快到無法想像的程度。

他突覺肩頭搭上了一隻枯瘦的纖手，一股陰森森的寒意已透體而入，使他不由冷冷打了個寒顫。

那隻手恰好按在他的肩井穴道上面。熊倜猛運天雷內功，他這種功夫已至無聲無息地步，剎時氣貫重樓，他振臂一揚，想卸去肩上的手，他不用扭頭看視，就知是那青魄仙子和他糾纏了。

熊倜無意傷她，只想掙脫了自己走路，他沒想那隻瘦削的手指上，突然湧出一種軟綿綿的潛力，竟把他一個極壯健的身軀，硬拖轉過去。熊倜大大吃了一驚，因為憑他一身內功，尚且不能與人家抗衡，寧非怪事！

這時他被扳轉身來，和那女人幾乎撞到一起，那女人嬌軀略為閃讓一點，吃吃笑道：「你看你走得掉？倜弟弟你的功夫很有根基呢。錯非是我，別人還很少能制伏住你！快隨我進洞找你的雲中青鳳吧，我是一片好意啊！」

熊倜本可乘空發拳狙擊，但是怪女人似並無惡意，雲中青鳳師徒也正好會會面，而且他想一探洞中秘密，遂不再倔強，只用手推推她的玉臂說：「好！我隨你進洞去看看，用不著拖拖拉拉的。」

怪女人凍結的臉上，突然綻開了一絲笑意，她滿足了，她只要熊倜暫時不離開她身畔，她就獲得了隱埋在心房深處的無窮安慰。而熊倜的手碰上她的玉腕，卻驚訝得尖叫出聲，他又吃了一驚。

青魄仙子的玉腕，竟冷冰冰的觸手使人生寒而凛。

但是她又說又笑，並不是一具殭屍呀！

青魄仙子柔聲說：「我這青魄仙子之號，是因為我獲得了這一口古劍，劍名青魄，因之我覺得這個綽號是很別致的！」她又說：「你叫什麼？奇怪我這種態度和皮肉有異常人麼？那是我煉的一種奇功，素女靈元秘笈中的寒魄功！」

他倆挨肩走入洞內，洞頂石縫中嵌有琉璃羊角燈，光線尚不昏暗，直行數丈之後，進入一道縱列的長甬道裡。

石洞現出人工鑿削之跡，這條甬道向裡的一面，又密密排著許多窄狹的小洞門，那種悲切呻吟之聲，正是自這些對洞門中發出，聲音更加真切，如在耳畔，在這陰森的甬道裡，聽了這種淒淒慘慘之音，宛如置身鬼域世界。

甬道石壁極不規則，凸出的石筍，奇形怪狀，熊倜的膽量是極大的，但也為之毛髮森然。

當他要鑽入小石洞裡欣賞一下裡面的情形時，青魄仙子卻伸出瘦臂攔住他說：「這裡就是天陰教人的屠場，處置叛教的人和幽禁些反對他們的人的所在，斷肢殘骸，再加上些殘酷的刑罰，稱得起暗無天日了！尋你的青鳳要緊，不要作無謂的耽擱了！而且省得你驚心動魄呀！」

不過熊倜還是瞄了一眼！

這小石洞裡陰森的燈火之下，有兩個焦頭爛額的男子，胸背洞穿，穿以帶著芒刺的鐵絲，使他們呻吟在求生不能欲死不得的世界裡掙扎！還有幾條毒蛇，很悠閒的向他們下半身隨意齧噬著。

他們已失去了抵抗的能力，雙手用鐵絲反縛在背後，忍受著垂死之前的痛苦，的確是慘不忍睹！

其餘石洞裡的情形，熊倜不及一一細看，因為青魄仙子拉著他走得很快，而那些洞裡呻吟啜泣宛轉哀號之聲就是鐵石人聽見了，也會為之垂淚。奇怪的青魄仙子竟視若無睹，她臉上似永遠不會露出一絲表情。

熊倜這才加深了他對於天陰教的認識！

他也幾乎不忍再去小洞內探視。他明白了，雲中青鳳師徒來此要找的人，一定是她所最關心的人，而此人必已觸怒了天陰教，陷身於這種悲慘的地獄之中。會不會是來找尚未明？

一想及尚未明，熊倜的熱血沸騰了，如果尚未明也遭到這種命運，他不由緊握了雙拳，他要向天陰教人代天行誅！為這些受他們毒荼的人類復仇！泰山上那一幕，不過是小規模的殘暴舉動，他們隱藏著這種更厲害十倍的秘密呢！

熊倜聯想到這位青魄仙子，她來此又為的什麼？莫非也找尋她要找的什麼人？熊倜燃起了憤怒大火！

第三十五回

仙子重諾，壯士托友
鬼蜮弄人，劍客追蹤

青魄仙子領著他向前走去，甬道前面又有一重緊緊關閉的石門，青魄仙子態度又漸漸變得十分沉默。

熊倜從她臉上看不出她內心蘊藏著什麼情緒，他現在還需要她幫點忙，這一帶石洞裡的秘密既已揭穿，熊倜也意識到好友尚未明，被擒以後，可能幽禁在太行山中，但他判斷這種可能性甚少。

青魄仙子的內心，卻著實得了莫大的安慰！這少年雖僅僅只是貌似，但亦是慰藉她二十年來的枯寂心靈了。

青魄仙子偶然冷電似的目光，瞥這少年一下，她看得出來少年的心情，勉強忍耐由她領導著，只要把他的目的達到，立刻會飄然遠逝！誰又願意跟她這樣毫無生氣的人攪在一起呢？

青魄仙子內心暗暗發生歎息，但她二十年來，忍受石洞風穴之苦，煉成了寒魄功，以至皮膚顏色，連心情都起了劇烈變化，她不能犧牲她這一身奇功，她如果斷定她的龍是早受天陰教人慘害了，她將把天陰教人任性屠戮一次！

但是當年害她的龍的天陰教人，早已伏誅了！

青魄仙子心情仍舊激動著，她縱然忠貞不二於她的龍，可是下意識的潛力驅使，她不能片刻放掉這少年。

她決定了她所應採取的方式。

她想：「我不必顯明地找你的厭煩，但是我可用另一種方式，獲得我所希望的安慰！直至情感消失之時為止！」

人類的情感，恐怕只有闔目死去才是它的終點！

如果她知道不久她仍能找見她的龍，她不會做這種傻事！然而造物卻替她早幾年安排下一位熊倜。

孤獨，鬱悶，渴想，一切由於情的驅使，使她性情確乎異於常人，而無法控制她自己的行動。

至於熊倜有沒有他自己相戀的人，她是不願過問的，甚至她更熱誠地促成熊倜完成他的美滿良緣。

她所需要的太微乎其微了，卻仍替熊倜添了不少的枝節煩惱。從另一角度看，這確是武林中一件可喜的事！

他倆默默無言，走進石門。青魄仙子極熟練的找到了石壁上一顆鐵製的龍頭，她用力向右扭轉。

一陣哄隆巨響之後，石門悠悠自行移開。前面仍是同樣的一條甬道，靠裡又是一排石洞，而每個洞門上，都懸著灑金紅細軟帳，遮住了小洞內無限旖旎春色。

這甬道裡卻沒有呻吟悲嗥之音，代替的是輕微鼾聲，和些尤雲滯雨，極狎邪親暱的輕巧笑語聲，男女兩種！

熊倜有些迷惑不解，當他想掀開節帳一睹裡面的情形時，青魄仙子卻以極冷酷的聲調，說：「不堪入目！」

她又招手令他快些走過去，意思是怕裡面的人覺察吧！

她又在這面甬道中，很快的扭動了件什麼東西，他倆所經過的石門，又發著沉重的聲音，自行合攏。

如法炮製的又進入第二重石門的甬道裡。

但是青魄仙子卻愕然地聲調較為尖銳，她的表情只能從說話的聲調表示出些微，而且並不充分，她說：「怎麼？雲中青鳳和那道婆走了！這是最末一座魔窟呢！」

她無疑的還以為熊倜的目的，是在找尋愛侶——雲中青鳳，她替他非常惋惜，因為沒使熊倜如願以償。

熊倜的神色仍有些不自然，他是關切著夏芸，而與雲中青鳳無涉，自然他並未露出失望之色。

這一段甬道裡，靠裡一面也有許多垂著紅細綿帳的小洞門，只是靜悄悄的一無聲息，像沒有人在裡面。

青魄仙子估計雲中青鳳師徒，出洞不久，料尚未去遠，她率領熊倜找著靠外一個洞口，這是出洞的路。

至於那洞裡的甬道，是環繞碧崖修築而成，原是一條長近一里的甬道，用石門隔為若干段而已。他倆開啟了出洞的石門，眼前就是一段碧崖。

他們已轉至這座峰崖的南方，崖下水聲清越，而正南這一面橫亙著一道松柏青蔥的長嶺，熊倜長長的舒了一口氣，他正想如何擺脫這女人的廝纏。

青魄仙子已扭過頭來，冷電一般的眼光又注視著他，她冷冷沒有絲毫抑揚頓挫，一個字換一個字的硬板板地說：「她們走了，熊老弟將去哪兒尋找呢？」

熊倜卻搖搖頭，道：「我要回去再看一下夏芸！」

他吐露出心聲了。青魄仙子眼睫毛眨了兩下，她才領悟這少年另有所愛，夏芸是怎麼樣的女孩子，則非她所知，但她估計這叫做夏芸的女孩子，一定非常美麗。

她發問：「夏芸？她在哪裡？」

熊倜淡淡回答：「她在龍鳳峪風雲館。」熊倜多少因為他衝口而出說及夏芸，心裡有些懊悔。

青魄仙子卻搖搖手道：「熊弟弟你不能去那兒！我忠告你，他們把八翼神君連夜自太岳齊天峰請來了，那人……」

熊倜高傲的性子，忍不住說：「那人來了又怎樣？」

青魄仙子微歎道：「那八翼神君本領極高，我自問敵不過他，再加上許多爪牙，八卦遊魂陣等等，確算得龍潭虎穴了！有事讓大姊姊我替你效效勞吧！」這話更使熊倜心中不服，他不剛自風雲館中逃出麼？

他面上表乎著無聲的抗議，他和夏芸的關係，由愛生恨，已經成了敵人，他自己去了，也未必能博得夏芸的好感呢，更非別人可以越俎代庖的事。

而青魄仙子又以關切的語調，勸他萬勿盲目行動，又說：「夜間行動較為方便些，熊弟弟你多加考慮，除了這件事，弟弟你下一行動，能告訴姊姊我麼？」

她一廂情願，和熊倜竟如手如足了。

熊倜報以極冷淡的幾個字：「我還沒有決定！」

青魄仙子知道他討厭她，她卻不以為忤，仍然盡她做大姊姊的愛護之忱，她指著對面長嶺說：「那請你暫在那邊嶺上一候，姊姊有事暫去即回，假如天黑以前我不能回來，嶺那邊另有一條出山的路，你可以離開太行山，越快越好！」

熊倜對於她的話，實在感覺到非常彆扭，這樣形同殭屍的人，卻竟對他關切備至，而這份關切之意，究竟太離奇了！骨子裡又埋藏著什麼念頭呢？熊倜百思不得其解，因為青魄仙子和他太陌生了。

萍水初見的人，又是個半老年華的女子，或者是婦人吧，對他這樣關切，是值得懷疑的。的確太離奇了！

熊倜橫梗在胸中的幾件事：營救尚未明，峨嵋取劍，明春君山之約，他早胸有成竹，如何挨次去料理，不過他不願向這離奇的女人表示。青魄仙子早看出他心事重重，而她卻自信能幫助這位少年。

熊倜對她的話，依然一無表示。他又跌入沉痛的深淵之中，他想念著失去父親的夏芸，另一個可怕的念頭襲上心來，天陰教人又怎樣處置夏芸？他雙眼快瞪出眶外，這女人自告奮勇去探看夏芸，可否鄭重拜託她？

熊倜並不畏懼天陰教人，但是他怕和夏芸再起誤會，再引起衝突，讓她感情冷靜一段時間，恢復理智吧！

他於是欣然向青魄仙子，略表明以前和夏芸的關係，自己因復仇而誤殺寶馬神鞭，以及薩天驥乃天陰教爪牙等等，他最後說出他關心夏芸，是怕她受天陰教人凌辱，他以虔誠的口吻，向青魄仙子拜託！

青魄仙子聽了他這段纏綿悱惻動人心弦的故事，她雖臉上沒有任何表情，終於將頭略點了幾下，像是非常同情熊倜和他所愛的夏芸，她以堅定的口氣說：「弟弟快去嶺上等候我，這兒天陰教人不時出現，不大妥當！那麼假如姊姊把她接出來，時間上可難預料，姊姊又去哪裡找你呢？」

她這麼親切，慨然承允這件事，使熊倜不能不衷心感激這位陌生人了。

熊倜猜測到另一個錯誤角度裡，他以為怪女人誤認他是她的龍，那或者是她的親弟弟，由於面孔的相似，起了好感，而她雖面部缺少生人氣息，卻是個古道熱腸的人，不過因練什麼寒魄功，而使她容顏僵硬化！

熊倜既獲得了答案，他就很親切的叫了聲：「大姐！」並說明他將赴荊州府援救尚未明。

青魄仙子舉起慘青色的手，向他一揮而別。她以極快的速度，自崖頭飛縱而下，宛如一縷輕煙。

熊倜潛形遁影之功，固然超越尋常，但是青魄仙子這一身輕功，也是以使他為奇不置呢！

熊倜越過溪水，躍登南面那座長嶺。

這時紅日當頭，時將正午，他流覽一下附近的風景，崇山峻嶺連綿無際，反被近處的山峰，阻擋住視線，望不很遠，但是嶺下卻岩壑幽窈，果有一條蜿蜒其間的羊腸小徑，或者就是出山的另一條路吧！

他置身華蓋般巨松之下，而饑餓又和疲乏的感覺，同時襲來。他盤膝端坐，把天雷內功，澄心定念做了一遍，疲乏的感覺消失了，生理上的需要，卻更碌碌腸鳴，使他難以忍受。

他後悔沒準備些兒乾糧，他從未山行野宿過，而荒山幽峪，更沒什麼果類可資果腹，野菜之類他不懂得所含性質，不敢入口，他陷於無可如何之境。最後竟為他發現了幾隻野兔，以他的輕功，是可以空手搏飛鳥的，捉來尚非難事。

這是熊倜第一次山行的經驗。

他帶有火摺子，找些枯枝乾草，雖經一度烤炙，仍有些茹毛飲血的風味，但是他畢竟填飽了肚皮。

他枯坐一陣，又起來徘徊眺望一陣，時間一分一刻的挨過去，他坐立不寧，正是代表著他焦急的心情。

漸漸又半天過去了，夕陽西下，涼風習習。

青魄仙子仍然沒有回來，他有些急躁，為什麼把這事委託給一個素昧平生，冷如殭屍的女人呢？

幾次他都想跳起來，自賣餘勇，去那面龍鳳峪一行，但是他怕再和夏芸動手！一日三秋，使熊倜腦海中，久久盤旋著夏芸的倩影，夏芸正如何的痛恨他！她不會也想念著他吧！

愛情確是一件不可理解的事。

仇人，異國，它都可以把你們用一縷情絲穿在一起。熊倜回憶起了若馨，這個可憐的女孩子，埋骨青塚，他應該再去青塚之前憑弔一下。

其次，他想到粉蝶東方瑛，她多麼端莊嬌麗，她太端莊了，不屑施展什麼手段去籠絡男子，然而她對他是脈脈含情的，只把深情深深的藏起來。

他豈知粉蝶兒正期待著別人去救她呢？熊倜如不為青魄仙子替他去照料夏芸，在這條嶺上枯候，他將不會與東方瑛作一次患難中的膩友，而因此反造成一場恨海難填，終身遺憾的事呢。

他又由東方瑛第二個接觸的異性，回到夏芸身上來。夏芸對於青魄仙子會不會起反感？她能隨她回向自己身邊麼？他渴於尋求這問題的答案，他陷於沉思之中，他自怨自艾，他不該失手殺死寶馬神鞭啊！

青魄仙子那麼冷酷的性格，她會耐心勸慰夏芸？她能用什麼方法，挽回這倔強女孩子悲憤難堪的決裂！

他煩惱了，煩惱是他自己一手造成的！

最可恨的是天陰教人夾纏在中間，處處不利於自己和夏芸，天陰教的罪行，是足使正派人士為之髮指呢。

他的眼神枯澀不瞬，遙遙向那石洞所在的方向望著，而腦海裡卻縈繞著無數的死結。終於為他身後一陣急促的腳步聲驚醒了，面前突然閃出兩位他極熟識的人！

正是鄭州城內替他倆解圍的大雄法師，另一位則是武當山闊別不久的——南北雙絕劍出塵劍客東方靈。

大雄法師原自稱來太行天陰教巢穴一探虛實的，他的出現是當然的事。出塵劍客的來此，卻非常突兀！

大雄法師道貌岸然的臉，再加上極嚴肅的表情，而出塵劍容則完全露現一份兒異常恐慌焦急之色。

他倆看見了他，同時咦了一聲，詫異的程度，不下於熊倜。

大雄法師合十說：「熊小俠，恰巧竟在此處相會！」

出塵劍客，面色由慌急而更現出憂傷，匆匆拱手說：「熊老弟！你怎麼來了這裡？」

熊倜也以同樣語氣反問他。

雙方都表示著極端的詫異。

大雄法師悠然長歎一聲說：「我和尚是第二次重來龍鳳峪陪東方施主來辦要事的，二十年前我足跡已踏遍太行天陰教的巢穴了！目前救人要緊，前夜之行，正好探聽出來一點線索！又巧遇東方施主，可以證實就是她！」

大雄法師說得沒頭沒腦，使熊倜茫然莫解！

出塵劍客以極憂傷的語調，把他來此的經過告訴熊倜。

天陰教人手段毒辣而卑鄙，他們想把武當派所邀來的各正派人士，離間分化，各用一種手段來對付，於是粉蝶東方瑛兄妹，受了他們的暗算。

武當山各派豪傑集會之後，熊倜尚未明散花仙子夫婦，以次離去，而天山老龍父子，行蹤非常詭密，也神秘地離開武當。大雄法師則經大家商討之後，認為有探聽一下天陰教內部虛實的必要，這樣才算知己知彼呢。

大雄法師自告奮勇，來太行天陰教總巢一探。

崑崙雙傑則向洞庭君山方面，踩探一下，而峨嵋流雲師太諸人，則滿腔不愉快，逕自返回峨嵋，不過明春君山之會，她們仍應允按時聚齊，協助武當一臂之力，她們既然簽名加盟，也不能表示畏縮了。

其餘各地豪傑，由飛鶴子留下許多位，替武當派壯壯聲勢，同時他們也把武當山附近，作了一次清除。天陰教的爪牙，不敢像以前那麼公然出沒了，他們遵守戰約，靜候來年清明節的較量。

表面上天陰教人是偃旗息鼓了，而實則他們暗地裡策動了許多陰險的計畫，譬如說，對付熊倜尚未明那一套脂粉陷阱啊，另派人去峨嵋遊說啊，以及對付出塵劍客兄妹的惡計之類，他們正積極的活動著。

東方靈兄妹，粉蝶兒是個女孩子，久住武當山自屬不便，所以出塵劍客親自送妹妹回飛靈堡，出塵劍客也懷念著若蘭，隔了兩個月，異地相思，是使他不勝惦念的，於是他兄妹辭別了飛鶴子凌雲子等，即日東行。

當他兄妹到了襄陽府，想換乘一只快船，沿江東下，他們把馬匹寄留在武當山，雇船時卻被天陰教人做了手腳。

他兄妹江湖經驗原很老練，但是沒看出來所雇的船夫竟是天陰教人的爪牙，而天陰教許多知名人物，卻潛伏在這一帶，他們大規模完成他們的計畫！

凡是從武當山出來的人，能以智取，就使之歸入教中。否則，他們另有毒辣的手段，暗中包圍狙襲，直至毀屍滅跡而後已。

武當派還在睡夢之中，崑崙雙傑，對於天陰教人的陰毒，二十年前就領教過了，他倆行動非常飄忽神秘，以此尚未為天陰教人所乘！

他們對付出塵劍客兄妹，卻想收入教下，如願以償之後，武當派就要削弱一半力量，因為他兄妹可以號召江浙一帶許多豪傑呢。

此外，單掌斷魂單飛還垂涎著粉蝶東方瑛，在和他師妹雲中青鳳鬧僵之後，他是個較孤峰一劍邊浩更為風流自賞的人，在女色方面，活動得格外頻繁，天陰教裡的女孩子，都非常怕他。

雲中青鳳脫身出走，大半是為了躲避單掌斷魂，而她不能忘情於鐵膽尚未明，也是積極的因素之一。

出塵劍客自然不明瞭天陰教人佈置得如此森嚴，因為天陰教徒本領低的都改換了服飾，在採取什麼行動時，另各有一種暗記，他兄妹雇的這條船上，船老大和艄工，無一不是洞庭幫中的小頭目。

那些江湖下三流投入天陰教的也不少，但是天陰教還不肯用那些下三流玩意算計人，他們講究的是硬錚錚制服你！

船自碼頭啟錨之後，不過剛剛正午，他兄妹不願悶在艙裡，站在船頭眺覽兩岸風景，一彎一沱，映著晚紅秋樹，風景是遠比陸地上清幽可愛，曖曖遠村，漁舟笛唱，尤合於他兄妹蘇州府人的脾胃。

但是竟有兩條客船，一前一後，簇擁著他們的船前進，艄工水手身上，看不出什麼異樣，而兩船搭船的客人，卻只偶而鑽出艙蓬，伸頭望望。出塵劍客聽得後面船上一陣哄堂大笑，單此仍不足啟人疑竇。

兩船上載客不少，是可以想見了。

前行的船吃水不淺，像滿載著貨物，後艙門垂下一層黑色布簾，布簾偏用這晦暗的顏色，卻有些與眾不同，而艙內很少人聲，兩個艄工，虬筋粟肉，袒裸著上半身撐篙，那兩支篙長達兩三丈，鐵頭包有四五尺長，顯出分量不輕。

他們不時回過頭來，和東方靈船上的艄工水手們兜搭，嘻笑自若，出塵劍客看這兩個艄工好生扎眼，從他們臂膀和身體壯健的組織看來，很像懂得幾手。他怎知這兩人就是洞庭四蛟中的老三玉麟蛟郭慶生，和老四翻浪蛟姜清和呢。這兩位的身手，在水面上是一等一好手！

卻有一種怪聲，自前面艙中透出，類似龐大動物的喘息，卻又口裡塞著東西，於是噓噓，呼呼，頗為難聽。

江流宛轉，日落之後，清風徐來，水波不興。

前面的船，一個把舵不穩，船頭似乎撞上了淺處的沙堆，於是喧隆一聲震動，把船撞得橫轉過去，恰好橫列在東方靈這只船前面，阻住水路，而後面的船，也從旁竄過，和他兄妹的船並列而馳。

兩船上的水手，卻因為無法前進，趕不上前面碼頭，粗魯地喝罵吵鬧起來。前船兩個艄工，則表示他們的船擱了淺，讓後來的船忍耐些！因為船大貨重，一時掉不過頭來，粗魯的言詞也在所不免。

出塵劍客則頗諒解前船的苦處，他甚至勸解船老大要幫同行的忙，單是叫罵，解決不了問題。

疏星，月光照在水面上了，前船依然無法脫險，自然這是他們故意造成的麻煩，江上風高，月昏星暗，正是天陰教人佈置下的網羅。

出塵劍客兄妹，站在船頭上，看這一幕混吵混鬧，而右邊船艙裡也跳出來兩個身穿黑衣的瘦長漢子。

其中一位年紀不過二十四五歲，身畔掛著個鹿皮鏢囊，雙手戴著一雙似綠非綠，烏光閃閃的手套。

這種奇異的手套，使出塵劍客感到驚奇，因為頗類江湖上傳言的一位奇毒人物，七毒書生唐羽。

而這人的風度，是饒有文士意味，文縐縐的。

另一個漢子，則以腋下所懸的一件奇形兵刃，五福梅花奪，使出塵劍客懷疑他是不是名滿關中的神奪何起鳳？

但是他儘管懷疑著，卻不便去請教別人姓名，他和人家素不相識啊！旁船又伸出兩個腦袋，很快的又縮回去，粉蝶東方瑛眼快，看見像是兩個俊美少年，而這兩個少年，一男一女，頗像天陰教司禮雙童。

並行的兩條船，水手吵嚷不休，船緩緩淌過去，和那橫阻水面的大船撞上了，嘭嘭兩聲晌，那只擋路的船身搖簸起來，兩個艄工氣急了，竟揮篙和兩船上的人動起手來。兩船的水手也不示弱，長篙變成了武器。

四五個水手被掃落水中，可想見前船那兩個艄工，力氣不小，三條船擠作一團。落入水的水手們，水性是很好的，他們呼喇喇自江面上鑽出來，一手攀住東方靈的船舷，恰從他兄妹倆身後冒出。

東方靈和粉蝶為這水中潑刺巨響驚覺，比及他兄妹扭頭看時，那些水手手法之快，叫人防不勝防，撒網一般，撒出軟掌銀鉤，鉤住了他倆的小腿，銀鉤粗如小指，而且分為許多小鉤，只一纏上了腿，人一掙扎必受重傷。

東方靈大叫一聲，施展千斤墜重功，站穩了腳步，因為水中的人已用力把他向水中拖拉，他兄妹生長太湖邊上，卻對於水底功夫不大高明，若被拖下水去，那就施展不成他們的本領了。

粉蝶東方瑛生性嫻靜，她不及她哥哥警覺得快，又出於不意，尖叫了一聲，撲通跌落江中去了。

出塵劍客自顧不暇，方知著了道兒，他憤怒無比，拔出長劍，嗤嗤劃斷軟索，順勢俯身一劍，向水中的人刺去。但水手們撲通撲通一齊鑽入水底，把粉蝶東方瑛拖得不見了影子，水面上冒起一片浪花。

當東方靈俯身解去腿上銀鉤之際，他已明白三條船都是一夥兒來算計他兄妹，但是右側船上那書生模樣的人已雙手一揚，嗡嗡絲絲，飛出十餘道寒光，都齊衝他的下半身襲來，東方靈來不及解那些銀鉤了。

他嗖的向艙蓬背後竄出數尺，船身突然隨他身形，向左側一傾，使他幾乎翻落水中，情勢已迫於危急，在船上交手，他一定吃虧！他沒看清那書生發出的是何種暗器，都已飄落江中了。

至於救他妹妹，那更是辦不到了。

船身劇烈地顛簸搖幌，很明顯是船底有人作怪，使他腳步也站不穩，他施展輕功「燕子穿雲」，縱上艙蓬。

再一看，那兩條船已疾駛如箭，遠在數十丈以外了。而他腳上這只船上，所有的艄工船老大，形影俱渺，空蕩蕩的在水上飄浮著，船身也安定下來。

出塵劍客空具了一身武功，就這樣輕輕把他的妹妹讓別人搶走！這些人又是什麼門路？他立刻警覺，莫非都是天陰教徒麼？此外他想不出還有什麼大幫的仇敵，這種猜想，他不久自會證實的。

出塵劍客還懂得操舟，不過究竟比不上那些經年在水面上活動的水路豪傑，他還能望見前面的兩條船，他並非絕望，他急得滿頭大汗，他只有駕船去追吧！

東方靈的生疏的手法，把這條空船撐去，用力撐篙，而船行並不如理想之快，他精神過於緊張了。

他猜不透那些傢伙，架走他妹妹是何居心？但是一個漂亮女孩子，落在歹徒手裡，那結果是不堪設想的！

他還沒肯定這幫人就是天陰教徒！

東方靈弄得啼笑皆非，若在陸地上，以他兄妹的本領，絕不是這些毛賊們輕易能得手的，現在這一場風浪，險些連他自己也被人擒住，懊惱，焦急，憤怒，他的心情非常紊亂！除了追上和這些匪徒們一拚，別無良策！

前面兩條船速度本較他操縱的船，快過一倍，相隔的距離，是更加拉長了。東方靈手不停篙，仍然越追越遠。

出塵劍客更加急躁起來！

出奇的前面的兩條船，竟靠了岸邊，自原先前面船艙裡，牽出十餘匹快馬，一位白衣中年婦人，腋下挾抱著他的妹妹東方瑛，翻上一匹通體黑色的烏騅馬，還有四五個漢子，包括旁船上書生模樣的兩位在內，一同策馬向東北馳去。

另有些人乘馬沿江而南。

大約那兩條船上，不會有人留著了。

出塵劍客東方靈，以救妹妹為第一要義，他當然不能去追那些南下的匪徒，乘船也毫無意義了，他立即把船點向岸邊，他想抄一條捷徑追趕。可是他缺少坐馬，他只有施展夜行飛縱之術了。

東方靈跳上岸去，那條船他忿忿的用腳一蹬，使它飄流江中，隨波而去吧！這是他洩忿的一種舉動吧！

東方靈斜趨東北，他相信會抄上那條路，匪徒們馳去的大道。他從水田阡陌中竄縱，速度是他有生以來最快的一次，他毫不吝惜體力，他已達拚命狂奔的程度。比及他追至直趨東北的大道上，面前卻凝立著一雙俊美少年。

東方靈和四儀劍客凌雲子，丹陽子，那次與夏芸，天陰教人單掌斷魂單飛，洞庭雙蛟袁宙，尤化宇等一場惡鬥，袁宙丹陽子都受了傷，夏芸乘機溜走，他們本可把單飛等三人一鼓殲滅，卻憑空天陰教來了幫手。

就是眼前這一男一女，兩個少年，黑衣摩勒白景祥，白衣龍女葉清清，以催魂陰掌——又稱五陰寒骨掌法，反把他兄妹和四儀劍客擊退。他自然認得這天陰教兩位司禮雙童了，現在只他一人，殊難敵對這兩個少年。

這兩個少年阻住去路，出塵劍客起了戒心，而那黑衣摩勒白景祥已含笑向他迎上來，雙手抱拳說：「東方堡主！夤夜奔馳，想必有要事吧！」

出塵劍客不屑和他酬酢，但不測他究存何心，不禁為之一怔！那白衣龍女葉清清卻嬌笑格格，也移步過來，並說：「東方堡主正焦急他的妹妹不知下落呢！你讓他去追吧！大名鼎鼎的南北雙絕劍，我們可惹不起呀！」

他倆一搭一擋，分明是揶揄東方靈，東方靈氣得喝叱道：「不錯，在下正是追那些亡命的惡徒，扮作船戶，把我妹妹施詭計架走，我想必是你們天陰教徒所作的鬼魅伎倆！在下靜候你們動手了！」

東方靈把長劍領在手中，展開秋水出塵劍法的門戶。他無法再忍受他們的揶揄了，他準備和這兩個少年一拚！

黑衣摩勒卻假裝恍然大悟的樣子，他一跺腳說：「東方堡主恕我太粗心了！我們把令妹接了去，怎能怪你心急如焚呢！可是我們那幾個伙伴已經去得很遠了，閣下徒步奔波，未必追得上呢！堡主如果有耐心的話，我們開誠佈公商討一下吧！」

出塵劍客真想一劍劈死這兩個少年，無如妹妹在他們手中，憑本領未必能取勝！司禮雙童慢條斯理說著，無疑是藉以要脅他，他氣呼呼道：「這有什麼商討的，在下拚了一條命，也不能讓舍妹受辱！無關重要的閒話，請不必多說！」

白衣龍女嬌笑說：「堡主冷靜一點吧！我們是敬佩東方堡主兄妹，劍法超人一等，而堡主又為武當幾個雜毛老道蠱惑，使我們無法親近，所以才想個變通辦法，招待堡主兄妹，怎麼敢動東方姑娘一毛一髮呢！」

天陰教人口舌生蓮，說得真是非常動聽，卻行事一點不擇手段，說謊的技術，未免太不高明些。

這種話真能使你氣炸了胸膛，東方靈忍不住要怒斥他們一頓，黑衣摩勒白景祥又發話了，他文縐縐的說道：「堡主不必擔心，敝教絕不會錯待令妹，只要閣下肯隨我們去君山一見教主，化干戈為玉帛，敝教竭誠歡迎你這位了不起的人物呢！令妹不日自可送回飛靈堡府上的。」

東方靈強忍住萬斛怒氣，冷笑說：「請先把舍妹送回，其餘的事再行斟酌，在下可不是毫無信義的人，只要是行徑光明磊落的武林同道，在下一律推誠結納！」

白衣龍女嬌笑著說：「啊呀！東方堡主是不放心我們那幾個伙伴麼？同樣我們也不

能不先和閣下把條件談妥呢！東方姑娘，我們請她去北方一遊，安置她一個最穩妥的地方，說不定還替她介紹一位乘龍佳婿呢！」

白衣龍女這幾句話，極盡勒持要脅的能事。

白景祥也附和說：「崆峒名手單掌斷魂單壇主，中饋猶虛，他是非常景仰令妹呢！我們就以這樁婚事作為談判的條件吧！只要閣下首肯，我們還要擁護你執掌太湖分舵，閣下也不必依附武當派了！」

黑衣摩勒這才把他們的真面目露出，東方靈氣得半天說不出一句話來，他仰天狂笑一聲，說：「好！我東方靈算是認得你們手段的毒辣了！倘若我不答應這件婚事，你們又怎樣？」

白景祥也呵呵奸笑說：「那怎麼能由得了你呢！人已經在我們手裡了，我們有辦法感動令妹，只是這事不能不和堡主商談一下！」

東方靈無法再忍耐下去了，這對他極盡侮辱，他劍走中宮，以極輕妙的招法，猛攻過去。天陰教兩個少年，卻笑嘻嘻分向左右一閃，黑衣摩勒白景祥說：「閣下既然自命不凡，那就請你去救你妹妹吧！我們留個日後相見的餘地，這次不攔阻你！讓你碰個小釘子，知難而退，我們還等待你回頭覺悟，我們仍以最忠實的朋友立場，替令妹撮合良姻！」

司禮雙童，仍然恭而有禮的向他各施了一禮，各以極快的身法，遁入道旁樹林中，轉眼都失去了蹤跡。

出塵劍客呆了片刻，天陰教人這種陰森惡毒的手段，使他進退維谷。無論如何，他不能接受他們的條件，這將等於賣身投靠天陰教，把南北雙絕劍一世英名，付之東流，而且將使武林同道唾罵不齒了！

東方靈只有拚了自己，追上天陰教人決一死戰，僥倖能救回妹妹，若再回武當山邀請幾個幫手，那將坐失時機鑄成大錯了！出塵劍客考慮的結果，只有從速追趕那六個天陰教人，除此別無良法！

當局者迷，他竟沒想到天陰教人詭詐百出，實力雄厚，憑他一個人的力量，能濟什麼事？

但是在變起倉卒之下，任何人也急得昏了頭，又何暇深思遠慮？

東方靈遂徹夜奔馳於這條去向東北方的大道之上。

出塵劍客僕僕風塵，天色破曉以後，趕至一個叫作黃龍檔的市集，還算他運氣好，市集上有人天光未亮以前趕早集，在路上曾看見幾個黑衣人騎馬東行，其中一匹通體黑色的馬上，有兩個女子。

那人指示了這一批人去的方向，他已徹夜奔跑疲乏不堪，摸摸身上還帶有不少銀兩，就在當地選購一匹快馬，揚鞭登程。

奇怪的他一路追去，這一批天陰教人總比他略快半日，先過去州縣鎮集，始終追不上，幸好沿路還能問出那些人蹤跡，東方靈就如此日夜瘋狂一般，經過桐柏山平靖關，信陽州等等地方，而直向直隸省行來。

第三十六回 荒山寂寂，分道揚鑣 良夜悄悄，曲徑通幽

當他抵達鄭州時，熊倜和夏芸已先啟程一日了。

出塵劍客生長蘇州，未曾來過北方各省。到了鄭州以後，商賈雲集，很不容易打聽出來那六個天陰教徒的行蹤，因為那一批人，有些另有使命留在豫南，和大都市裡，騎馬的大幫客人太多了，問不出一確實消息。

但是天陰教人好像故意捉弄他，並且要把他誘入龍潭虎穴，然後馴服這一頭威猛的巨獅，所以夜間他竟接獲夜行人投來一張字柬，指示他速入太行山接他妹妹！出塵劍客明知天陰教人已安排下陷阱，但是他不能不往裡面跳！

幸好在沙河渡口遇上了大雄法師。

大雄法師先熊倜一日，進入龍鳳峪探聽了一次。他當年協助崑崙各派，掃平天陰

教，對於山中路徑頗為熟悉，他無意中碰上一宗怪事，天陰教人用密封的小轎子，抬著一人，抬入玄龍峽中。

玄龍峽後面這條嶺下的路，通出山外，大雄法師就從此出入，但是新興的天陰教人，規模較二十多年前的天陰教更為宏大，他們壇堂佈置，均與以往不同，以故大雄法師往返玄龍峽，經過那座石洞比比的綠崖之下，他卻不知道那是些什麼所在！

東方靈把以上妹妹粉蝶失陷的經過，簡略向熊倜述說一遍，他焦急之色溢於言表，熊倜在好友面前，自然要表示十分關切，但是他內心為著夏芸，忍受著無窮的熬煎，而他也被出塵劍客追問著。

熊倜長歎一聲說：「一切變得太快，世事難以逆料，本是陪雪地飄風長驅關外的，卻碰見了寶馬神鞭薩天驥，終於無意中刺死了他！」他不忍細說，反問東方靈有沒有得到關於尚未明的消息。

出塵劍容連尚未明被陷的事，根本還不清楚呢，他又能提供什麼線索？他們一同歎息著天陰教人的陰毒，除了各有一番驚奇對方遭遇之外，更增加了一致對天陰教同仇敵愾的心理。

大雄法師，也表示他這次探聽龍鳳峪的結果，天陰教的勢力，確實遠非昔比，三個人交換意見，大雄法師判斷他前夜所見那乘小轎，必就是擄來的粉蝶東方瑛——他們正積極營救的人。

大雄法師深恐武當派和各方英雄，又有許多中了天陰教人詭計，峨嵋一派再不能開誠合作，那前途是更可怕了。

根據熊倜的估計，粉蝶東方瑛，極可能被幽囚在那些石洞裡面，而究竟如何向這可憐的女孩子肆虐，熊倜實在不敢想像，他親身看見了那些石洞中的慘狀，他只有安慰出塵劍客，幸而他沒見天陰教人怎樣虐待女孩子。

天陰教人又怎樣款待粉蝶東方瑛呢？

三人都認為應刻不容緩，前往營救，熊倜對於粉蝶東方瑛，固然沒有純篤發自內心的愛情，（**他的心整個被夏芸據有著**），但是第二次在武當山上相逢之後，由於散花仙子從中安排，他和粉蝶接觸的機會比較多些。

東方瑛秀麗而端莊的風姿，言吐溫柔而常常保持著大家閨範，較之在飛靈堡時，她吐露出的情感，是足以打動這少年的心的。設若沒有夏芸先入為主，熊倜一定早墮入她的情網了！

散花仙子則覺這兩個女孩子——夏芸和東方瑛，同樣可愛，她的心理恰和熊倜相同，寧肯偏愛雪地飄風，因為她活潑自然，近乎嬌憨天真，而另具一種說不出的美，但是兩人她都喜歡極了，一樣看作自己的妹妹。

她覺得在這兩個女孩子之間的選擇，是很難由第三人參加意見，應該看熊倜他的個性，和哪一種類型較為接近，再自己去決定！

男女兩種性格的協調，將是互相結合的主因！但是本身性格之外，另各具有特殊的兩性的各別特點，有時會喜歡與他性格有出入的女性，正可相得益彰。

熊倜幼年孤獨，養成沉鬱，而冷靜，再結合上一位端莊嫻靜的女性，那將不足以補救他的缺陷，他無疑的需要活潑，玲瓏而能啟發他的那種個性！

這些留待以後的事實來說明它吧！

出塵劍客同情夏芸的處境，但是他暗中認為她和熊倜是恨海難填，永無結合之望了！他不為熊倜下一個需要感情寄託與慰藉女性而聯想到自己妹子，他心中充滿焦急的成分，如果，如果妹妹不幸！他不敢想下去！他立刻敬請熊倜予以援助。

熊倜義不容辭，他沒夾雜著絲毫愛情成份，而只是為好友盡一點力，他的義姊若蘭，不是正受東方靈兄妹的殷勤款待？

當他們正準備下嶺之際，對面那座碧崖上突然人聲嘈雜，而且有一大批黑衣人，轉向他們藏身這條嶺方面走來。

人群中間是那位黃衫客仇不可。

還有東方靈在漢水遭遇的一群人，包括那戴發亮手套的書生，和持有奇形梅花奪的人在內。另外還有些天陰教徒，為他們所不認識。大雄法師顧慮營救東方瑛，不願和他們正面衝突，招呼熊倜等暫時隱入密林。

那些人叫囂的聲音，還略能聽清。仇不可正以嚴厲的腔口，斥責他們的人，意思是怪他們粗心，讓奸細混入玄龍峽。這峽後的綠崖他們稱為鳳尾崖，崖下守望的人又被殺死了兩名，更是使他們吃驚，加緊的搜捕了。

仇不可又向這條嶺上指點著說：「唐壇主，虬龍嶺上怎麼可以不設個卡子，這是一條隱僻小徑，可通山外，這兩晚上都有奸細神秘出現，而且還殺了薩舵主！你要特別注意這面，或許就是從這面溜進來呢！」

那個書生模樣的人，點頭應是，又喃喃低聲辯論著，似為他們不曾玩忽失職，自作申辯。

仇不可則仍然老氣橫秋的，訓誡了他們一頓。

東方靈所疑心的那兩位，熊倜認識就是七毒書生唐羽，而另一位也經大雄法師證實確為神奪何起鳳。

七毒書生陰惻惻向黃衫客笑說：「聽說她們經白鳳堂翠華夫人感化，已允諾入教並參加本教龍鳳締婚大典，單壇主們洞房小登科之喜，想必今晚很熱鬧了！」

仇不可卻神氣活現，冷冷說：「鳳尾崖雙壇地位也很吃緊，不得總堂傳令，可不能擅離職守！大家多辛苦點，耗過今夜，把那南北雙絕劍東方堡主對付掉，明兒老夫替唐老弟們設宴慶功！若萬一出了事，老夫也顧不得素日交情呢！」

七毒書生以下那些教徒，更是唯唯應是，誠惶誠恐。

蒼茫暮色，由淡而濃，隔著溪水已漸看不清什麼了。鳳尾崖上人聲漸遠，卻自對崖飛竄上來兩條身影。

時將入夜，兩人的黑色衣服，在蒼樹亂石中閃閃而近，頗像兩具幽靈的出沒。顯然這是天陰教人派遣來嶺上埋伏的暗樁了。

大雄法師和熊倜附耳交談，認為應先把這兩個傢伙制住，正好從他倆口裡，問一問粉蝶東方瑛的下落！

熊倜今晨來玄龍峽，是天陰教人出於不意，少了防備，才能行動自如，這條嶺既是出山的捷徑，留下天陰教徒把守，那自然是極端不智的。

大雄法師嫉惡如仇，他表示殺掉最妥，這麼兩個天陰教三流角色，是很容易收拾的。這兩位果然只是龍尾壇下兩個不算傑出的人物，叫做蹩腳虎覃幼碧，醉泥鰍馮駕凡。他們是少林派的叛宗弟子。

這兩人已走至他們原先會面之處，風聲習習，草蟲啾啾，他倆四面瞭望了一下，並未發現熊倜三人。

粗胖的蹩腳虎嘆氣說：「從何說起，咱哥兒倆輪到這種苦差事，這條路多年不通人跡怕什麼，依我說不如咱倆再分個班兒，一個守前半夜，一個守後半夜，比較——」

那醉泥鰍苦笑說：「覃老弟，你真敢回洞去找妞兒暖暖被窩麼？」

蹩腳虎說：「只要我們這一段不出事，管他娘的淡！先玩玩也好！風地裡站一夜班，我可受不了！」

他倆嘻哈一笑，真個討論換班了，於是他倆爭著要挑前半夜這一班，終於用一種碰運氣的兒童遊戲方式，握些石子猜猜單雙，把這件事草草決定，那個蹩腳虎，和醉泥鰍約好時間，他歡喜跳躍而去。

這條醉泥鰍忍著風寒，抖擻著精神，自顧來回踱步，他手裡提著一柄單刀，自然這是熊倜等動手的絕好良機了！

但是嶺側荒徑上，噗噗噗飛縱上來三條身影，一老二少，都是古銅色短衣緊紮，各提兵刃，自他們縱上峰崖的身法看來，身手頗為不弱。大雄法師正作勢躍出樹林，去拾掇那條泥鰍，卻為這三位夜行人驟然來臨而縮退了一步。

年老多鬚的人，身法頗為巧妙，他猱步輕躡，已首先閃至醉泥鰍身後，醉泥鰍出身少林名門正派，耳目倒也靈敏，他已發覺後面有人，猛一旋身，右手掄刀急剁，這是一招少林招法「犀牛望月」。

老年人輕輕咦了一聲，好像已看出醉泥鰍的面貌，他低喝一聲：「原來是你這叛宗背師的惡徒！駕凡！你還認得師伯龍向高麼？」

醉泥鰍一刀砍去，老人只輕輕一閃，就避開了，而他的一隻左手，疾如流星，「雲龍探爪」，轉守為攻，已點向醉泥鰍的右脅下方穴道。醉泥鰍五形羅漢掌，練得不算差，但是碰上道地的少林老輩子，他還有什麼施展的餘地。

醉泥鰍在黯淡星光下，仍然立即看出來，當前竟是他的師伯禹州三傑之首，摘星手龍向高，他嚇得渾身顫抖，單刀也噹啷啷由手中滑跌下去，他不敢和本門的師長頂撞，他投入天陰教，已經是罪大惡極了。

若還有天陰教高手在側，醉泥鰍這種壞蛋，他會狗仗人勢，硬挺起來不認的！但是現在孤身一人，龍向高是少林高手，光棍不吃眼前虧，他做儒種了，他叫了聲：「龍師伯。」雙膝直挺挺跪在地上。

他還訴說了一段謊話，被逼投身天陰教的苦衷，來換取老人的憐憫，他不能再充硬漢，只有這樣可以希望獲龍向高的赦免寬恕。而那老人雖不耐煩聽他這些鬼話，卻因正在用人之際，醉泥鰍身列天陰教，必能有助於他們。

老人古板嚴肅的聲調說：「駑凡師侄，你真的悔悟前非麼？那你不妨拿事實作為你懺悔的證明！老夫唯一愛女，在邯鄲道上失蹤，天陰教惡徒，還敢留鏢寄柬，你既在他們教下，諒必知他們擄來的女子，藏於何處！快快據實告訴我！並替老夫作一次嚮導，老夫可向令師緩頰，容你回首改過，給你一條自新之路！否則——」

老人說至此，目中稜稜發威，他那副威嚴儀表，亦足以震懾這條泥鰍了。醉泥鰍不敢違抗老人的命令，卻又不願作反天陰教的舉動，他怔怔的跪在地上，終於他怕死，他怕老人會處死他，搖尾乞憐的聲口說：「新近自江南河北各地接回來的女孩子，都送往翠華峰下，神隱堂，交由翠華夫人感化，就在那邊。」

他用手向北面一指說：「沿這鳳尾崖下過去，翻過那座斷崖，就可望見神隱堂！師伯你自己去立可找到，可憐愚侄，還奉命在這兒！」

老人不容他說下去，輕聲叱道：「駕凡？你膽敢違抗師諭！還不與我帶路，你還貪戀著鬼天陰教麼？」

醉泥鰍不敢再說什麼，他只有執行老人的命令了。

熊倜和大雄法師，在暗中聽見醉泥鰍所說的話，粉蝶東方瑛，或許被送至神隱堂，抑或是幽禁在龍尾鳳隱兩壇這些石洞裡，無法確定。於是三人作了短短的幾句商量，因為時機一縱即失，幾個人由醉泥鰍領路，無疑的也是一個最好的機會。

他們決定分頭找尋，這樣力量固然分散，可是不至於顧此失彼，大雄法師對於龍尾鳳隱兩壇這些石洞，從熊倜口中問明了機關，他選擇了這一方面的任務。

那老人龍向高，已斥令醉泥鰍在前面領路，率領他帶來的兩個少林派下年青小夥子，撲奔嶺下。龍向高緊緊綴在駕凡（已還俗的和尚）之後，使他無法逃遁，若這條泥鰍稍萌異念，會被龍向高從後面立即置之死地！

熊倜和大雄法師出塵劍客，拉開數丈距離，尾隨在他們之後，躡足鶴行而進。

這時不過起更時分，鳳尾崖上人影幢幢，顯然天陰教徒防範很嚴，大雄法師想找個他們防守鬆懈之處，再縱上崖去，以此他也隨熊倜等沿著崖下溜去。順崖折而向北，眼前卻出現了一樁奇事。

前面龍向高等四人，立刻收住腳步。

百餘步外那玄龍峽口處，火把燭天，許多黑衣人紛紛走過，他們抬著兩乘軟轎，很快的向峽中轉去，在火光中可以望得十分真切，而他們伏身暗處，卻不至為這一批人發覺，轎內又抬著什麼人呢？

兩個轎子後面，還有幾位天陰教好手，拿著兵刃拱衛，其中有宇文秀，生死判湯孝宏，還有關外兩位豪傑，青面狼童震西，白面狼童震北兄弟等，似乎他們護送著兩個重要人物呢，這立使龍向高，熊倜這兩起人引起警覺。

兩乘轎子裡，必是婦女無疑，他們傍晚時談話中露出，正要舉行什麼龍鳳結婚大典，龍向高估料他的女兒璠姑就在這兩乘轎內，絕不會錯。同樣大雄法師和東方靈也立即判斷，粉蝶東方瑛百分之百，被他們劫持去舉行什麼鬼婚禮，必是招往龍鳳總堂了。

於是局勢急轉直下，東方靈身上的血液沸騰了！

緊張的人，還有龍向高那三位！

大雄法師改變了他的計畫，他主張立即把那些天陰教徒對付掉，營救轎中女子，他們都相信那其中必有一位是東方瑛，而出塵劍客則頗為懷疑，他深知妹妹莊重的性格，絕不會允諾這種被劫持下的非法婚事！

那麼這兩乘轎子裡未必就有東方瑛在內，他很快的提出他的意見，他主張分頭一面追截這兩乘轎子，一面仍去翠華峰神隱堂搜尋一趟。事機迫切，不能再耽延一分一刻了。而熊倜心裡正想著另一個人和另一位朋友。

熊倜下意識地仍不忍離開鳳尾崖，他無疑期待著夏芸的消息，他卻不願去龍鳳峪！但是越不能立刻去見他的芸妹妹，越使這少年思想尖銳化，漸漸走入苦思的愁境！其次，他想起了尚未明，別人不去營救，那尚未明如何能從天陰教人手中插翅逃出？尚未明是否也被他們幽禁在這玄龍峽後面呢？

雲中青鳳師徒踽遍了那些石洞，若是她們就是同樣的目的——援救尚未明，那崖上石洞裡必無尚未明的蹤影了。因為她們已費盡心血，而翩然離去！尚未明會不會關在神隱堂？熊倜生了一線錯誤的希望。

於是他選擇了去翠華峰搜尋的任務，出塵劍客匆急中鄭重拜託一番，他自己則決定隨大雄法師攔截那一雙軟轎。三人口裡商議著，腳下並未停步。那些火把早都轉入峽中，這山凹裡依舊暗黑如漆。

龍向高等已施展開夜行術，疾馳而去。

但是他們已只剩下一老二少三位少林派俠士，那位醉泥鰍卻被龍向高點了穴道，曳入一叢灌木之中，龍向高多年經驗，頗有知人之明，而這條泥鰍，竟想效法鯉魚龍門一躍，脫身追隨他那些同伴——前面的天陰教徒。

在醉泥鰍猛然脫逃之際，龍向高立即以八步趕蟬步法追上了他，把泥鰍點倒，這只是一段小小插曲。龍向高無心處死他，同時也為拯救愛女刻不容緩，僅由隨從中的兩個弟子，把泥鰍拖入樹叢，他們就又噗噗飛馳而去。

不過龍向高等多少須警戒著天陰教人，他們隨地掩伏，辨明附近沒有埋伏後，才放心向峽口跳竄。

熊倜與東方靈等，緘口疾走，和他們距離甚近，比及行至峽口，峽中地形迂迴，已望不見前面那一群天陰教人，寒風拂拂，溪聲澎湃，而夜幕垂得更低沉，十餘步外就茫茫不辨五指。

熊倜要和大雄法師東方靈分手了，他和東方靈的心情是各自紛亂而緊張，大雄法師較為冷靜些。他準備予天陰教徒以迎頭痛擊，以大雄法師數十年的精深造詣，對付這些天陰教二三流角色，諒不會有多大問題的。

他們約定成功與否，都出山以後在沙河城內，互相鵠候三天，以便磋商下一步行動，假使這次不能救出東方瑛的話。

東方靈心裡泛起了個念頭，倘若妹妹真在神隱堂而不是這兩乘轎子中的俘虜，那麼……但是他明白妹妹的心理，粉蝶東方瑛固然從未說出她芳心所屬，自金陵一會熊倜之後，她是一直諱提她自己的婚事的。

只有兩次和熊倜相見後，她與平日沉默寡歡的態度，判若兩人，她會顯出無限興奮而開朗的心情。

熊倜去救她，會不會有些不方便之處？熊倜若沒有他的膩友夏芸，那應該算「天作之合」的機緣啊！但是熊倜未必能捨棄夏芸而轉向妹妹輸誠，出塵劍客卻以為至少妹妹東方瑛一身武功，也不會拖累上熊倜。

就目前情形判斷，粉蝶兒被抬往玄龍峽外，確是占極大可能，自然他不能放棄這眼前的良機！他太關心妹妹了，他不能放棄做哥哥的責任，粉蝶和熊倜將可能發生些什麼後果，他應當考慮的。

出塵劍客還有個樂觀的估計，就是追上兩乘轎子，倘若沒有妹妹在內，再折返翠華峰，也不至耽誤太多的時間。

於是他鄭重囑託一番，才和大雄法師一同竄入峽中，順流而下。兩個人的身影，瞬即消失在黑暗裡。

熊倜一個人又開始一個陌生的旅程，他像一頭夜貓，潛形遁影，飄風一般冉冉向北方山嶺猱升。

他沒有考慮到遇見粉蝶以後會怎樣，他一半心情，都為尚未明激動著。另外就是夏芸的倩影，又盤旋腦際。

青魄仙子果能照他的意思，勸動夏芸的芳心麼？

以青魄仙子本領之高，熊倜還略有些望塵莫及，她決不會失風被天陰教人困住吧！最低限度她也應能保她自己的安全，不過能否接近夏芸，出入於天陰教無數高手之中，不至被人發覺，熊倜確有些懸心！

他行復行行，攀登了北面的峻峰，他心情一直複雜著，而眼前更複雜的，是那峰後縱橫起伏的無數崇山峻峰，幽壑深澗。夜間人的目力是有限的，比不得白日可以把四周的情形，一目了然。

除非你走近每一處峰巒，你發現不了所要找尋的目標。

熊倜的目力由於內功醇厚，還算超人一等，被這一帶岩峪幽深，峰巒環聳弄迷糊了，他仍一時找不著神隱堂所在。

翠華夫人又是怎樣一位婦人呢？

熊倜的心暫時為眼前的現實問題忙亂了，他翻越了兩重危崖，崖下荒涼寂寞，亂石和疏疏的松柏茂草相間，他望不見所要找尋的翠華峰神隱堂。

夜是那麼的沉靜，而山中竟無一點野獸嚎叫之聲。當然這是在深山中最隱僻的去處，奇怪的這面他們竟沒一道伏樁，也沒遇上來往的人，夜中他不辨路徑，從這荒山幽壑中，找尋路徑確非易事，何況根本沒有路呢。

他沿著深峪，環繞著山峰走去，似乎轉了個大圓圈兒，而到處都是荒草亂石，幾乎疑惑又轉回原處！山峰的形勢竟略有些兒相似，使熊倜為之愣然迷惘住！

他覺得自己心神太恍惚了，以至把目標忽略過去，他不相信這神隱堂竟有這麼遠，深藏在人所不能找見的地方！他豈知既然名為神隱堂，自然不是任何人隨便就能發現的，而這螺旋形的幽谷，號稱九曲十八環呢。

以熊倜的輕功，這一陣急行，怕不有一二十里，他心裡泛疑，很想從原路折回去，他以為他是誤入歧途了。

熊倜停立在荒草亂石之間，他仔細端詳四面的峰麓，想發現什麼可能通行的險徑，他從下面一層逐漸望上去，由左移向右邊，前面的峰巒，挺拔陡峭，沒有多大可能，另外右側有個突出的小崖，和一帶削峰崖壁緊緊貼合。

黑夜裡，那崖峰似連接在一起，絕不會引人生疑，熊倜若是判斷錯誤，勇往直前，他會走出太行山的背面了！

他下意識的扭轉身軀，本想把走過去的地方，再考察一下，而澗峪那面，突然火光斜斜射出！

這是個足夠驚喜的信號！

火光所現，那道光影是向這面轉過來的，那邊是天陰教人了！他慌忙找塊大青石，隱藏起來，他不能放過這個出現的人，他將是替熊倜指路的明燈！

由於火把熊熊的炎光，照亮了附近的岩穴面目，火光中的人影也被映現得極為清晰，兩個黑衣漢子手持火把前導，後面這人使熊倜非常驚奇！

卻是個白衣秀麗少女，而她背上另馱著個比她還大些的少女，頭斜斜垂在她肩下，為她身體所掩，看不出是否就是粉蝶東方瑛。揹人的少女，大約只有十八九歲，也算中人以上的姿首，比起雲中青鳳要差多了。

這少女揹著個人，她仍然腳步十分矯健，想見她的身手不弱，她並沒有喘吁聲音，雖然她自鳳尾崖來此，走過一段不算短的路程。

在這女子身後，卻尾隨著一位黑衣壯漢，腋下懸著奇形兵刃五福梅花奪，就是那位名震關中的神奪何起鳳。

何起鳳雙眼卻注視著她揹著的女子，神情極為關切。

少女冷冷然扭回轉首，說：「何副壇主，請回鳳尾崖吧！朱壇主行同叛教，這幾天承你格外關照，沒讓她受一絲痛苦，我分外感激，我也很痛惜朱姊姊竟做出這種不可饒恕的事！自被繆堂主擒回之後。奉命送回總堂發落，這是教下規例，我也無法救她！只望翠華夫人能夠格外施恩，原諒她的過錯！」

她又說：「那面情勢吃緊，你不可怠忽職守！」

何起鳳柔聲悄語：「劉妹妹，你知道我是如何愛慕著她！我擔了不少干係，懇求仇堂主和各位哥哥姊姊幫忙，才算能做到這一步，帶她去讓翠華夫人重新審訊，這就是她最後一線的生機了！我懇求妹妹！」

他又邁前一步，在那少女左側，深深長揖說：「只求妹妹多添幾句好話，把話說得活軟些，妹妹和她情逾骨肉，只要這次能從輕處罰，我何起鳳永輩子不忘你的好處！」

那少女卻抿嘴一笑說：「我說何大哥，你可不能過了河，忘卻渡船人！」

熊倜聽不明白他們話裡的含義。

所揹的少女，可能是東方瑛，也可能是夏芸，或者其他，總之是個不幸落入天陰教魔掌的女孩子。

熊倜估料她們是去神隱堂，須先找到了神隱堂，再下手救人，他想偷窺那被揹的少女面貌，卻發現用白絹帕連臉一齊蒙住，他想不必就在這峪中動手，省得把援救尚未明的機會錯過了。

若熊倜預先知道他將會救出什麼人時，他會廢然而返麼？隆厚的友情，他也不能這樣做呢！但是這是一件終不能完成的喜劇，造物專一愚弄著女孩子嗎？

三個天陰教人自熊倜面前繞過去，她們撲奔那個小崖和峻峰銜接之處，而神奪何起鳳不敢再跟下去了，他還癡癡的站著，目送著少女們。他內心正纏結著一個死結，他也是為了情侶而神不守舍呢。

熊倜恍然省悟，那裡必有一條隱僻的路徑，無怪自己找不著。待那何起鳳一扭轉身，他就以潛形遁影身法，飄然馳去。

叢密的林木，高可及人的枯草，只略辨有人涉足的蹊徑，而且還賴前面的火光照耀，才能辨出。

走近那小崖側，方看出來只是崖峰間一條三尺寬狹窄隘徑，而曲折環境，真可算是曲徑通幽了。

左彎右曲，那些峰崖竟湊搭得十分巧妙，熊倜雖在夜裡，仍能記清這些路徑，他亦步亦趨，走了頓飯時光。

自兩面削壁中鑽出，前面才豁然開朗，宛如世外仙源，垣平的一所數十畝寬大的綠峪，松柏喬木，雜以各種花樹，不過此際綠葉已所剩無幾了！地上鋪滿了厚厚的茸草和黃葉，石徑引導他們至一座碧沉沉的峰壁之下。

所謂神隱堂者，已赫然入目。

那是一座極寬大的廳堂，四周圍以小屋，和虎皮布成的圍牆，境界清幽絕塵，高大的木柵門，門柱上點燃了兩盞氣死風燈。

熊倜不能走近了，燈火照耀之下，他將被人發覺的。他以為這神隱堂中的翠華夫人必有一身絕世的武功，否則天陰教人怎麼如此尊敬她！而實則大謬不然。

他眼望著少女們敲開柵欄門，由裡面的人迎接進去，而應門的殊出熊倜意外，卻是兩個半百以上的老婆婆。

這一簇房屋之中，燈光尚明，卻頗為寂靜。

熊倜選擇較為幻暗之處，閃身縱上了圍牆。然後由牆頭輕輕躍登屋瓦。他四面窺探，屋頂竟無守伺之人。

熊倜仍然小心翼翼，他總以為這兒非常神秘，豈能無絲毫防備。他躡手躡腳，屏聲止息，純以上乘內功提縱之法，翻上了那座高大廳堂屋頂。

巍巍綠崖，距面前不過數丈，廳房後簷椽柱，竟嵌入石壁，這座神隱堂除了較一般房屋高大之外，並無些微特異之處。熊倜翻身伏於瓦上，壁虎般向簷頭遊去。他微微探首下垂，自窗隙中隻目望進去。

堂前平平一段地面，花樹駢列，夜風中非常寂靜，不見有人在階下守衛。木柵門外兩隻火把，又照耀著向來路隱去，火光閃閃中，望見剛才揹人那個少女，也漸行漸遠。繞地一段低崖，閃入那兩面削壁的幽峽之中。

而這神隱堂內，收拾得頗為潔淨莊嚴，正面有八扇極高大理石屏，屏風遮住了視線，按房屋的深度後面應該還有些地面，或許安排著暗室夾壁之類。此外堂中也沒什麼奇特陳設，一色楠木器俱，几案上燈燭高張。

牆壁上頗多名家書畫，甚至琴棋古玩，陳設頗類書香世家，而沒有絲毫邪教氣味。屏風前紅木高榻，其上端坐著個年約五十的老婦人，看去丰姿秀冶，卻淡妝素服，不施脂粉，端的手韻猶存。

榻前侍立著四名短紮黑衣的老婆子，另有個十八九歲娟秀少女，雙膝直挺挺跪於榻前。從那四個老婆子舉動看來，都像不懂武功的尋常莊家老婦，而跪伏的少女面向著高榻，熊倜不能看見她的面目。

上坐的老婦人，應該就是天陰教的翠華夫人了，可是從她眼神太陽穴各處看來，竟是個極平凡的婦人。

倘若把粉蝶東方瑛那種本領的女孩子，交給這老婦人看管，那老婦人又制伏得住麼？難道這翠華夫人懂得一套邪法？熊倜深深覺出可疑，由這神隱堂情形看來，東方瑛絕不會被幽禁在此，尚未明更無此可能！

熊倜後悔白費了許多時間，卻來到這麼個平凡所在！若以熊倜的大好身手，來對付四五個手無縛雞之力的老太婆，豈非殺雞動用牛刀！

熊倜心裡雖然懊悔，但在未確實探明之前，他仍不忍離去。

跪著的少女，嚶嚶啜泣，渾身竟抖戰不已。顯然這位老婦人操著什麼生殺大權。榻上的老婦以冷靜的腔口，說：「小妹妹！你靜靜的考慮一下，然後據實招供，本教素來寬大為懷，只要自知悛悔，教規處罰女孩子是最輕的！繆堂主已詳細開明你的罪狀！抵賴是最愚蠢的行為，反求招致更嚴厲的懲處！你明白麼？」

那少女連連伏地叩首，老婦人越是笑容可掬，她越怕得萎縮俯伏，不敢仰視。室內除了老婦人幾句話音以外，更無些異響。熊倜明瞭這就是他們所謂「審訊」了。

那老婦人雙目微向左右一瞥，並沒見她打出什麼手勢，而屏風後立即湧出八個十七八歲的白衣少女，不過這些少女生理都頗異尋常，面容不止算不上嬌美，而且皮膚漆黑，體格壯健，步履輕捷異常，顯然都有相當的武功。

而那跪伏著的少女，偶然偏過頭來，似乎去偷視那八名自屏風後出來的黑色醜女，她臉上淚痕斑斑，宛如帶雨梨花，含露牡丹，那極嬌豔的玉靨，已讓熊倜的目光接觸上了！使熊倜出其不意怔了一下。

原來那少女卻是把他和尚未明邀去荊州府白鳳總堂的紅帕少女——天陰教稚鳳壇主

朱歡！

朱歡犯了天陰教什麼教規呢？那次她不是很忠實的執行他們的計策麼，她犧牲色相騙誘尚未明，難道她反因此獲譴？熊倜腦中回憶起了那夜尚未明被擒以前，奮力苦戰的情形。他想這紅帕少女的犯罪是否與尚未明有關！

屏風後出來了八個少女，可見屏風後面必是個神秘所在，或者東方瑛被囚在隱僻的複室之中，於是熊倜覺得此行才算有了意義！他自信對付這八個白衣少女，還有把握！

榻上的翠華夫人又發話了，她笑問朱歡：「鐵膽尚未明，自然是個極英俊的少年郎！你屬意於他無可厚非，哪個女孩子不愛風流倜儻的兒郎呢！」

八個白衣醜女，分兩排走近高榻，垂手恭立。

翠華夫人——高榻上的老婦人，原是天陰教已死的教主蒼虛上人之妾，蒼虛上人生來懼內，特在深山中蓋了這座神隱堂金屋藏嬌，不時前來與愛妾幽會。翠華夫人則根本不懂武功，那次群俠掃平天陰教，司禮童子焦異行戰璧君就悄悄溜入這神隱堂躲藏，未受顯戮，而蒼虛上人許多秘書，也藏於此室，所以焦異行夫婦非常尊重這位翠華夫人。

翠華夫人提及尚未明，使熊倜驚喜得心都跳了！翠華夫人又喝問朱歡：「但是你放走了尚未明，這不是冤屈你吧！快說，尚未明現在何處！」

第三十七回 甘為情死，可憐弱女 渴慰芳心，羞對檀郎

翠華夫人訊問朱歡的話，也正是熊倜急於明瞭的事！

朱歡嬌滴滴帶有顫抖的聲口，她辯得非常巧妙，她說：「我隨司禮雙童葉姊姊們追下去，單掌斷魂劈了那小子一掌，白哥哥也砍中一劍，他不支倒地，葉姊姊們交由駱明駱亮押往君山，葉姊姊們就回白鳳堂前助戰。我在中途迷路，五通橋畔遇見繆堂主才把我帶回去。誰放走尚未明我確實不知，否則我還逗留在那兒等候捉拿我麼？」

她又哀哀自陳：「我替本教出了不少的力，那尚未明狡猾異常，本已上鉤，卻不知何人解了他的藥性，他誘騙著點了我的穴道！我忠心耿耿遵守教規，這一點亦可證明！望求夫人詳察！」

熊倜心情激越，料想尚未明當時受傷不輕，聽她們說話口氣，尚未明似又從天陰教

人手中逃出，熊倜一顆心放下了大半，但是尚未明又走投何處？救他的又是什麼人呢？自然熊倜仍存著許多疑問。

任何人也會相信朱歡這一套動聽的謊言呢。

翠華夫人卻輕聲冷笑說：「那麼繆堂主是冤枉好人了！」朱歡嚇得俯伏在地，女孩子最擅長的手段！「哭」，哭是否足以打動翠華夫人呢！

翠華夫人又淡淡道：「朱小妹妹，你擅自出堂與尚未明交手，又逗留在五通橋附近，將及天明，這麼長的時間裡，你要做的事自然都可以消停不迫做完吧！尚未明從何而來解藥，你能指證出另外有人幫他的忙麼？故意讓他點上穴道，從容脫走，這還不是一種有計劃的陰謀麼？」

朱歡像受了極大冤屈，嗚嗚咽咽地說：「為什麼只疑惑我，不疑惑雲中青鳳柳眉呀！她沒做虧心事，為什麼要逃走？而且那一晚上我確曾看見柳眉自偏院中飛躍出來，事後繆堂主也認為她行動詭祟，夫人您請明察，最好把柳眉抓回來，嚴刑審訊，小女子的冤枉就可洗雪了！」

翠華夫人皺皺眉說：「『柳小妹妹不久必擒回，按律懲處，用不著你多說，她和你是兩回事，朱小妹妹！你還能把你逗留在五通橋的理由，再自圓其說說得動聽些麼？迷途是不可能的！當時就應該隨你葉姊姊回堂呀！」

看去翠華夫人對朱歡的罪狀，已經肯定了。她仍說：「小妹妹暫時忍耐些，面壁懺悔反省，待你覺悟以後，自承罪狀吧！本教絕不以沒須有的罪名，加諸女孩子頭上——不久我們便可把尚未明找回，那時還怕不真相大白！」

朱歡聽她說到這裡，身體又不自然的抽動著。

兩旁的白衣醜女，突然一齊上前，把朱歡拖起來，朱歡嬌慵無力，不知她為什麼絲毫不敢抗拒，聽任她們服侍著，她原有一身武功啊！她這時淚痕猶在，口裡依然喃喃哀求著，並連呼「冤枉」。

翠華夫人擺擺手說：「先把她關在第七號裡！三天以後，再與她服一劑軟骨酥筋散！讓她可以永久安適靜養下去！」

八人中一個請問說：「還有那個江南來的女孩子，該怎樣處置？」

翠華夫人淡淡笑說：「多讓她休息幾天，我們沒和她家人辦好交涉以前，不必難為她！」

熊倜欣喜此行收穫不菲，既明瞭了尚未明的消息，而她們提及的江南女孩子，不是粉蝶東方瑛還有誰？

天陰教女子朱歡，和尚未明之間，必還有不可告人的糾葛，只是熊倜猜想不出究是如何發展至朱歡被擒而已。

熊倜躊躇起來，怎樣去救東方瑛？

天陰教人說的話，總有另外的含義，什麼軟骨酥筋散，難道是使人寧神安睡的藥？

他們說的話，你往往應從反面去推測，口蜜腹劍這幾個字，可以代表他們的一貫作風！熊倜不禁替東方瑛焦急了。

為著出塵劍客風塵知己，應該不避一切嫌疑，踴躍去拯救粉蝶，熊倜估計只要救出來，以後並無多大麻煩。東方瑛也是上等武功的身手呀！但是屏風後面，密室複壁，難免不佈置些機關埋伏之類，熊倜躊躇的原因在此。

那八個黑醜少女，一聲不響，把紅帕少女朱歡拖進屏風後面，啜泣聲隨之而隱沒了，熊倜覺得這個女孩子也很可憐，倘若她真心愛著尚未明，而尚未明確由她救出的話，她是值得救出天陰教魔掌的！

何況她已站在反對天陰教一方，多救出一個苦命的女孩子，是道義上的責任，熊倜並非浮浪好色之徒，有了夏芸，他是除卻巫山不是雲，始終愛著他的芸呢！

大廳裡那位翠華夫人，由四個老婆子簇擁著進入側面套間裡，像是去安寢了，廳內的燈火尚未熄滅，空蕩蕩的歸於寂靜，一切歸於寂靜，夜已深了！熊倜靜靜的守候著，守候他最有利的時間下手救人！

一盞茶時以後，套間裡隱隱傳出鼾聲。

空山寂寥，只有一陣陣夜風呼嘯！

熊倜其實並不畏懼翠華夫人這些平凡的老婦人，他只是想把這件事做得手腳乾淨俐落，不必多殺傷這些人！

熊倜以超等輕功身法，自屋頂翩翩躍下，大廳胡門敞開著，似乎太平歲月夜不閉戶的景象，還有人敢來天陰教的深巢妄覬非分？上次各正派名宿，都沒找到這神秘的神隱堂，而熊倜卻來去自如呢！

當熊倜躡步繞入屏風之後，眼前流蘇軟帳拂地，像是一條複室通道的入口，熊倜的猜想並沒有錯，這條複室是通入石岩之內，是當年蒼虛上人把天陰教許多秘籍重器珍藏的地方，多少佈置下些埋伏，以防不測。

焦異行夫婦繼掌天陰教之後，也還有許多珍貴之物，藏於石岩之中，而凡是他們計畫接來的女孩子，都交由翠華夫人教養，感化，直至自願加入天陰教為止，才能重見天日，他們最厲害的武器，就是一種秘藥——軟骨酥筋散。

此藥投下之後，使人在百日內骨軟筋酥，武功全失，他們卻有一種解藥，使你很快可以復原。否則藥性散去之後仍然終身等於殘廢，僅能行動步履，永遠筋骨之間，伸縮不能自如，武功喪去大半，但卻不至傷人性命。

這是對付有武功的人唯一毒辣手段，就是你能苟全性命，也必飲恨終身，何況你既落入他們手中，除了俯首就範之外，是根本無法逃出呢！

焦異行重興天陰教，泰山一會，裹脅了北道上無數豪傑，直至和武當派開釁，他們是一船風順日漸盛大，在武當派召集各派各方人士加盟敵對天陰教之後，焦異行夫婦才碰見了對頭。於是焦異行決定使用當年蒼虛上人的秘藥來制服異己，而妄想把各派人士一網打盡，收入教下。

女孩子意志比較軟弱，天陰教人又口若蓮花，他們征服的對象，正是有地位有武功的人，鮮有不入他們的圈套的。粉蝶東方瑛在灌了江水昏迷之後，就被天陰教人做了手腳，而翠華夫人正以能替她恢復武功，作為勸誘的手段。

熊倜於無意中，聽見了這種秘藥，但是他還懵懵懂懂，不明瞭這是一種什麼東西呢！若不是熊倜這次僥倖成功，那武林中日後更要天翻地覆了！

熊倜揭開軟帳，探步而入。

這條複室通道長達十數丈，地上滿鋪著雪白的地毯，由於構造的精巧，使你感覺不出而已身入石洞之中。

滿壁都是精緻的湘繡畫屏，一幅一幅接下去，最深處一道圓拱形木門，牆壁上琉璃燈隔一兩丈就點燃一對兒，光線頗為明澈，熊倜停步諦聽，通道內既無人蹤，也無絲毫異響。這種神秘幽隱的所在，他們本用不著再設明樁暗卡了。熊倜正是第一個陌生客深入這神隱堂中呢。

熊倜試探著腳步，輕輕穿過通道，熊倜心思極為細密，他雖望見那圓拱木門開著半扇，他不敢冒然踏入，而是慢慢沿著牆壁挨著身子貼壁滑溜進去。

木門之內，光亮與通道內初無二致，他恍然置身一個極豪華富麗的場面裡。石岩擴大至縱橫各卅餘丈，而迎面卻是一座類似宮殿式的大廳，龍鳳抱柱，雕樑畫棟，大廳的匾額上題著兩個泥金大字：「神隱」。

廳門敞著四扇隔扇，可以望見裡面收拾得金迷紙醉，氣象萬千，但是靜悄悄的不聞一絲聲息，只有入耳他自己的輕微呼吸聲。任何人到了這種神秘所在，他會不疑置身仙人洞府或王公大邸麼？

靜寂的氣氛，越是顯得可怖！越是沒人守衛的地方，越發使人凜凜生畏，正如俗人進入古廟，乍睹寶相莊嚴的神佛一般。何況他們還是一種可怕的邪教呢！

神隱堂原來是在山腹深岩之中！

神隱堂中究有些什麼神秘不可告人之處，熊倜是無法想像得出的！倘若熊倜此際能把這座魔窟付之一炬，日後武林中就減少了無窮災害！遺憾的是熊倜以為這不過是天陰教人一種秘密享受的地方，甚或是暗藏春色，欺侮女孩子的淫窟！他從外面望進去，竟一無所見，裡面並沒有人！

神隱堂內佈置確屬極端巧妙，若你不留心觀察，它是與一般富麗堂皇的大房屋沒有兩樣的。

熊倜木立當地，考慮著他們是否把粉蝶東方瑛之流，藏在這座廳房裡，但是他立即有了新的發現！

熊倜的目光掃及大廳左右兩側的牆上，他發現了左右壁間，各有一排兒六個月牙形石洞門，洞門之上還赫然編著號碼，由一至二十四，顯然每個小洞裡，可以容納兩個女孩子，或其他他們所幽禁的人。

但是那八個白衣醜女呢，怎麼不見她們的蹤影？

而且這神隱堂前，竟不留一兩個人守衛，這不是太疏忽了麼？這使熊倜非常懷疑，他像一尊石像貼伏壁隅，不敢驟然舉步。他忽略了他伏身的這靠外的一面石壁，如果站在另一角度位置，他就可看出這面石壁上也有許多洞門了。

左右有十二個小洞，他不能確定粉蝶東方瑛究被藏在哪一個洞中。他再仔細察看，由左而右，那些石洞門頂的號碼，卻顯然有了極大的差異，其中只有「七、八」號這兩個字，下面燃著個小琉璃角燈，因而分外望得清晰。

其餘的洞門上號碼，都沒有這盞燈照耀，較為黯淡不明，僅僅是別處燈光斜射過去，光影就極為黯淡了。

熊倜再看所有的小洞門，黑黝黝的天衣無縫，深入石壁之內，就是那燃有油燈的「七、八」號，也不例外。

熊倜假定只有這一面小石洞被幽禁著人，除了紅帕少女朱歡之外，有無其他的女子——東方瑛之流，固難逆料，但這個小洞，確有一探的價值，很顯然它比其他石洞特殊些，洞門上有無暗藏的機關？

他想起了鳳尾崖那些石洞，於是他很細心的觀察洞門附近有無龍鳳一類形狀的設備，那應該是開啟洞門的機關，其次有無其他可疑之物！找見了機關，至少可免弄出過大的聲響，驚動那八個少女，甚或還有其他可怕的天陰教人！

他耳鼓中微微傳來一陣纖弱少女鼾吁之聲。

他潛伏不動，那種均匀而發自多人的香鼾，使他確定這是最有利的時間。夜深沉了！據他估計當在亥子之交。

所有的洞門外，竟找不出絲毫異樣的痕跡，他以極輕靈飄忽的身法，挨壁溜了過去，在他身畔閃晃過去四個垂有彩鳳圖樣的白綾軟幕的洞門，綾幕搖曳及地，遮住了裡面的無限春色！

使他腳步縮停了四次，但是他終於飄在右側那一排小石洞前面，他伸手摸摸洞門，光平而冰冷，輕輕僂指彈下，鏗然有聲，果然是鋼鐵之類鑄就，厚薄卻無法測出。門上發出聲音頗為沉厚，略可顯示出鐵門的厚度！

熊倜緩緩移至第四個月牙形洞前，石壁峻嶙，上下左右雖都是斧鑿痕跡，卻沒有任何可疑之處，他用力推撼，那鐵門深嵌在岩壁之內，下面也似深入地中，自然紋絲不會動搖了！熊倜不由愣在那裡！

鐵門過厚，既無一絲縫隙，他也聽不見門內有無人聲，即令有什麼聲音，也會被鐵門隔絕呢。

熊倜正對著那洞門發怔，原以為既容且易的事，反而弄得縛手縛腳，無法可想。卻不料這巨大石岩中，突然腦後寒風絲絲，傳來一陣夜行人衣帶飄風之聲。立時熊倜為之一震，他手問劍鞘，嗖地旋身。

黯淡燈光之下，他面前出現了個青衣婦人，殭屍一般毫無血色的臉孔，一雙冷光射人的俊目，使他既驚且喜，卻是白日和他糾纏過半天的青魄仙子！青魄仙子恰於此時此地出現，使他不勝疑惑！

但一絲希望也立即湧上心田，她是給他帶來夏芸的消息麼？熊倜不禁滿腔期望的聲口，向她拱拱手說：「青姊姊，你怎麼曉得我來神隱堂呢？」

青魄仙子也目光冷冷的在他面上閃過，帶有歉意而加上一份詫異的情調，回答他：「熊弟弟，我也不料你自己會來這兒找你的芸妹妹呢！」

青魄仙子輕輕長吁一口氣，又說：「龍鳳峪中凡可能是女孩子安身的地方，我都找遍了，由風雲館一座樓房上上下下，以至白鳳總堂許多院落，我在黃昏時分全部找過，沒有你所說的雪地飄風夏芸。」

這幾句話，似晴天裡劈下一道悶雷，熊倜心上受了一記慘痛的打擊，伊人芳蹤縹緲，難道她被……

熊倜的心，由悵惘而紛歧，愁苦的相思，更加上一層沉重的焦慮！他覺得自己的魂魄，快由軀殼裡面激射而出！而青魄仙子卻繼續著平平淡淡的聲調，說：「我把太行山他們各處的情形，探聽得極為熟悉，又恰好在玄龍峽口遇見他們的一干爪牙，抬著兩乘軟轎，搭向龍鳳總堂，我才想起這翠華峰的神隱堂！他們把教外的女孩子，多半藏在這裡，我想夏芸妹妹只有從這兒找尋一下！」

她又略帶些忿恙之意說：「你不在虬龍嶺上守候，卻先跑來神隱堂，使我白白在那一面逗了個圈子，我幾乎要撒手不過問你的事了！而且我若救出夏芸，又怎樣交給你呢？」她話意非常責怪熊倜。

熊倜忙以極親切的語氣，向她致歉，因為自己拜託人家冒險深入重地，而竟爽約不辭而去，當然無限的歉疚！

熊倜不得不把他遇見大雄法師出塵劍客尋找東方瑛的事情說出，反問青魄仙子那兩乘轎子裡又抬著什麼樣女孩子？大雄法師和出塵劍客追入峽中，怎沒把轎子截住？青魄仙子對於大雄法師等頗為陌生，怎麼會又攬進去一個喚做粉蝶東方瑛的女孩子，熊倜卻又捨了夏芸而來救她？

一連串的疑問，使青魄仙子凝思了一陣，她是情場中混出來的人，她開始對熊倜表示不滿了。這是女子妒嫉的特長，最痛恨用情不專的男子！她幾乎要扭身退去，不理熊倜這個儇薄少年。

終於她用大姐姐教訓小弟弟的口氣發話了，她說：「你應當對於那個身世可憐的夏芸妹妹，始終如一！這個粉蝶東方瑛呢？是不是你對她也有很濃厚的感情？」

熊倜面孔緋紅了，他急急自解，他自承是為好友東方靈效勞，絲毫沒有其他關係，但是他不能不承認和粉蝶是素日相識啊！青魄仙子內心略為舒快，因為她喜歡男子對於女孩子，有堅定不二的忠實愛情。

她又搖搖頭說：「兩乘軟轎裡，不錯是兩個女孩子，我探聽明白是一個姓劉，另一個叫龍璠姑！並非東方瑛！」

她又像回憶什麼，眼光直直出神半晌，道：「不錯，那玄龍峽外一帶松林中，有些人在動手廝殺，天陰教人另鑿有一條隱僻石洞，轎子從石洞鑽進去，抬往龍鳳峪了！我為趕回來告訴你，沒注意他們廝殺的結果！究是些什麼人在林中惡鬥，我也未加注意！」

她又說：「時光無多，閒話以後再說吧，先找夏芸妹妹要緊，你認定就是這七、八號石洞裡藏有女孩子麼？」

熊倜遂告知她竊聽的結果，以及他的判斷，青魄仙子自然又為其中夾雜著個天陰教女子朱歡，而微感不快。

熊倜表示找不著開啟洞門的機關時，青魄仙子卻淡淡一笑，僅有低低的笑聲，僵硬了的面部卻無變化。

她突然閃身向那複室過道裡縱去。

熊倜正測不透這不具生人氣味的女人，離開他是為什麼？他沒獲得夏芸的確實消息，夏芸目前處境如何，反而成了一個謎，使他心神恍惚一時不能冷靜下去，幾乎把此來的任務，也從意念中消失。

但是很快的眼前洞門側壁間起了一種軋軋軋重輪旋轉之聲，而那麼厚的鐵門，呼悠悠的自行向上徐升，不過洞內光線更為昏黯。使他一目望見的只是一片昏暗，宛然一座可怕的人間地獄！

青魄仙子腳步聲已至身後，她冷冷說：「快進去吧，還遲疑什麼，不在這個洞內，再向其他洞裡找找吧！」青魄仙子處心積慮救她的龍，神隱堂中各處埋伏機關，她都以極大耐心探聽得清清楚楚，這些小石洞的開關，原分兩排兒安置在過道牆壁上。

熊倜衷心感謝這位怪姐姐，她真替他幫了不少的忙，謝字又從他口中吐出，而使青魄仙子心裡加倍的愉快。

她曉得這少年，可以象徵她的龍的少年，無論性情，談吐哪一方面都幾乎是造物者的傑作，一無二致！

至少——熊倜今後不會再討厭她了！

她只企求著一種不可告人的安慰，而並不願以感情加諸這少年身上！以此她保持著她的冷酷的風度，使熊倜也始終退避三舍。

熊倜在她催促之下，進入洞內。

牆間有個小小夜油燈壺，油少燼殘，發出青熒如豆的微光，乍一步入這小洞內，是需要張大了目力，才能辨出一切。面前卻是一排木壁矮屋，分為兩間。木壁高僅及肩，薄薄的白色木板門虛掩著，而門上各有個號碼：七和八二字分列著。悠悠幾聲歎息，發自不同的女孩子口中。

夜靜更深，在這陰森森恐怖氣氛濃厚的境界裡，使人毛髮俱豎！

熊倜掩入第八號木壁之內，他無心再管那七號裡的紅帕少女朱歡了！板壁裡面兩方都是石筍參差的岩壁，右方和第七號隔以五尺高的板壁，地面極為狹小，只堪稱半間斗室，僅藉門中透進來一道微弱光線，那裡邊又黑暗一層了！

既無床鋪，更無陳設，地上只鋪著一層極厚的乾草。正有個苗條女子伏身地上，嚶嚶啜泣。

她的身體蜷曲著，蓬鬆著一頭秀髮，雖沒施以枷鎖，但身在樊籠。足夠這女孩子傷透芳心了！

從她的優美線條，抽動著雙肩看來，果然就是粉蝶東方瑛！熊倜任是專愛著夏芸，也不能不油然而生憐惜之念。

這僅只是基於俠情道義上的同情心！

這位身遭幽禁的女孩子——粉蝶東方瑛，在水中被人捉住之後，被灌服下去一種天陰教秘藥，軟骨酥筋散，暫時消失了一身武功，一路上被人點了睡穴，昏昏迷迷的被帶至翠華峰神隱堂，經過翠華夫人幾次不入耳的勸誘。

天陰教人為她指定的金龜婿，竟是那位單掌斷魂單飛！東方瑛厲聲相抗，她被翠華夫人鞭笞了兩次，她無絲毫抵抗之力，含羞受辱，而命運之神已攫牢她的咽喉，她除了自殺一死，保存清白，就只有等那單掌斷魂自江南返回總堂，完成這粉碎她一生幸福的花燭大典了！

粉蝶外柔內剛，她早不惜一死，以全名節，但是卻還存著一線希望——希望哥哥出塵劍客來救她，被架來翠華峰後，她忍辱偷生，五日來沒出神隱堂一步，暗無天日，她朝夕以淚洗面，女孩子心窄，她早已存輕生之念了！

東方瑛正伏地飲泣，卻聽見人聲腳步，深夜到來，她以為天陰教人又向她玩什麼花樣，索性不加理睬。

熊倜不便動手去扶她，細看她手足並未受縛，就輕聲喚道：「東方姑娘，令兄和在下一同來此接您了！」

東方瑛驟聞男子聲音，她驚喜得翻身坐起，扭轉頭來，首先第一眼看到這位來救她的人，竟是多年心裡最敬慕的熊倜！而熊倜也正傴身和她相對，近在咫尺，黑暗中兩人的目光驟然交接在一起。

這是一種神奇的遭遇，粉蝶年過二十，她的心小鹿亂撞，卜卜跳動著，淚痕斑斑的嬌靨，竟暈出無限紅色，她是個端莊持重的性格，她儘量讓感情藏伏在深處，患難之中，情郎施以援手，這是最值得她衷心感激的呢。

粉蝶東方瑛張大了秀目，她不忍移開她的視線，她將從熊倜目光中探求她所需要之物！她掩飾不住心情的驚喜，她叫出聲來：「熊小俠啊，是你！我哥哥呢！」

熊倜靈犀中的含意，仍和在飛靈堡武當山時是相同的，他不能也不忍冷落了像粉蝶這樣值得人讚美的女孩子，他雖不至充分露出衷誠的愛，但是他那出塵的風采，雄偉的男性氣息，是足以使這女孩子心醉了！

熊倜心裡正懷念著夏芸，使他不自覺而有些出神，恍惚，但是他仍很快的垂下眼皮，因為粉蝶東方瑛眼裡放射出的異樣光輝，幾乎像一副柔韌的網，緊緊纏縛住他的心神！

熊倜低聲回答說：「姑娘幸好尚未受傷，令兄和我分道營救，他現去龍鳳峪那面攔截兩乘軟轎，還有大雄法師同行！另有位青魄仙子姊姊在外面等候著，就請姑娘一同走吧！」熊倜的態度，是彬彬有禮的。

粉蝶東方瑛卻為這少年所說「青魄仙子姊姊」而心中漾起微波，她不測這少年又結識了一位什麼樣的姊姊，女孩子往往會為別人擔著心事，尤其在情的支配之下。但是眼前卻另有一宗更使她傷腦筋的事！

東方瑛自忖：「我武功全廢，哥哥又沒在側，怎樣出得龍潭虎穴？只有……」她不自禁臉上發起潮熱，這是一個年過及笄處女應有的矜持與嬌羞。她低垂了粉頸，半晌不肯啟齒，使熊倜為之也怔住了。

板壁外面的青魄仙子生硬的字句腔口，催促說：「熊弟弟，此處不可久耽，遲則生變！怎還不勸東方女俠從速走去呢？」冷漠無情的聲音，若不是自天賦尖銳的女人聲帶發出，東方瑛就無法辨明是出自個女子口中了！同時那副不具生人氣味的殭屍面孔，也在門框上隱然一現！

東方瑛嚇得幾乎尖叫出口，若不是熊倜預先告訴她有一位同來的青魄姊姊，她會疑心是一具殭屍而嚇暈過去呢！

粉蝶吃了個空前未有的驚駭，卻把剛才所擔的心事一掃而空，她看出來這位青魄姊姊確是四十左右年華，又是那麼一副可怕的尊容，她轉而奇怪熊倜為什麼與她——青魄仙子結伴同行？

熊倜慌忙應諾，並說：「青姊姊，這就是南北雙絕劍出塵劍客東方靈堡主的妹妹，粉蝶東方瑛姑娘。你倆位要不要我介紹一下呢？」

同時他以期待的目光，向東方瑛望去，他期待粉蝶表示出來立即同行，他沒想東方瑛變成了弱不禁風的美人，舉步維艱呢。自然他希望東方瑛能和青魄仙子親近一番，只是他無法解釋他和青魄仙子友誼的程度。

東方瑛粉頸垂得更低，她陣陣紅潮登頰，訥訥說：「可是——熊小俠，我不幸遭了——」

熊倜吃驚了，他不知這女孩子吃了什麼虧，急急驚問：「東方姑娘，你快說什麼事？」

東方瑛悠悠長歎了一聲，在她歎息聲中，對面那板壁上卻爬上來一個秀麗如畫，十七八歲少女的頭臉！

這就是隔壁第七號中被幽禁的紅帕少女朱歡！

熊倜背朝著板壁，他自然看不見，而粉蝶卻微覺板壁上伏著個少女，閃閃的眸子，在偷覷著他們。

東方瑛眼裡溢出顆淚兒，使熊倜不知該用什麼話安慰她。東方瑛又歎息道：「可惡的天陰教人，不知用什麼藥，使我武功全廢，筋疲骨散，只怕要麻煩小俠和青魄姊姊呢。」她自然願意由熊倜來救她出去。

但是女孩子口中，矜持是應有的態度，雖則她並未減少對青魄仙子的憎厭，實際上多半還是畏懼之心呢。

熊倜領悟了粉蝶的話意，他自幼只與若馨和夏芸，肌膚相親，而且都種下了濃厚愛苗，現在呢？夏芸？他真不願再和東方瑛弄上這一層瓜葛，他覺得不應乘人之危，做這種與本心有違的事，而且也對不起他的芸！

但是眼前有青魄仙子在側，他減少了一切的煩惱，他忙向粉蝶說：「我替姑娘介紹見見青魄姊姊，她是古道熱腸的女俠，賜與我無限的幫助。」熊倜何嘗不明瞭粉蝶的心理，粉蝶嬌羞的表情，無疑的要把嬌軀借重於他呀！

試想一個荏弱女子，怎能逃出這險阻重重的太行山呢？

熊倜尚未及說明，他的話已顯示出來可由青魄仙子代勞了。但是室外冷冰冰的青魄仙子腔口說：「熊弟弟，東方姑娘一身安危，你應始終負責，你和她令兄莫逆之交，一切可以從權！勿作世俗兒女假惺惺之態！還有什麼話，出山以後再慢慢敘說！」

青魄仙子則以為東方瑛應該是熊倜的理想終身伴侶。她沒見過夏芸，她也不知熊倜和兩個女孩子間，情感孰淺孰深，她先入為主，從內心一見之下，就喜歡粉蝶這個女孩子。

青魄仙子的話，正合東方瑛的心！

熊倜卻反臉上有些潮熱起來，他不能表示接受青魄仙子的話，那更顯得他剛才是一種虛偽的做作了。

突然板壁上嗚咽出聲，另一個女孩子朱歡痛哭了！

朱歡自身生死莫卜，眼前有人援救東方瑛，而自己從前受天陰教人驅使，陷害騙誘熊倜和尚未明，怎有臉求人家援救？真是一失足成千古恨，可是她確是打心坎兒熱戀著尚未明，她為了援救尚未明，落難神隱堂中！

這一聲悲號，驚動了熊倜和粉蝶。

熊倜早曉得這洞內幽禁著紅帕少女朱歡，他雖覺紅帕少女過去行為不值得原諒，但如真是她放走了尚未明，那還算勇於改過的女子，而且他還想從她口中問出尚未明的確實下落呢！

東方瑛則厲聲喝問：「你是什麼人？」

更突然的事又發生了，一陣軋軋異響大作，青魄仙子已預料是被天陰教人發現她們蹤跡，一個箭步縱去。

可惜晚了一步，那機關安置的鐵門，已闔得天衣無縫了！青魄仙子不由恨恨一跺腳，咦了一聲，說：「熊弟弟你不聽話快走，這又須多費一番手腳了。」

朱歡卻向熊倜嗚咽訴說：「熊小俠，我知道上次欺騙過你和尚當家的，那是身在教下奉命行事。至今問心有愧的！不過尚當家的身受數創被擒，解往君山，若非我毀了那兩個本教兄弟，怎能救出尚當家的性命！」她又歎息說：「我因此被擒解回總堂依規懲處，我早存心脫離天陰教了！望求熊小俠可憐我這個落難的弱女子，予以援手吧！」

可是熊倜卻被青魄仙子的驚呼，更為神情大震。

他匆匆回答：「朱壇主，我有些話關於尚未明的，正想請問一下，不過待我過去看看再說！」

熊倜那份兒焦急，只不願露在口上，他怕東方瑛吃驚。設若他們都被困在這洞中，三天之後，單是饑餓也不能忍受，何況天陰教人還能沒有更惡毒的手段？他以極快的身法，縱至青魄仙子身畔。

青魄仙子正細心的察看洞門附近的岩壁，有無異狀，她用纖指輕輕試敲。面部既無表情，因之暴露不出內心的焦急。但是熊倜可從她動作上看出些兒，顯然她正在試用種種方法，研究脫險之策。

首先就是找洞門的機關了！另外還有沒有辦法可想呢？就石洞門厚將一丈來看，想挖掘個通道，幾乎是不可能的事。鐵門更非尋常兵刃所能摧毀，此外還有什麼方法，從岩腹中脫穎而出呢？

板壁室內，兩個苦難的女孩子相會在一起了，朱歡和東方瑛雖然初次見面，朱歡又是天陰教人，但因處境相同，同病相憐，自然容易談得攏。二女也為這洞門又重新闔閉而感到無限驚惶！

尤其是粉蝶東方瑛，剛剛盼望來了她最心愛的熊倜，反而——她的心沉重到無以復加的程度，難道造物者安排好她和熊倜將作太行山深處山洞中的同命鴛鴦麼？真如此，東方瑛也聊以自慰，可以死而同穴了。

粉蝶不敢想下去！她以為這次將和熊倜……這是一個幸福的開始，不應該就葬入愛情的墳墓！

熊倜的心理，則視死如歸，戴叔叔們血仇已報，所欠的未在夏芸眼前自刎，以謝他的芸而已！但是他又感想到青魄仙子，一個素不相識的女人，為他而埋骨魔窟，是何等使他歉疚不安的事！

假如他們不能找到出洞的路，一日、二日、七日之後，將流為餓莩！人在患難中感覺非常過敏，以熊倜和青魄仙子的身手，不能替武林消除天陰教這些元惡大凶，反而埋骨荒山，那將是如何值得後人惋惜的呢。

只有紅帕少女朱歡，她心中泛起了一絲喜念。她有把握使她自己脫險了！下一步驟，她將捨死忘生，回到尚未明的懷抱中去！

第三十八回

河畔定情，黯然銷魂
月下躡蹤，阿誰共語

每一個人都為自己的安危擔著心。

青魄仙子和熊倜在昏暗燈光下，找了又找，終不能發現一絲可疑之處！熊倜的鼻尖上微微冒出汗星兒。

青魄仙子則在絕望之下，仍然保持著她那種冷僵面孔！

而東方瑛與朱歡，均自板壁門中走出，停立在他倆身後，參加這同舟共濟患難相共的心理上負擔。

時間一分一刻的溜過去……

終於紅帕少女朱歡發話了：「熊小俠，請和這位姊姊暫停尋找，待我把機關地點奉告，只求兩位把我救出太行山，終身永戴大德！」

東方瑛驚喜欲狂說：「朱妹妹，你何不早說，這半天把人全急壞了！」

青魄仙子扭回頭來，向朱歡投下一瞥冷冷的目光，她略略頷首，像是代替熊倜答應了朱歡的要求。

熊倜掉頭皺眉說：「目前同處患難，就是朱壇主不作此請，我們也不能坐視不理，把你留在魔窟之中呀！」

朱歡一寸芳心，歡躍欲狂，她是天陰教下白鳳堂一位壇主，自然能夠參與不少的秘密，以故她知道神隱堂中機關所在，朱歡遂指示他們在洞門下方地上，撬開兩塊岩右，露出一具帶著把手的輪盤！

熊倜依照她的話，轉動輪盤，軋軋之聲復起。巨大的鐵門方又冉冉升起。眼前已現出那座神隱堂廣闊石岩！

青魄仙子冷冷說：「朱妹妹想也步履不大方便，我帶你走！」又向熊倜遞了個眼色，她很快的一伸瘦臂，把朱歡攔腰挾起，她意思是說：「快走吧！東方姑娘應該由你來照料了！」她已當先向洞外閃出。

熊倜為難了，他抬起眼光，而粉蝶東方瑛正姍姍向他身畔走來，蘭芬桂馥，悠然使人神往。

東方瑛臉上也嬌羞無似，雙頰暈若鮮花。

這莊重溫柔的女孩子，羞於啟齒了——熊倜的腦中卻橫亙了夏芸一道倩影，他不忍為難這個值得敬重的女孩子，他倆誰都沒有啟齒，顯然陷入一個僵局。

粉蝶並非不願啟齒，而且正如心願，但是她勇氣不夠，尤其還當著青魄仙子、朱歡二人，反之更顯出她的莊重！

青魄仙子已縱出洞門之外，略回螓首，冷冷說：「怎麼了熊弟弟，還不背起東方妹妹？你讓她自己怎麼走？」

東方瑛可以改稱絳蝶了，她紅的雙頰更增加了無窮嫵媚。

熊倜不能再緘默了，他把身子背過去，低聲說：「東方姑娘，快請爬在我背上，一同走吧！」

東方瑛更是嬌羞無似，她秀目一掠熊倜，只把頭略點了一下，漸漸挨近熊倜，兩條白如粉藕的玉臂，勾住熊倜脖頸，軟玉溫香，伏在熊倜背上了。熊倜伸回左臂，摟緊她的腰肢，粉蝶幽香的氣息，自他腦後飄送過來。

這時洞外兩聲異響，撲通撲通似有人倒地。

原來青魄仙子已把兩個輪番守夜的天陰教白衣醜女，封閉了穴道，癱軟在地上，那兩女連驚叫都不及叫出聲來。青魄仙子的身手，真是矯若游龍！

時當昧爽，正是人們好夢方酣之際。

熊倜背著粉蝶，隨在青魄仙子身後，兩個人都以絕等輕功，離開了神隱堂，向玄龍峽馳去。

熊倜自問輕功超乎尋常，但是他奮力飛縱，僅僅能肩隨青魄仙子身後，而且還微感吃力，青魄仙子則同樣挾抱著個女孩子，卻施展開一種巧妙的「行雲流水」步法，她似顧慮著熊倜，還沒發揮她最高的速度。

堪堪日出之際，掠過鳳尾崖下，再翻上了虬龍嶺。

朱歡忽然長歎一聲，她似有什麼話要說，青魄仙子略一停步，俯首柔聲問說：「朱妹妹，有什麼話請說吧！」

朱歡答道：「不！出山以後，我再稟告青姊姊！」她想及本身受軟骨酥筋散之害，她不敢立即向這陌生的青姊姊，瀆煩人家尋找解藥！

熊倜卻為粉蝶在他耳畔輕聲說的話：「我太累你了，熊小俠！我將怎麼謝你呢！」他不禁心房漾起微漪。

熊倜只有謙辭說：「我和東方大哥刎頸之交，份所當然，令兄約定在沙河相候，姑娘不久就見上令兄呢。」

青魄仙子和熊倜又展開了極快的腳程，馳下嶺去。

山峰澗溪，一重重的過去，快到出山的一道峪口，熊倜卻有些躊躇，接近官道以後，揹著個女孩子，是會惹人議論的。自然粉蝶的臉上更為難堪。但是青魄仙子路徑極熟，一直找些荒僻無人的坡麓，疾馳而下。

熊倜暗暗佩服青魄仙子不但武功造詣莫測，而且心思極為細密，只不解她何以永遠拿著這種面目對人？

熊倜找回他那匹馬，於是東方瑛和朱歡一騎雙跨，另外兩個人步行，很快的進入沙河縣城內。

但是他們把所有的客店都訪尋遍了，卻沒找見大雄法師和東方靈，不得已暫在一家來順客店歇下來。

兩大間房子，供青魄仙子三人住宿，熊倜另選了側邊一個單間，朱歡重新向青魄仙子拜謝。

長途勞頓，徹夜不眠，是都需要一番休息了。

睡至日落時分，熊倜熟睡醒來，聽見隔壁她們有了說話聲音，才推門進去，東方瑛容顏煥發，起身讓坐。

店伙計也跟著托來一只條盤，送上精潔的晚餐。

青魄仙子向熊倜掠了一眼，正色說，「我們還忘了一件重要大事，兩位妹妹身受天陰教秘藥軟骨酥筋散之害，如無解藥，終身即成殘廢！這事刻不容緩，我飯後立即再去神隱堂一行，設法盜取解藥，熊弟弟好生照料她倆，千萬等候我回來再議行止！」

東方瑛又連連致謝說：「青姊姊，你待我們真好！萍水相逢，竟為我們出危入險，幾次深入天陰教巢穴……」

她的話還待滔滔不絕說下去，青魄仙子卻以一聲歎息，打斷了她的話，她雙目冷光外射，怔了半晌。

青魄仙子自埋首煉成寒魄功以來，她目的只在營救她的龍，不想因熊倜救出二女，獲得了她們的尊崇愛戴，多少年來，孤獨伶仃，怎料及又重獲人情的溫暖，而且還有熊倜足以慰藉她芳心深處的寂寞之情呢！

因環境而造成的特殊心理，也會因環境改變而淺移默化呢。青魄仙子的歎息，是發自內心的，使她感覺自身並不孤獨了！青魄仙子對於她倆身體上受的殘害，在未尋獲解藥以前，她也無能為力。

四個人感情快融成一體了，朱歡和東方瑛渴望著解藥的取來，粉蝶則更慶幸與熊倜的感情，更進了一層。

青魄仙子於夜色茫茫中飄然離去。

東方瑛和熊倜娓娓敘談。朱歡見機，託辭進套間裡去假寢，她可以清晰的聽些這兩個少年男女的情話。

熊倜並非忘掉了夏芸，而只是和東方瑛一度肌膚相親之後，東方瑛已自認終身捨他莫屬，她轉而不再避嫌了，熊倜也深深領略粉蝶專有的美，溫柔，嫻靜，而端莊，這些是夏芸所沒有的，熊倜至少不能使粉蝶遭受情感上的冷落和打擊，他今後一面向夏芸懺悔著，一面卻不即不離的應付粉蝶！

但是熊倜仍抱定他的宗旨，把一切大事辦完了，找著夏芸，以死來酬謝夏芸的深情，他的人生觀趨向了極端的路子，他可無法向東方瑛表明他的心！他心內爽直的認為東方瑛可作為不雜其他念頭的朋友。

東方瑛身脫險了，卻又關心著她的哥哥。

她仍然愁眉雙鎖，她不敢想像她哥哥會遭遇到什麼危難，而東方靈正是為營救她而招致的呢。

她和熊倜互訴武當山別後的情形，熊倜對於夏芸的事，避諱著說得很簡略，東方瑛也不深加詰問。不過熊倜殺了夏芸之父——寶馬神鞭薩天驥，已與夏芸決裂，這是使她最為安慰的一點。

東方瑛稱讚熊倜的勇敢，報仇更是值得欽佩的義舉。

熊倜面上浮起一層苦笑。

東方瑛同樣也正以萬斛柔情，默默無言中或者極少的字句流露些，感動著這位少年，對於熊倜正是眼前暫時的安慰。熊倜的態度，比在武當山時又少少改變得親近些，東方瑛並不急於吐露她的內在的熱情。

以此他們挑燈夜話，並沒朱歡猜想的那些，而只是關切著東方靈，以及青魄仙子身世等等而已。

直至次日夜間，東方瑛和熊倜等候得十分心焦，而青魄仙子方始姍姍歸來，她被熱烈的圍住接待。

青魄仙子面上僵冷一如往昔，她只低低一聲歎息。

朱歡迫不及待，急急問說：「青姊姊！解藥就存在神隱堂中……」

青魄仙子搖搖頭說：「不，八翼神君已率領大批的教徒南下君山了，他行前把重要之物一齊帶走，看來只有去君山一探！不過我卻替蝶妹妹探來一件消息！」

東方瑛驚呼：「是關於我哥哥麼？」

青魄仙子不忍令這可愛的小妹妹懸心，她隱瞞了東方靈受傷的清形，她是從把守龍鳳總堂的人口中問出來的。

她說：「令兄和大雄法師與天陰教人苦鬥了一場，就離開了龍鳳峪，大約他們疑心你仍在天陰教人手中，追下去了吧！」

熊倜也為此大大吃驚，他曾與大雄法師東方靈約好三日內在沙河相候，他們不應這樣匆匆離去。

熊倜和青魄仙子共商以後的事，青魄仙子非常愛惜粉蝶，她決心再去君山天陰教巢穴中盜取解藥，而熊倜至少要把粉蝶護送至安全地方，最好是武當山，然後才能抽身辦事。

熊倜遂向紅帕少女朱歡細問尚未明的處境。

朱歡蛾眉深鎖，她為心上人尚未明懸繫憂慮著，她說：「尚當家的受傷不輕，恐須一兩個月方能痊癒。所擔心的就怕他再落入天陰教人之手，那夜是這樣的……」

「尚未明重傷倒地，司禮雙童派遣湘南四傑的駱明駱亮，押解他送往君山發落，沿江岸而南，我假裝隨他們折返白鳳堂。我故意落後，又向那個方向追下去。因為夜近三更，駱明兄弟在五通橋附近找了道旁人家借宿。」

朱歡胸前起伏加速，她仍然十分激動，雖則已是過去的陳跡了。她有許多話不便說出，她把駱明駱亮二人，一齊殘忍地收拾掉，把尚未明揹走，另找了一家五通橋客店投宿，自然她和尚未明有過半夜溫存相處，無限的相戀。

尚未明也不再討厭她了，由她服侍他，包紮傷處，敷貼傷藥，以及其他飲食起居等等，朱歡一變而成了尚未明枕畔的嬌妻樣子，體貼得無微不至，尚未明方知這女孩子確是打心坎兒裡熱愛著他。

尚未明怎能不感謝她呢。她救了他的一條命！

尚未明起初確未和她海誓山盟，但是已互相誤會冰釋，尚未明急於返回武當養傷，他又心急熊倜和夏芸，不知白鳳堂苦戰的結局如何。朱歡則大膽的表示決心脫離天陰教，送他去武當山，尚未明於是開誠的接受了她的深情。

尚未明表示永遠感激著她，今後將永遠和她……

朱歡和尚未明浸浴在愛河之中，歡渡了半個良宵。

次晨，朱歡考慮尚未明的身體，不能乘馬，而她也不敢拋頭露面，她出店去雇較大的轎子，以使兩個人同乘，不幸竟為九天仙子繆天雯一行人發現了她，她怕露出尚未明的行蹤，反而自行投回繆天雯身畔。

雲中青鳳柳眉，也就是在這一晚上悄然失蹤。

九天仙子則在白鳳堂他們許多高手，被熊倜散花仙子夫婦戰敗之後，決定撤離荊州府，率領了所有白鳳堂的女孩子，連夜前往君山，共商大計，同時也發現了柳眉和朱歡雙雙不辭而去。

以後朱歡就被九天仙子制服，灌下去軟骨酥筋散，遞解回太行山鳳尾崖後神隱堂，他們處罰女孩子是另外有一套殘酷的手段，或用硝酸水毀容，或交鳳翼龍尾兩壇幽禁！供天陰教人縱虐行淫，類似豢養的娼妓。

朱歡自然有許多話不肯說，她好說好笑的快活性格，卻為被擒幽禁改變了常態，救出神隱堂來至沙河以後，仍然鬱鬱不歡，因為她懸念著尚未明，而自己受秘藥殘害尚未復原，她夜夜枕畔都是在傷心落淚呢。

尚未明以受傷之身，能逃出天陰教人魔掌麼？

四人商談的結果，盜取解藥依然刻不容緩，熊倜則擔任護送她們至武當的任務，其次他將以全力訪尋尚未明，明春則決心赴峨嵋之約，倘若能會合上散花仙子夫婦，那就可以分頭行事了。

青魄仙子自告奮勇，由她尾追天陰教人，弄來解藥後，再去武當山找他們。熊倜對於青魄仙子這種豪俠義勇的心性，已佩服得無以復加了。

熊倜因毒心神魔的那句話，三個月後，無論尋得見尚未明與否，他必須去峨嵋一行。

於是他們匆匆決定了對策。

至於出塵劍客和大雄法師的行蹤，夏芸的下落，都還是一個謎，使熊倜和東方瑛各自擔心著自己的事！

次日，青魄仙子飄然南行，熊倜等送了一程，互道珍重而別。

熊倜決定再留住數日，等候大雄法師和東方靈。

但是他們終於失望了，他們期待的人杳如黃鶴。

天氣入了初冬，熊倜為粉蝶等製備寒衣，以無可奈何的心情，向武當啟程，為二女雇了一乘講究的轎車。

他跨馬後隨，寒霜遍地，蹄聲達達，依舊過黃河來至鄭州，繁華的街市上，迎面卻碰見了大雄法師和東方靈。

東方靈面色仍有些蒼白，健康似尚未全復，他倆是從西方飛步而至，大家驚喜交集，仍下榻大金台客棧。

出塵劍客和他妹妹相見之下，都熱淚出眶，各有一番驚險的遭遇，熊倜救出粉蝶，更使東方靈感激無限。

大雄法師和東方靈，那晚上與熊倜分手後，轉向玄龍峽追去，首先碰見那摘星手龍向高，率領兩個弟子向虬龍嶺方面逃走，他們不但沒有救出他的女兒龍璠姑，而且都受了傷，多半是傷在天陰教人的毒弩手，昏夜中吃了暗虧。

大雄法師和出塵劍客追出峽外，才追上了兩乘軟轎，而天陰教的雪嶺神鷲宇文秀，生死判湯孝宏，青面狼童震西，白面狼童震北等押送的人，攔住他倆，發生了一場惡鬥，在那面山坡松林裡酣鬥很久。

大雄法師功力固然比這些人高強，在黑夜中天陰教人人都懂得武藝，被他們重重圍住，後來那兩乘橋子已走得沒有蹤影了，而龍鳳峪那面又增援兵，七毒書生唐羽，渤海神蛟曹學詩，還有許多二三流角色。

天陰教人愈聚愈多，黃衫客仇不可竟勸他倆放下武器投降天陰教，七毒書生唐羽又打出他的奇毒暗器「金蒺藜」，東方靈疏神之下，中了一枚，毒發倒地。大雄法師不得不抱起他來，突圍逃走。

金蒺藜是用瘋犬口涎及其他幾種毒物毒汁餵蒸過，中入人體，七日內不治毒發必死。大雄法師沒有這種解藥，他想起了洛陽白馬寺的老友一知大師，善於醫治毒傷，洛陽遠隔千里，他不能耽延一刻了。

大雄法師先封閉了東方靈穴道，使劇毒散發得慢些，然後背起他來，星夜取捷徑直奔孟津渡。他們無暇再來沙河城內與熊倜相會了。

東方靈內毒經過七日治療，算是完全淨盡痊癒，但是元氣大虧，體力尚未全部復原，因心急妹妹，匆匆又趕來鄭州，準備過河北上，幸而和熊倜一行相遇。這是他們所經過的一段艱苦旅程。

自然目前他們會晤之後，最重要的就是替粉蝶解去藥性，而這種藥大雄法師也不懂，他主張再去一趟洛陽白馬寺去請教一知禪師，因為青魄仙子能否自八翼神君手中，盜出解藥，那幾乎要出現一種奇蹟了！

出塵劍客看出妹妹和熊倜的關係日益親密，心裡說不出的欣慰，他和大雄法師，都驚奇著那位青魄仙子。

她雖然年紀不老，也算得上一位熱腸俠風的奇女子了。

他們沒有留在中途之理，事實上也以先返武當較為安全，大雄法師則一肩風塵，又向洛陽去了。

熊倜與東方靈經過這一場患難，交誼更進了一步。

只有朱歡，是強作歡笑，她一心繫念著尚未明，她豈料她的情郎，不久就要被別人奪去呢？她又武功未復，陷於一籌莫展之境。但是她目前改邪歸正，也受到出塵劍客兄妹的重視，因之她漸漸恢復了原有的愉快心情。

東方靈心裡盤踞著若蘭，熊倜心裡則時時湧現夏芸的倩影，眼前粉蝶又和他形影不離，照顧他無微不至，這種情意是熊倜不忍拒絕的。以此朱歡雖然陪著談敘歡笑，而她自己終是虛空落漠，不過她希望著重會她的尚未明。

粉蝶若非受這毒藥殘害，她應是四人中最快樂的人，她得到了她從未獲得的慰藉，熊倜在她眼中已專屬於她了。

他們由方城山經南陽府，抄捷徑出河南，向襄陽進發，漫漫長途，東方瑛笑語如珠，但是她仍然端莊不苟。

熊倜有時會下意識地表現出一種離奇的動作，他往往在馬上突然掉頭向正北方出神，呆呆向著蒼茫的長空。

熊倜把一切隱痛，深深藏於心房深處，然而仍然免不了下意識的莫名其妙的衝動，而粉蝶更為他這些離奇舉動，擔了不少心事。只有她——敏感出熊倜內心藏著什麼秘密，更顯然是與那個女孩子有關。

他倆一路上時常在一起談笑，可是仍然保持著一點禮貌上的距離，互相客氣，也可以說是相敬如賓。

粉蝶自己已感覺她的言語舉動，有些過分，她自認為大膽的感情暴露，實則仍不足以籠絡住這位少年。

她是大家閨秀淑女型的性質，她的矜持有時近於虛偽，遇上沉默冷靜的熊倜，這種作風無疑是會落空呢。

終於在最後的機會裡，他倆都向對方攤牌了。

四人緩緩來至穀城，在街頭碰上了武當派的飛鶴子，與蒼穹蒼松幾位道士。武當派為清除山下附近的天陰教爪牙，已明爭暗鬥過七八次，吃虧的是天陰教下的嘍囉，武當道侶們也略有傷亡。

眾人在客棧裡面會談。

武當派道士們，也為尚未明的遭遇而焦慮，因為正派人士損失了一位，明春君山之會就減少了一分力量。

熊倜把二女已送至武當山下，這方面的責任是盡到了，他要立即折而南下，尋訪尚未明，兼會合青魄仙子，盜取解藥，一探君山虛實。崑崙雙傑則離開武當以後，杳無音訊，正派人士近乎風流雲散了。

飛鶴子等挽勸了一陣，但是他們也不能攔阻熊倜，為朋友出力，而且這也是與大局有益之舉啊！

來春之約為時尚早，熊倜自無必須留在武當之理。

飛鶴子等殷勤接待，仍囑熊倜找著尚未明早早返回武當，因為事前需要慎重的部署一下，天陰教實力龐大，確未可輕視。點蒼派玉面神劍常漫天夫婦，恐已返回甜甜谷，山上所留的各方高手，實在太少了。

熊倜將與粉蝶分手了！分手的前夕，熊倜心裡也泛起一層漣漪，不知怎麼他總覺有些對不起東方瑛。

粉蝶破例邀他單獨在郊外散步。

起初只是表示依依惜別之情，漸次話題由淺入深。深刻而充分地表露出來她內在的深情。她和熊倜並肩相偎依在小河畔垂柳行列之中，她掠掠秀髮，笑問：「你找見尚未明，立刻就回武當山來麼？」

熊倜稍作沉吟，答道：「茫茫人海，時間久暫很難……」

粉蝶幽怨的目光，投射在熊倜臉上，她歎息說：「我知道你還是為我奔波，天陰教巢穴中，憑你的本領出入一趟，我還可放心。只是……」他們已比較熟慣而親昵，不再相稱「小俠」和「姑娘」了，但是仍沒習慣用那最親暱的稱呼，熊倜緊接著說：「這兩件事辦完，明春峨嵋約期也到了……」

粉蝶搖搖頭說：「可恨天陰教人用藥廢去我的武功，否則我不是還能多少幫你些忙，不至於反而累你奔波麼？」

熊倜被她這款款柔情感動了，夕陽欲沒，彩霞橫空，霞光反映在粉蝶傾國容顏上面，這是多麼攝人心魂的場合！

熊倜略和她偎依得緊些，但是夏芸悲淒幽怨的一副影子，又襲上心頭，粉蝶雖然可愛，然而他不能把夏芸忘掉，硬把眼前這位也是愛他的女孩子，填補這個空虛！若馨埋骨於前，夏芸賚恨而分開，他能再愛第三個女孩子麼？

熊倜陷入彷徨，複雜，異常激動的情境裡。

這少年用許多不必要的話，安慰著她。他像大人哄小孩子一般，多少給點嘴上的甜蜜，而不是出自內心。

他保證大雄法師，不久必有佳音帶來。

東方瑛悠然歎道：「那你一直就去峨嵋了！我如果得服解藥，一定勸同哥哥去幫助你，而且我們和谷妹妹，流雲師太尚有交情，大家把倚天劍這回事化解開來，這一次若是劃破了臉，武林四派，就無法通力合作了！」

熊倜點頭稱是。

粉蝶淺笑盈盈，從她眸子裡散放出來更為明豔的光采，是一個端莊女子所能發出嫵媚的最大魔力，使熊倜為之心神飄飄然，熏薰陶陶，恍如羽化而登仙，粉蝶繼之以極愉快的腔口，說：「那你是喜歡我……我……常在你的身畔麼？」

熊倜面部痙攣著，由於內心的痛苦或彷徨而引起的，他於無可奈何之下，微微點首。但是他以更大的勇氣，突然握住粉蝶的手，睜大了眼睛說：「我明白瑛姊姊……你是多麼……但是——」

粉蝶羞得粉頸低垂，她以極低微的聲口，說：「但是什麼？兩個月內藥性驅除不淨，我將是個庸俗無能的女子，不足以配——」

熊倜忙用手掩住她的口唇，急急道：「你錯了，這又有什麼關係！我只怕我所欠別人的情義都無法還清，而我已決定我自己的命運呢。」

他不忍也不能說出他將為殺死寶馬神鞭，而將一死以謝夏芸，這樣更將使粉蝶受到極大的打擊。

他又忙加解釋說：「總之，待削平天陰教以後，你就可從事實表現，明瞭我的心跡！」他確實也為辜負了粉蝶一番深情，而惶悚不安，但是熊倜堅忍不移的個性，他決定了的事，他終身不改變一分一毫的。

東方瑛陷入迷惘不可解的境地，她不知他話裡所指事實是什麼？他的心跡又是什麼？她怔住了。

但是熊倜顯然並非不瞭解她，而且也似被逼於什麼更大的隱衷，使他不能立即決心接受她的濃情！

他倆默默無言了。

熊倜握著粉蝶的手，尚未鬆開，呼吸相接，兩人各有一種奇異的感覺，不過熊倜靈犀深藏起來，不使對方明瞭！

夕陽將沒之際，這兩人仍然互相溫存，溫暖著粉蝶的芳心，整個宇宙漸漸昏暗下去，代替以繁星斜月，而這種富有詩意的夜空，正是情侶們的悄悄良夜呢！

次晨，熊倜和她們辭別。

粉蝶為昨夜的一幕，於興奮之外加上一份兒彷徨不安，她眼裡閃出晶瑩的淚光，使這少年腳步為之沉重了一倍。

他終於硬忍心腸撒手走了。

熊倜的心依舊恍恍惚惚，他拍馬馳出十餘里外，心神更加悵惘，他勒停坐馬，回頭向來路悵望。

他是想念著東方瑛麼？抑或是回憶他的芸？

朝日煥彩，寒風乍拂，行行復行行。

熊倜又來到了荊州府，他是個刻舟求劍的傻瓜麼？隔了這麼久，他還能在五通橋客店裡找著他的好友尚未明？

熊倜很細心的先向城外那次白鳳總堂的大第宅周圍考查一遍，那座大第已換住了尋常百姓，並無可疑之處。

附近就是郊野田地，疏落的竹籬茅舍。

他跨馬順一條小路到了五通橋，那是個不大不小的鎮集，而客店僅僅三家。熊倜耐心一一訪問，由於深更半夜，一個白衣紅帕少女，揹來的又是個渾身淌血的男子，這印象應該予人太深了。

果然有家客店伙計，記憶猶新，不過他說：「客人早已走了，而且是他的朋友接他走的！」

熊倜欣喜有了線索，便試探著詢問是什麼樣人接他走的，他舉出散花仙子夫婦的年貌，那伙計搖搖頭說：「我記得來人不少，他們備著軟轎，口音也很龐雜，你家和他認識吧！可是那個美貌少女，卻從未回來過！」

伙計每天送往迎來閱人太多，他實在無法記清那些客人的面貌，不過據他說，那些人抬著轎子是向湖南省方向走去。

熊倜大為吃驚了，百分之百又落入天陰教人之手。果然他把天陰教人衣服顏色特點一述之下，伙計連連點頭說：「不錯！有好幾位是你家所說的裝束！」

熊倜賞了他一小錠銀子，作為酬謝，並向他詢問赴洞庭湖的路徑，伙計笑說：「洞庭湖周圍八百里，你家是去哪裡呢！」不過他得了賞錢，見錢眼開，他指示他最捷近的路前往華容縣，從那裡坐船過湖去岳州也不太遠，熊倜得到了滿意的答案，他稱謝離去。

兩天以後，他來到了華容城內，投客店歇腳。

城東南十來里就是洞庭湖岸，有個小漁村，漁帆點點，而當地並不是什麼大碼頭，外來的遊客就很少了。

當天已近黃昏，他只有暫時歇下來，又向店伙計打聽水路赴君山的情形。店伙計以詫異的腔口說：「你家是外省人，去君山找什麼人呢，那兒是洞庭漁幫總會所在，不認識四位水上豪傑，可別自尋煩惱！」

熊倜問四位豪傑是什麼人？自述他的目的，不過是遊覽一下湖上風光，並無必去君山的要事。

伙計說：「你家連洞庭四蛟的大名都不曉得麼？」於是他描繪這四位如何英雄了得，江湖上朋友極多，果然洞庭四蛟在這一帶聲名不小，而他們卻僅僅是魚幫的大牙子，並非設寨立櫃的大王，但卻極受一般人尊重，而且有些畏懼。

熊倜正和他扯些閒話，以掩飾他問話的痕跡，店裡卻鬧哄哄的又有客人陸續投店，伙計慌忙出去接客。

熊倜深悔自己不懂水性，而他的輕功，在萬頃煙波的湖面上，沒有用了，縱能登萍渡水，也不過短時間提氣輕身，越過十數丈的河面，若想繼續一氣飄縱十里數十里，那是不可能的事。

熊倜飯後在床頭盤膝而坐，做他的天雷行功，氣行四肢百骸，舒暢無比，不過這時他心裡卻湧現了兩個倩影，夏芸和東方瑛，夏芸在太行山給他的印象太深了，而粉蝶溫柔明媚，款款深情，也使他無法忘掉。

他停止了內功，靜靜的享受著甜美的回憶，他不是從二者之間加以選擇，如果選擇仍然是夏芸佔先，他只是歉疚著，他已決定自殺以謝薩天驥父女，他再想和女孩子結合，那是白廢，反而是一種罪過，因為他佔據了別人的心，吞噬了別人的情感，又而他卻涓滴不肯還給對方！

他自覺從白鳳堂會見夏芸起，一直至離開穀城止，他一直是在做著極不光榮欺騙別人的事。他是個大騙子！

窗下突然有夜行人衣袖飄風之聲！

熊倜慌忙一揮手，揮熄了桌上的油燈，這兒既在洞庭湖畔，很可能便是天陰教人，來偵查他的行藏呢。

熊倜從綺夢幻想中驚覺，他輕輕起身，推開後窗戶，繫緊了貫日劍的絨絆，嗖的一聲，竄出房外。

再一縱縱上屋面。

眼前突然出現了兩條黑影，自店內激射而上，翻牆越脊，向東疾馳而去。不過黑影身段頗為苗條，類似女子。

此外別無跡象。

熊倜好奇心動，他立即施展潛形遁影輕功，尾隨追去。

轉眼翻過城垣，十八九的月亮，剛自林梢升起，大地上灰色黯淡，眼前卻是一片密林，兩條黑影一直沒入林中。

當熊倜走近樹林，他略一止步，因為敵暗我明，他測摸不透這兩個婦女深入林中的用意，只好略作防範。

但是林中竟爽朗地有了對話的聲音！

先是極嬌嫩清脆的少女腔口叱道：「黃舵主！你夤夜投帖，招呼我們來此做什麼？」

粗壯的男子聲音，奸笑著說：「秋雯師太何必勞神跟著來呢！柳姑娘，我奉命帶著幾位兄弟們在這一帶巡邏，怕他們無知冒犯了姑娘，特約你來談談，通知一聲，當心本教那些頭頂包巾上繡有月牙形的人，躲避些兒，就彼此相安無事了！」

粗壯的聲音又說：「我黃河一怪一顆忠誠不二的心，只是為姑娘擔心，秋道長既離開了鄭州，何事又來洞庭？」

熊倜明白了，這林中隱藏著三個人，而後來的正是崆峒秋雯師太和她的愛徒雲中青鳳柳眉，男子則自稱是黃河一怪。黃河一怪自然又是向雲中青鳳大獻殷勤了！雲中青鳳師徒又來洞庭湖畔何為？該不是找尋尚未明吧！

雲中青鳳冷冷的腔口說：「用不著舵主操心，天陰教那些爪牙，我師徒還不放在眼裡！」她賭氣的話，被蒼老婦人攔截住，而代以她的話：「黃舵主，前次鄭州城外蒙你劃道兒相讓，老身始終銘感在心，我們來此，本想會會繆堂主，把劣徒那回事撕羅開，另外還有老身一個後輩，被陷在天陰教中，順便替這人講講情，免得大家誤會到底！」

這人自然就是秋雯師太了，她的聲音態倜也可聽出。

秋雯師太涉險去會晤九天仙子繆天雯，這不是自行投入虎口麼？和黃河一怪這種人打交道，想向天陰教人講交情，豈非與虎謀皮麼？

第三十九回 輕信讕言，驚碎芳心 橫渡煙波，倏陷魔掌

不再聽見雲中青鳳發話。

那粗壯的聲音又怪聲大笑說：「秋道長和繆堂主關係很深，原都是一家人啊！白鳳總堂臨時駐在扁山，繆堂主正忙著訓練一種陣法，她住在螺獅坳裡，非常僻靜，不過碼頭上隨時有人接待，道長以崆峒高手，肯和敝教攜手合作，那是我們求之不得的事。您這位後輩是哪一位？」

秋雯老道姑似乎有所顧慮，沒有立刻答覆。

別看他三人談得非常融洽，但是天陰教人包藏禍心，笑臉迎人，背後也許埋藏著很可怕的毒手呢。

熊倜顧慮秋雯道長和雲中青鳳的安危，他慢慢的躡步溜入林中，向他們說話的地方

湊過去，以密樹掩蔽身形。

走近四五丈外，可以很清晰的望見她三人了。

老道姑躊躇一陣，突又發話說：「就是兩河總瓢把子鐵膽尚未明！他也是崆峒別派門下。」

那位黃河一怪巨靈斧黃滔天，揹著他那柄開山大斧，黝黑的臉孔上，閃動著一雙朗朗的賊眼，他的目光總是向雲中青鳳的秋波尋覓接觸的機會，雖則很難碰上一次，碰上了也仍是凜然不可犯的霜稜嚴威。

黃河一怪怪笑入雲，說：「不錯，那小子很有骨氣，不屈不撓，可惜我們已經把他廢了！」這一句話，震驚了雲中青鳳，她芳心如同刀割斧削，忍不住芳容慘變，嗚咽一聲，雙手掩住了她的臉孔！而熊倜也一陣心酸，眼裡淚珠直滾。

秋雯道姑怒喝道：「什麼？你快說！把他廢了？」

黃河一怪道：「這有什麼稀奇，他和本教作對，不廢了他的武功還留下後患麼？」

柳眉的芳心，要跳出腔子以外了。

黃河一怪又冷笑說：「教主因為他還有點利用的價值，暫時不要他的命，只灌下去軟骨酥筋散，使他終身失去武功，變成了個無足輕重的廢料！」

他不理秋雯道姑那一副惶急不安的神態，和雲中青鳳悲淒無比的神情，得意地繼續說：「教主已派人通知武當妙一真人，讓他們派人來援救，援救出去也不過是一塊廢料，而本教正安排好了天羅地網，等待他們自行上鉤呢！主要的我們要對付三個最厲害的壞蛋，什麼熊倜，和玉面神劍常漫天夫婦！」

天陰教人險陰毒辣，無所不用其極，真使熊倜熱血上湧，髮根立豎，果然他現在來自投羅網了！

老道婆以極嚴厲的口吻，叱問：「黃舵主，快說貴教把這人幽囚在哪裡！他想還活著吧！」

黃河一怪，看在雲中青鳳面上，百煉鋼化為繞指柔了，他竟不為老道姑這種疾顏厲色，稍感忿怒，反而奸笑說：「這是我應忠於教主保守的秘密，恕不能奉告！道長和繆堂主關係不淺，您還怕不能向她問出確實消息來！」

老道姑冷笑，加以一聲歎息說：「黃舵主，以令師兄秋陽道人的地位，你投身依靠天陰教，未免是一種奇恥大辱，以閣下一身武功，也犯不著寄人籬下！天陰教多行不義，各正派人士，正要加以掃蕩，老身勸你早早抽身引退，方為上策！」

黃河一怪奸笑說：「道長用不著巧言籠絡我，倘若您這位高足有一句話交代，我黃滔天赴湯蹈火，萬死不辭！」

正說時，林外噗噗噗有夜行人飛縱足音。

黃河一怪雙指捫唇，輕輕一噓，示意老道姑們不要出聲，他兩個起落，向林外縱去，很清晰的聽見他向幾個漢子說：「這一帶很清淨，沒有那些傢伙的蹤影！不必多跑冤枉腿了！回頭在杏花樓喝幾杯！」

另一個粗魯聲音笑道：「我們早料黃舵主該出城來巡風呢！不過癩蛤蟆鄔慶英報告上來，那悅來客店裡，扎眼的人很有幾個，其中就有那個熊倜，黃舵主不可大意，別讓奸細從我們這地段溜進湖裡去！還是一同去查訪一下吧！」

黃河一怪，雖想脫身回來和雲中青鳳泡一陣，卻怕使他們啟疑，搭訕著一同向城內來路飛縱而去。

眼前那雲中青鳳，卻因黃河一怪等走得遠了，她忍不住悲悲切切哭了。

老道姑長歎了一聲，撫慰著她說：「孩子別哭了！哭又有什麼用？老身帶你連夜去見見繆堂主，只要他尚未受害，拚了老身師徒，總要把他救出來！」

熊倜為這癡心多情的女孩子，感動得愣住了！

她師徒數千里往返奔波，可見情之一字，力量有多麼偉大！而她們正和他是同一目的！援救尚未明。

雲中青鳳收住悲聲，拭淚說：「師傅，你老人家待我太好了，我真累壞了您！可憐他一個鐵錚錚的漢子，不知被可惡的天陰教人，折磨成什麼樣子！師傅，我們不回店房了，這就去吧！」

老道姑歎息說：「阿眉，你可把我磨壞啦！油綢子衣服帶出來沒有？還有兵器也須用油綢套子裹住呢！湖裡不比陸地，憑我師徒的水性，倒不會吃虧，不過一切須準備妥當！」原來秋雯道姑師徒，竟有很出色的水面上功夫呢。

雲中青鳳指指背上包袱說：「師傅，都在裡面！」

於是她師徒頭也不回，星夜向東南疾馳。

她們的身後，隱隱尾隨著熊倜。

熊倜知道她倆是去設法營救尚未明，而且又都會水中功夫，正好和她們一道淌過湖面，君山也好，扁山也好，碰巧還可把解藥弄到手。另一方面，她師徒實際本領並不太好，羊入虎口，若不去援助，於心難安。

但是他又不願露面和她們相見，一來女孩子的事，你最好讓她自己去做，更加深了她和尚未明的感情，假如由她親手救出尚未明的話！熊倜不知為什麼，總不願紅帕少女和尚未明結為連理，雖則她的心意也值得感激。

還有一層理由，熊倜不能露面，因為秋雯道姑和九天仙子頗有淵源，夾了他進去，也許反把事情弄得更糟！

熊倜遂暗中跟著她們，十來里路，在她們腳下是很快就到，穿過這一帶漁村，喚做二郎塢的。

夜甫二更，她師徒走至碼頭上雇船，這兒都是些漁船，更有誰徹夜不眠，送她們過湖，但是重賞之下必有勇夫。竟有一條雙桅大船，兜攬上這件生意，艄工水手就有四名，船艙也非常寬大。

熊倜等她們都進入艙中，拖去跳板，拔錨開船之際，才施展潛形遁影輕功，縱上了船艙頂蓬，身子平伏下去。

熊倜手腳非常輕妙，船蓬上多了個人，艄工和船客竟都不曾覺察，而那蓬頂是長方形，中間一道深槽，臥在低窪處，不怕被人望見，縱然是大白晝，也很穩妥，熊倜聽見篙槳蕩水之聲，船已緩緩向波心漾去。

他俯身艙蓬，又聽見秋雯道姑師徒，商議著換了水靠油綢衣服，她們言明是開往扁山，越快賞錢越多。

她師徒腳步聲，也走出艙外，參加了搖槳撐篙。據她們說生長水鄉，上了船如到家鄉，弄著玩兒。

她倆的手藝還真不錯，這條大船，平空增加了一倍速度！萬頃茫茫，水波微起！夜風輕輕掠拂人面。

熊倜本可安安逸逸睡上一覺，但是他關心著這條船，所謂同舟共濟，夜裡湖面上是很少有船隻了，有的只是岸邊的漁火，她們是直衝著湖心疾駛的，熊倜只能仰看著星斗的轉移，以判斷夜裡時辰的轉換。

熊倜為這可愛的女孩子，勾引起他對夏芸的愁思，以及對於東方瑛的繫念，夜一分一刻過去了，而熊倜渾然不覺，初冬的夜寒清露，若在北方，這一宵風霜之苦，男子尚且難以禁受，何況女孩子呢！

水程是直的，恰好仗著入冬的西北風，掛滿了帆，更加快了激進的速度。里程不及百里，這一夜卻夠辛苦了！

漸漸曙光將臨，秋雯師太師徒，替換著各睡了個大覺，而熊倜也不知何時深入睡鄉，被霜天寒露凍醒來了。

一輪紅日，自地平線上湧升。

湖面上萬道紅霞，湖面上看日出，雖不及海洋裡面的奇幻美妙，但也是一幅極難繪出的美麗畫面！

只可惜他和老道姑都無心欣賞這大自然的麗景！

熊倜舒舒四肢，仰起頭來，看那湖面上的風帆沙鳥，氣象萬千，前面扁山已遙遙在望，正有四艘快速長艇，向她們這條大船迎面駛來。快艇上面人聲嘈雜，不像是普通漁船，轉眼相距約二十餘丈了。

快艇分為兩列，各一前一後，箭也似迎上前來。

左邊艇上船頭站著個結實壯健的大漢，手撚一根兩丈多長的鐵篙，上身半裸，露出茸茸當胸的黑毛。右邊艇上也同樣站著一條大漢，手中卻提著一雙分水峨眉刺！每只艇各有兩列十二個黑衣大漢搖槳。船行若飛。

持峨眉刺的大漢，遠遠向這條大船上吆喝道：「什麼船？快些停纜，聽候檢查！」

老道姑和雲中青鳳，手提寶劍，穿著一色綠油綢水衣，凝立船頭，老道姑向船上艄工們擺擺手說：「只管搖楫，貧道自有辦法應付他！」

那艄工卻嚇得魂不附體，悄聲說：「那是玉鱗蛟郭慶生，翻浪蛟姜清和！道婆你可別弄壞我們的衣食飯碗！」

凡是湖上的船，犯在四蛟手裡，那就一條命都難保，輕則逐出三湘江湖，永不許你吃水面上的飯，所以怕成這樣。

老道姑也厲聲喝道：「貧道崆峒秋雯，特來扁山訪謁九天仙子繆天雯堂主的！」

玉鱗蛟一聽是白鳳堂主的朋友，他不認得柳眉，顏色放和緩了許多，快艇已漸漸逼近，玉鱗蛟橫刺抱拳說：「在下玉鱗蛟郭慶生，道長既與繆堂主相識，就請催船前行。不過船上還有何人，這位姑娘是什麼人？」

秋雯道姑面現不悅之色，但她不願和這些粗魯莽夫計較，微微冷笑說：「船上就只貧道師徒二人，郭君還有什麼不放心？請登舟一查吧！敢煩代達繆堂主，如無暇接待故人，老身即行返棹告退！」

她這一篇話，非常強硬，玉鱗蛟連連告罪說：「在下是奉令巡查，秋道長勿須介意！碼頭上自有兄弟夥替您通報。在下恕不奉陪了！」他說完，又向那四只快艇，撮口胡哨，高聲說：「這位是崆峒秋雯道長，兄弟們隨我去湖心巡查就是了！」又一擺手，四只快艇，擦舷而過，讓開水面。

那位翻浪蛟又把長篙一連向空中高舉了三次，不知代表著什麼意義，不過總算是把這條船放行了。

秋雯道姑歷年行道江湖，對於洞庭四蛟也僅略聞其名，蓬船又向扁山對岸漾去。岸邊漁帆點點，不時有同樣形式的快艇出沒。老道姑為了徒弟，算是橫了心，她以為九天仙子繆天雯不會和她翻臉！

第一撥快艇過後，又有兩只快艇朝著她們的船乘風破浪而來。這兩只船上，觸目都是黑衣勁裝的漢子。

艇上的指揮者，卻是一男一女，兩位俊秀少年，正是天陰教司禮雙童，白衣龍女葉清清，黑衣摩勒白景祥。

圍繞在他倆身後的，還有西北道上英雄沖天雷雷震，東北關外的渤海神蛟曹學詩等。白景祥認識崆峒秋雯道姑，他和葉清清分立兩艇船頭，同時也發現了雲中青鳳柳眉。快艇分左右鉗形並進，剎那間已接近了大船。

白衣龍女葉清清斂衽一福，仍然笑得十分甜美，說：「原來是秋道長，把柳妹妹送回來了！」

白景祥也拱手為禮說：「道長大義滅親，不袒護門徒，確值得我們欽佩！我替道勞謝步了。請把柳妹妹交給葉龍女，一切聽候繆堂主轉請教主發落，在下不敢怠慢虧待了她，道長儘管放心！」

白衣龍女也笑說：「道長如無其他的事，倒不妨遊覽一下洞庭風光，岳陽樓各處名勝呢！」

司禮雙童一搭一擋，說得十分輕鬆，卻暗含著請你把人留下趁早走路之意，使秋雯道姑怒氣勃發。老道姑勉強忍住怒氣，還了一禮說：「老身特來拜訪繆堂主，劣徒回山省親我，不知又觸犯了貴教什麼規矩？」

老道姑又肯定說：「待老身會會繆堂主，當面把話說清楚，崆峒弟子該不能不聽她師傅的吩咐吧！」

葉清清抿嘴一笑，哼了一聲說：「那道長是一定要見繆堂主了——繆堂主為令徒的事，非常氣惱，不過我們還是十二分尊重崆峒各位朋友，繆堂主刻下正教導幾位姊妹，練習陣法，無暇會客，我可不敢代說擋駕二字。道長您自己應該知趣些！令徒既已投身本教，教規森嚴，可不能因過去是崆峒門下而另眼相看啊！」

葉清清這幾句話，更是咄咄逼人，請想老道姑怎不惱羞成怒呢。她仍然按捺住火性，冷笑說：「葉姑娘，憑你幾句話，就能算數？老身不會見繆堂主，一切只好留待日後解決！眉兒自然暫時由老身管教了！」

三只船相距不過數丈，兩只快艇內許多漢子都勃然而起，似乎要發動什麼手腳，葉清清卻回身一擺手說：「暫勿輕動！」

她又向老道姑呵呵笑了兩聲，柔聲說：「這兒是洞庭，不是貴派的崆峒山，道長總算是位來客，未便立刻兵戎相見！你既然來了，不過就為柳妹妹的事，我們倆擔保絕不害她，而且還照舊器重她，請她繼任稚鳳壇主，不過她須答應一件事！」

老道姑脂油蒙了心，以為天陰教人還算賣給她人情，急急問說：「答應什麼？老身可以替她斟酌一下！」

葉清清笑說：「道長肯作主，那是再好不過的了。」

她又向雲中青鳳招招手說：「柳妹妹，你忍心一走不想煞了我們麼！恭喜柳妹妹你就要大喜了！繆堂主也贊成你和貴派令師兄單掌斷魂單壇主，早諧鸞儔，妹妹如無異議，就請過我船上來，一道回白鳳堂吧！」

雲中青鳳脫離天陰教，正為不願和她的師兄單掌斷魂結婚，她立時氣得面色鐵青，仗著師傅在側，厲聲回答：「婚事應該由我自己選擇決定，我就是瞧不順眼那個傢伙，葉姊姊你應該原諒我的苦衷！這事萬難從命！」

葉清清笑得前仰後合，說：「傻妹妹，你另有什麼心上人麼？你還不懂得教中規矩，替你指定了丈夫，姊妹們就應該順從才是！別說傻話，單壇主哪一樣不好，論人品，論本領，不正是崆峒派的名手麼！快來姊姊身畔，讓我替你慢慢籌畫一下，婚前應該準備些什麼！」她簡直是在哄小孩子了。

雲中青鳳雙目含淚，拉住師傅的胳膊說：「任憑怎樣，我也再不回白鳳堂，望求師傅作主！」老道姑連忙撫慰愛徒，答應她絕不把她交與天陰教人。

果然天陰教人以為雲中青鳳逃出白鳳堂，目的只在逃婚，不想怎樣難為她。格於教規，才傳出龍鳳令旗，一體緝拿，單掌斷魂早已替她求了幾次情了。誰知柳眉又不領他這份兒情呀！

兩只快艇，轉眼已至船邊，老道姑是個誠實心地，她以為天陰教人還可磋商這件事，沒想司禮雙童猛然縱身一躍，已上了他們船頭，緊接著又縱上來一位黑色道袍，滿臉絡腮鬍，相貌醜陋的怪道人。

這道人乃是四川青羊宮的瘟皇使者趙百勝。

白景祥向他微微一遞眼色，他和葉清清則仍然笑語風生，彬彬有禮，白景祥說：「道長再仔細考慮一下，令徒年已十八，女大當嫁，放著令師侄單掌斷魂這麼個好手，何必再打著燈籠去亂找對象呢！」

老道姑正不知該如何辦這個交涉，冷不防那瘟皇道人，從袖中掏出一面黑色繡有龍鳳的旗兒，迎風一展，一片黑煙，挾著一股強烈的香味，向老道姑師徒捲了過去。

秋雯師太師徒猝不及防，被那股黑煙襲中，鼻中聞著這種異香，心中大驚，頭腦立時暈眩，只覺天旋地轉，眼前一陣模糊，四肢無力，同時軟下去，咕咚倒於船板之上。其實不過是江湖下五門的迷香，她師徒疏於防範而已。

快艇上又跳來兩名黑衣漢子，攜來吊水桶的粗索，很快的把她師徒五花大綁，綁了個結結實實。

熊倜一直伏於蓬頂，找縫隙偷窺下面的情形，他駭了一跳，老道姑和雲中青鳳已著了道兒！他本想跳下去拯救，苦於他不懂得這種迷香的性質，既無法解救，反會連自己也上了當，他默思等這黑衣道人走後，再行下手。

憑武功他是不怕他們的，但是司禮雙童武功也非弱者，船在湖心，他想救出雲中青鳳師徒，還不算太容易呢。

熊倜靜以觀變，他想找個機會先把醜道士除去。

白景祥立刻吩咐那兩只快艇，繼續在湖面上搜查。

他宣佈這只蓬船，擅載奸細進湖，應該連船一齊沒收，艄工船老大等經過一番苦苦哀求，仍然被他們用一條長索，一串兒捆起來，解往扁山發落。這些人不會武藝，天陰教不收留他們的，從輕罰他們做三個月苦工。

於是由天陰教人駕船向岸邊駛去。

黑衣道人，始終隨侍白景祥與葉清清身側，他得意地為他所立的功勞，奸笑著，等待黑衣摩勒們的稱讚和獎勵。

白衣龍女淺笑盈盈說：「白哥哥！我們不能得罪崆峒一派，把她們送交繆堂主吧！乘此機會，把崆峒派人拉到我們教裡，一致對付武當派那一干惡魔，再好不過！柳妹妹人太糊塗了！教主已有了對付峨嵋派的新計畫了！」

白景祥欣然稱是。他們也自居正派身分，把別人看成惡魔呢！但是熊倜卻暫時得到了一點安慰。

以秋雯師太和九天仙子的交情，諒她師徒生命安全是沒什麼問題，顯然天陰教人又要在她倆身上玩花樣了！

熊倜決心深入他們巢穴！

其實他這時想走也無路可走，他不通水性呀！

熊倜手中扣了三枚散花仙子的鋼丸，以防不測！同時他想暗中先把那黑衣道人收拾掉。聽他們互相稱呼，熊倜方知那是四川青羊宮的瘟皇使者。但熊倜看不起這種下五門的路數，他決心除掉這瘟皇使者。

白景祥和葉清清都穿著油綢水靠，只外面罩著天陰教的衣服，他倆一定水上功夫了得，這又增加了熊倜的顧慮。他自己可沒這一套本領，決不能在湖上和他們交手。而熊倜正想探明尚未明的現況。

這條船駛近岸邊，不少的漁船，夾有那種快艇，密密排列在碼頭四周，岸邊也有黑衣大漢梭巡，在岸上指揮的卻是那位黑煞魔掌尚文斌！岸上瓦舍鱗次，像是個小小漁村，而其中是一條石徑。

石徑的末端，矗立著一座紅牆高脊的白龍廟！

廟前很威武的排列著兩排黑衣勁裝的漢子，很顯然的那該是天陰教一個辦事的處所！距碼頭約在百步之外。

漁民們照常的曬網打魚，兒童們也向陽嬉戲。不過他們卻受天陰教人的節制，不敢違抗他們的意旨。表面上倒看不出有什麼了不起的規模。天陰教原來並非嘯聚山林的綠林可比！而他們的組織卻非常嚴密。

白衣龍女等和黑煞摩掌，交換了一禮。

黑煞魔掌笑說：「又有什麼差使，交給龍爪壇麼？」

白景祥也呵呵笑道，「將來只怕所有我們的對頭魔星子，都要以次落網，那時尚大哥好好招待吧！這兩位是本教叛徒雲中青鳳柳眉，和她師傅崆峒秋雯道婆，應該送去螺獅坳，交由繆堂主處理的。」

他們說笑著，派了一撥人，由白衣龍女帶著，挾抱著柳眉師徒向東面繞去，那另是一條沙灘上的小路。

一條繩子把船上所有的船老大水手牽上岸去，交付了尚文斌，這條船也被划入船塢，下了錨，繫在木樁上。

船上只留下一名黑衣人看守。

熊倜還可望見尚文斌和白景祥瘟皇使者三人，在岸邊聚談，有些話很清晰的順風傳入他的耳鼓。

這該是熊倜探取行動的時機了！但是另一個念頭阻止了他，天陰教人正滿布四周，他一上岸就得先來一場廝殺，對於他救尚未明和柳眉師徒的計畫，頗為不利。只有到了天黑以後，他的行動才有了掩蔽，也最為有利！

熊倜耐心著，在可愛的陽光之下，微風披拂略帶些寒意中又放心沉沉睡去。他為了應付肚中的饑餓，以睡為宜。

熊倜的耐心和心思之細密，使他不至於把事情弄糟。單身處在孤懸湖中的島上，是值得多加考慮的。

傍晚時分，他酣睡了半日，很舒暢的恢復了昨夜的疲勞，他伸縮一下四肢，立時饑腸雷鳴，整整一日夜沒進食物了。他輕輕爬起來，向船中張望，很巧，那個看守的黑衣人正自岸上攜回一籃食物，還有一瓶酒。

自然這人正預備飽餐他的一頓佳餚了。

熊倜以極驚人的速度，翩翩自天而降，落於黑衣人背後，只消微伸二指，一點那漢子的精促穴，他就成功了。

天陰教下三四流角色，都是依附天陰教的可憐蟲，武林中的混飯吃三腳貓把式，熊倜不肯殺這些無名小卒。

他很快的吃了那人帶來的豐盛晚餐，那人則四肢僵直，看著他享受自己應得的東西，眼中溢出憤怒之光。而他僵麻的身體，連張口罵一句也不可能。眼看著這少年消逝於夜幕之中，他卻最少要忍受三個時辰的禁錮呢。

熊倜上岸之後，先向那座白龍廟溜去，而石徑上火把高張，光影裡黑衣人紛紛擾擾，他們正為發現兩只很快的小船，在附近出沒，而自相驚擾，一時划槳啟錨聲，幾只快艇出發去湖上搜索了！

黑煞魔掌尚文斌，率領著瘟皇使者，翻浪蛟姜清和等作了個臨時部署以後，他們又折回白龍廟裡去。

熊倜躊躇了一下，他不能確定尚未明就幽禁在扁山，他遂決定先找螺獅坳白鳳堂，看看秋雯師太的情形。

他還沒有確定他的目標，一簇火把向他匿身之處湧來。熊倜慌忙竄至瓦舍矮牆後面伏下身軀。

火把照耀著走近，當前卻是黑衣摩勒白景祥和那位太行山中交過手的雪嶺神鷲宇文秀，渤海神蛟曹學詩三位。隨在後面的兩人，高執火把。三人邊走邊談。白景祥說：「近來君山扁山常常鬧警，該是尚未明好朋友來救他了！」

宇文秀笑說：「可是扁山這面，囚著這兩個小子！外人又如何得知呢？他們應該去君山自投網羅呀！」

熊倜的心立刻發生激跳，果然他們談及尚未明了。

但是他們已向東蜿蜒沿小徑走了過去。熊倜不能再放過這個良機，他以潛形遁影輕功，從後面追了上去。

熊倜保持著三丈以外的距離，儘量減輕足音，前面的宇文秀果然得意地呵呵笑道：

「尚壇主安排在這麼個好地方，武當派人踏遍了君山扁山，他們又怎知道幽囚在那片荒寂無人的荻洲上面呢！」

熊倜心頭一喜，卻又立時變得沉重了，他不通水性，更不知這荒涼的荻洲又在何處，有了下落，仍然無用！

前面白景祥突然向一片杉林中，叱道：「喂！哪位同道，請出來相會！躲在樹林裡，殊令小弟黑衣摩勒白景祥，有失迎迓呢！」

這話立使熊倜為之一震！

他和武當派飛鶴子等在穀城會面，武當派人並沒提說過派人來救尚未明，他們根本不知道尚未明的下落呢。

那麼這位隱身杉林的人又是什麼人？

白景祥立刻雙手示意一揮，宇文秀和曹學詩立刻分向左右包抄，但是逢林莫入，這是江湖名訓，敵暗我明，白景祥卻不理這一套，他又冷笑說：「閣下再不露面，休怪在下不夠朋友了！」

杉林裡響起一迭爽朗而蒼老的笑聲，震耳如雷，而又顯然非出一人之口。熊倜只覺那笑聲入耳頗為熟悉。

蒼勁的老年人聲口道：「黑衣摩勒！有什麼手段儘量使展吧！老夫塞外愚夫堯窪，乘興一遊洞庭，行輩差得遠呢，實在不敢高攀你這位小朋友！」這話極盡挖苦的能事，崑崙雙傑之名，黑衣摩勒早有所聞，而且是武當加盟勁敵之一，如何不使他吃驚呢？

黑衣摩勒知道崑崙雙傑是不容易對付的，他立刻從懷裡取出一枚起火箭，箭頭在空中可亮出一團藍火，這是他們互相聯絡的信號，那支起火箭火把上燃著，嗤的一聲，上沖霄漢，藍色火光很明亮的在空中閃了兩閃，爆為萬點火星，四散而沒。

林中蒼勁的聲音又呵呵笑道：「白景祥，你要招呼你的伙伴麼？為什麼還不動手，好，老夫就出來指教你們這些後輩幾招吧！」

話音甫歇，對面已飄然縱出一位黃衣黃冠老人。

熊倜認得正是武當山會過的塞外愚夫，卻不見那位笑天叟方覺。塞夫愚夫手中也是一口晶光耀目的好劍。

白景祥拔出寶劍，迎上前去，說：「崑崙堯君！本教以禮接待武林各派豪傑，閣下來此如非惡意，一切尚可商量，本教絕不願立即兵戎相見！」

塞外愚夫點點頭說：「司禮童子，你何必多費唇舌呢！你也明知我的來意，老夫把君山遊逛一番，也該來扁山玩玩呢！孩子你如果忍不下這口氣，就動手吧！」黑衣摩勒再也無法用話騙誘這位怪傑，而且他確實氣忿到了極點。

黑衣摩勒冷笑說：「我倒要看看你號稱崑崙雙傑的，怎樣逃得出洞庭湖！」

塞外愚夫冷冷說：「難道來得去不得麼？老夫為遨遊君山扁山，先埋頭苦練了幾月的水上功夫，否則豈能來去自如呢！」

黑衣摩勒不肯再和他鬥口，一揮手喝聲：「上！」

立刻宇文秀曹學詩各挺兵刃，左右夾攻，而黑衣摩勒也獨當正面，使出天陰教的五陰寒骨劍法，一連猛攻三招。

這三位天陰教好手，確乎不同凡響，兵刃所過，帶起了一片呼呼的風聲，而且出招其疾如電，都向塞外愚夫周身要穴點刺劈削，聲勢非常驚人，因為三種兵刃，同發並進，恰好把塞外愚夫裹在金風鐵雨之中。

塞外愚夫以極巧妙的身法，招式，左攔右架，身形旋轉如風，在三種兵刃縫隙中出沒隱現，確使熊倜心中敬佩，果然不愧為崑崙名手。

最使他吃驚的，塞外愚夫倏又展開了一套巧妙劍法，竟和他最擅長的蒼穹十三式，大同小異。

而塞外愚夫所使出來的招式，和他所學的又次序上稍稍不同，而且中間還夾雜著另外幾種招數，因之他能對付黑衣摩勒那套五陰寒骨劍法，而應付裕如。熊倜本應該立即出面相助，但他為欣賞塞外愚夫的劍法而怔住了。

這是一場極有意義的搏鬥，因為使熊倜平添了許多學問，塞外愚夫和他的蒼穹十三式，同出一源，那已毫無疑問了！

熊倜這一耽擱，背後雜亂的腳步聲已紛然而來。

他身後也亮起了一片火光！

天陰教人的幫手，又來了一大群人。

正是那位黑煞魔掌尚文斌和瘟皇使者，以及洞庭雙蛟姜清和郭慶生等，而且還有二十餘名毒弩手。

熊倜正待拔劍迎敵這些來人，他夾在兩片火光中間，光照鬚眉，無地遁形，可是突然眼前人影一閃，一位闊袖襴衫的老者，已電閃一般來至他身畔，熊倜嚇了一跳，細看時卻是笑天叟方覺。

笑天叟仍然打著哈哈，整個臉仰向夜空，他的習慣是改不了的，他神情卻分外緊張，掏出一個小瓷瓶，傾出些粉末，向熊倜鼻孔下抹去，笑說：「快抹上解藥，那些下三濫來了，要用那種瘟皇香呢！」

熊倜決心和天陰教人一戰。他忙向笑天叟見禮稱謝。

但是笑天叟卻一把拉住他的手臂說：「跟這些魔崽子混打混鬧，沒什麼趣味，有話離開扁山再說，跟我走吧！」

熊倜卻心急雲中青鳳安危，一時又說不清和這二人的關係，只有急急說：「方前輩，堯前輩身受眾賊圍攻，我們怎可以撒手走掉呢！」

笑天叟搖搖頭說：「老堯有一手，他還怕逃不出圈子來？熊老弟，你只管跟我走，跟他們鬧鬧玩兒，也夠天陰教這些魔崽子傷腦筋了！」

熊倜迫不得已，說：「前輩，我還要去螺獅坳白鳳堂拯救兩位朋友呢！」

第四十回 綠樹迷離，蟾魄幻彩 碧波浩蕩，青鳳生姿

笑天叟詫異熊倜來此救什麼人？他對於東方靈兄妹，尚未明等的遭遇，一概不知，熊倜當後面天陰教人瞬息即至之際，也無暇詳述，反是笑天叟一拉他的手說：「那我倆去一趟白鳳堂，小俠要救的自然是我們這一方面的朋友了！」

熊倜剛一點頭，已被笑天叟拉著向黑暗中隱去。

他倆繞過前面塞外愚夫和黑衣摩勒白景祥宇文秀等交手之處，以極快的身法，閃入迎面一片密林之中。

笑天叟忘不了他的老毛病，仰天又打了兩聲哈哈，中間夾著一聲銳長的嘯音，笑聲震動了林木枝葉，沙沙作響。

他倆一直向樹木最密的地方鑽進去，笑天叟說：「我已經跟老堯打過招呼，他逗

這些魔星子玩玩之後，自會溜回船上等候我們，我倆弄了一只船，停泊在漁磯那邊，不會被他們發覺的。你要救的人是武當加盟的朋友麼？這兒很僻靜，略談談你別後的情形吧！」

熊倜用最簡括扼要的敘述，使笑天叟能夠明瞭崆峒秋雯師太雲中青鳳與尚未明的關係，他希望先把老道婆師徒救出以後，再一同去找荻洲！熊倜語焉不詳，沒提尚未明被困所在，使笑天叟略感驚愕，但是他明白是怎麼回事了。

熊倜把他的意見表示出來，如此做法可以把崆峒派拉入陣營，增加一份實力，而且柳眉這女孩子，情義深重，的確感人肺腑！

笑天叟長歎一聲說：「不想武當山聚會的各位好友，許多朋友遭遇了不平凡的厄難！天陰教人手段之陰險毒辣，是無可比擬了！」

夏芸的事，熊倜不願明說，因為這是他自己的私事！

熊倜最後提及遇上銀杖婆婆之事，笑天叟肅然莊容說：「那是老夫的師姑，崆峒派朋友被擒一整天了，還是從速前往援救，遲則生變，白鳳堂就在前面，這就去吧！」

那邊廝殺之聲，漸漸寧靜下去，沒有聲息了！

天陰教那兩起兒人，像又展開了大規模的搜索，火把的光焰分向兩面搖閃過去，卻無人走近這片密林。

笑天叟與熊倜，一前一後，向南面越過一帶高岡。

螺獅坳的形勢，頗為險峻，樹木龐雜，路徑曲折回環，笑天叟雖然探聽明白白鳳堂的方向位置，但是走起來卻頗為不易，夜間常常遇見叉路，他倆揀那平坦而較寬的路急急奔馳，不料卻反迷了方向。

越走越荒涼，前面一堆岩石，路徑突然斷了！顯然他們走迷了路，如往來路倒轉回去，是否返回原處，也成了疑問！笑天叟怔怔的停了腳步，打量著四周情形。

他心裡極為蹩拗，自詡探明島上的形勢，卻反而把路走錯，耽延的時間過久，天光一亮，行動就非常不便了！

難道這就是天陰教人練的陣法？熊倜提議縱上那一堆岩石看看有無通路，當然也只有這一個辦法，他倆瞬息間都攀登岩石之上。

立時又把他們弄迷糊了，眼前叢林隨著地勢高下起伏，有許多十餘丈高小崖，一排兒列峙著。

他們姑且向前面縱去，但是並未找見路徑。螺獅坳其有很複雜的地形，天陰教人故設疑陣，他們卻有另外辨認的標識，不過夜間生人很難發現而已。

無論怎樣轉來轉去，其實總是在這個山坳裡，不過荒林密菁，茂草叢生，使迷路的人難於發現正確的方向。

他倆也正為這種天然地形困惑著。

繞過一座小崖之後，自密林中突然閃映過來一道燈光，他倆不禁為之大喜，燈光所在，至少可以找見正路吧！

但那一線之光，在林中閃晃不定，為濃厚的枝葉掩映，而正向側面隱去。

笑天叟急急拉了熊倜一把說：「快追上去！只要碰上個人，總可以問出白鳳堂所在！」

他們理想中的白鳳堂，應該規模不小，孰知並不如此。所以任何人也會忽略了隱沒在密林中的房屋。

何況還在夜間呢！

他倆以迅如奔電的速度，向那一線燈光隱現之處馳去。

豈知又碰上了一片巨大的綠岩，而灌木茂草一直接上了不算陡峭的岩壁，燈光竟不再顯現！

他們又碰壁了，仔細窺察地上衰草傾側的跡象，顯然是有三四個人踏過去留下的痕跡，綠岩兩側，卻和其他的山崖相連，不知哪面通著路徑，他們又躊躇不前，若再走錯一步，將會迷途更遠了。

但是在靜寂的夜空裡，突然一聲慘厲的長嗥，聲震林表，那聲音極為刺耳難聽，竟像夜鳴的鴟梟！

立使熊倜和笑天叟大大吃了一驚！

怪聲發自綠岩背後，縱然淒厲欲絕，仍可辨出發自人口，而並非野獸之類，對面綠岩並非高不可攀。

而這怪聲發出，無異指示他們強敵當前，這一片境界，更變得陰森可怖，若是尋常人無疑以為遇上山妖鬼魅了！

接著又有雜亂的叫囂之聲，而那些人聲，都出自嬌脆的婦女口中，鶯嗔燕吒，亂糟糟喧成一團鬧聲。

笑天叟老於江湖，但也為眼前這種情形怔住！

熊倜首先向綠岩上面躍升，笑天叟也用不著遲疑，只有翻過山岩，一窺究竟，說不定那一面就是白鳳堂！

他倆縱至岩頂，眼前卻突然一亮，火光燭天，岩下叢林中卻闢出一畝方圓平地，像個空曠的場子！

火把高舉在九個白衣少女的手中，她們另一隻手中，卻各挺著一面白緞繡著彩鳳的三角旗兒，那旗旂前端，鋒利如劍，她們各佔據一個方位，晃搖著手中白鳳旗，蠻婦跳月一般，舞起一種奇妙的姿態。

奇怪的四周並看不見房屋！

他倆又為這怪現象相視愕然！

綠岩這一面卻比較陡峭，挺出許多奇形怪狀的岩石，笑天叟攔住熊倜說：「熊老弟，千萬注意，這諒必就是他們的九宮迷魂陣法，那些旗兒上面，必有蹊蹺，我和老堯珍藏前輩傳留的一般迷香解藥，不知能否抵禦得住他們旗子裡捲裹特製的迷魂砂呢！」

熊倜遂也不敢輕易躍落下去。

他詢問迷魂砂是種什麼東西，笑天叟說：「我倆多日來經過多次的偷探扁山，只聽說及這迷魂砂之名，其詳細的內容，尚不得而知，若是江湖下五門那一類的東西，就好應付了！只怕她們另外有些鬼名堂，因為主持這九宮陣法的人，乃是嶺南一魔勿惡夫人呀！」

眼前只有這九個女孩子，剛才那一聲怪嗥，又出於何人之口？頗為費解。她們的白鳳堂，又比荊州府時神秘多了。

他倆卻又不能不下去一探，笑天叟正用肘骨撞他一下，低低說：「下面一定埋伏森嚴，千萬仔細！」

熊倜連忙應是，他們正待尋可落足的石筍，躍下去，突又一聲怪嗥，就發自他們立足的岩下莽莽密林之中。

首先一道婀娜身段的青影，自林中激射而出。

那人顯然是個女人，卻用一道青紗掩住面孔，她手中一柄青光閃閃的古劍，在她身後挽了個劍花，化為點點寒星，那身手的確超乎尋常，似乎在截擊後面追來的敵人，果然緊隨著她又縱出來一道身影。

熊倜看那前面的女人，身材入目頗為熟悉，只一時想不起是誰。而後面的人雙足沾地，露現了一副猙獰面孔。

竟是一位四十開外的婦人，一身雪白衣裳，而蒼白的髮髻上居然簪滿了花朵，和那副天生的獠牙大口，猙獰可怖的面孔，極不相稱！天陰教中年老婦女，往往打扮得妖妖嬈嬈，使你作三日嘔！

後面白衣婦人，手中卻是一幅白綾長巾，質料頗為怪異，因為夾著許多金色線紋，一閃一閃的放出光彩。

她的內功相當可觀，她像就以這條白綾巾作為武器，而白巾卷舒自如，呼呼隨著上去捲那青衣人的長劍，而那種軟巾，被她運用得可柔可剛，挾著極大的勁力。

笑天叟一收腳步指著說：「那醜婦人就是勿惡夫人，未可輕敵，但是前面這個女人，又是什麼人？」

青衣女人總想用她的劍迎削那幅白巾，而那醜婦——嶺南一魔勿惡夫人，卻滑溜不肯上當，她那條兩丈長的軟巾，在空中蕩起了呼呼的嘯音，伸縮上下，宛如匹練橫空，游龍騰拿，招式詭譎已極。

但是青衣人的劍法，卻更使熊倜吃驚，既靈巧而又奧妙，遠非尋常劍法所可比擬，是熊倜從未瞻仰過的。

笑天叟也歎為觀止，又大為驚奇說：「啊呀，這是武林中久已失傳的蟾魄劍法，但非本身煉成寒魄功，是不能發揮它的妙用，看來她是個身懷絕技的女子！」

他一提及寒魄功，熊倜恍然大悟，眼前這青衣人，不是青魄仙子還有誰呀！

他於是向下面大聲疾呼：「青姊姊！熊倜和一位朋友在此，一同營救尚未明和崆峒秋雯師太師徒來的！」

笑天叟對這少年懷疑了，他怎會和這青衣人相識？崑崙雙傑連日在君山窺探，也曾瞥見過兩次這青衣女人，她輕功絕佳，一晃就隱去，使他們無法接近。

岩下正在翩翩惡鬥的青衣人，側耳一聽，她向發聲之處注視了一下，左手卻向左面一段山崖信手一指。

聰明心細的熊倜，他會意了，青魄仙子是示意他們去那裡相會。他很快告訴笑天叟：「那是青魄仙子姊姊，我們快過那邊崖上去等候她！」其實下面的勿惡夫人早也聽見他的叫喊，立時大為憤怒，而又暗為吃驚。

熊倜的名氣，使這位新加入天陰教的嶺南一魔，也久聞盛名了。一個青衣人她尚且鬥不過，再加上個熊倜，那豈不使她亂了手腳。

勿惡夫人向青衣人喝道：「朋友，你這一套劍法從哪兒偷偷學來的，你又擅入白鳳堂搗亂，罪不可追，朋友你敢領略一下我的九宮迷魂陣麼？」

青衣人以死板板的腔調回答，帶著輕蔑的冷笑：「勿惡婆娘，你調教她們九個女孩子，還沒有成熟，也不會有多大威力，明年清明節，我一定來欣賞一下你的陣法，單只迷魂毒砂一種不算高明的玩意，還難不倒我青魄仙子，這是『百毒神訣』中的玩意兒吧！」

青魄仙子自通名號，又提出「百毒神訣」，這種迷魂百毒砂的淵源，如何不使嶺南一魔大為震驚！

她又強顏說：「青魄姊妹，我看不出你的年紀，無法稱呼，既然是同道，何必還幫助外人？」原來百毒神訣，創自明末的百毒魔君，著成此書後，稱雄武林三十年，終為明末七隱把他殛死在九嶺山，門下弟子也傷亡殆盡。

他這本秘書，僅有兩個逃得性命的弟子，各珍藏了一份抄本，從此分為北毒南蠱兩派，嶺南一魔正是南蠱的後世弟子，所以她疑惑青衣人是北毒一支的後裔，頗有結識同門之願，卻不料青魄仙子得自中岳石室的，只是對於百毒神訣的克制方式，反而是正派高人親手留下的呢。

青魄仙子正想和她的熊弟弟相會，她心裡已興奮透頂，隔了多日不見，宛如失去一件與本身不可分離的至寶，她更不願和勿惡夫人廝纏下去。她乘機假充內行，遂神秘地冷笑了一聲，收回她的青魄劍，故意說：「那我們以後有緣再會吧！彼此盤盤道行，也無不可！崆峒秋雯道婆師徒，與我有點泛泛之交，所以不忍她們遭受毒害，百毒一宗門下，又何須依附天陰教？」

她說完，身形飄然逝去，一晃眼已沒入幽林深處。

勿惡夫人莫測高深，她也停手不攻了，急得叫道：「青家姊妹，我倆就此談談吧！你真和她們有交情，不看僧面看佛面，這兩個又是崆峒友派，一切都好商量！」

她又再三呼喚，態度非常親切，勿惡夫人竟似他鄉遇故知，心情一變而為歡欣愉快，然而青魄仙子卻一去不回了！

當熊倜笑天叟飛躍至左面崖頂，青魄仙子也差不多同時到達，他三人互相介紹廝見。勿惡夫人回想起剛才綠岩之上，有男子聲音，稱青衣人為青姊姊，而他又自稱熊倜，心中又不免泛疑！

她一揮手，暫停操演九宮陣法，分派那九個女孩子，分為三起兒，向四下裡搜索，因為熊倜是天陰教人必欲得而甘心的勁敵，至於熊倜和百毒門下的青魄仙子，怎會結為相識，她無暇多費心思去推敲個中內幕了。

笑天叟並未聽過武林中有這麼一位青魄仙子，她又蒙著面紗，那副僵冷不具生人氣息的面孔，無從窺見，但既是熊倜的朋友，他倆彼此又那麼親切稱呼，也就無庸置疑，自然是正派一方的高手了！

青魄仙子剛才那幾手奧妙的劍法，使笑天叟極為欽佩。可是他不知該按什麼行輩稱呼，遂含糊稱她「青魄俠女」。

熊倜則娓娓細述來洞庭扁山的經過。

青魄仙子打斷他的敘述，點首說：「正好，我也是來救雲中青鳳柳妹妹的，她是個冷靜而多情的女孩子，尚未明既是你的結拜兄弟，她鍾情於他，以至捨死忘生來救他，陷身扁山，那更值得人讚許了！弟弟你確是個俠肝義膽的好男兒！」

青魄仙子說話的冷漠口腔，使笑天叟引為奇事。

其實青魄仙子已大大改變了孤獨冷酷的習性，她和初遇熊倜時判若兩人，因為她已獲得了熊倜，和東方瑛朱歡等人的溫暖友情，人類的感情，往往如此，隱藏蓄積日久，頗有一瀉千里之勢，只怕沒有足以開啟心靈之扉的機紐而已！

但是若揭去面紗，她的廬山真面，還是可以嚇倒一般人的！青魄仙子心情愉快之後，是也有些覺出自己的面孔，太過於驚世駭俗，不得不以一層薄紗，躲避一般世人的眼目，這正是她心情逐漸恢復固有的溫暖和熱誠——人類的善之本能啊！熊倜則對她非常感激，極願作為她的小弟弟。

他和她倆各自的愉快心情，是很難互相徹底瞭解的！

熊倜正苦於沒法找尋秋雯師太師徒，青魄仙子又說：「我白天發現道婆們被他們押送來螺獅坳，我就跟綴上了！姊姊我慚愧出入君山數次，竟不能得手，連軟骨酥筋散解藥貯藏之所，都沒探聽出來，天陰教計畫的周密，確屬不凡，恐怕只有八翼神君自己獨掌這個秘密了！」

她又說：「白鳳堂人並不集中一處，而是分散在一帶密林之中，每個角落都有她們的蹤跡，而且互相連絡得非常嚴密巧妙，姊姊本是來探聽那解藥的，卻無意中追隨至此，起初我把她們也追丟了，後來才從那綠岩下面發現了巢穴！」

青魄仙子一指剛才熊倜等站立的岩峰，又說：「緊靠著岩壁，只有一間茅草房子，被大樹密密遮住，任何人來回走過十幾趟，也無從發現，不過這片空場子太扎眼了！由茅屋通入石洞，更可洞穿綠岩的那面，彷彿是個狡兔之窟，出沒無常，設計得的確巧妙極了！」

熊倜問道：「那麼秋雯道婆們就在綠岩下石洞之中了，青姊姊幫助我們，快些拯救她倆出險吧！還有尚未明被囚在荻洲，不知荻洲究在哪裡？」

笑天叟呵呵仰面低笑，說：「荻洲麼，我們的船就泊在它對面漁磯之旁！巧極了，老夫從荻洲下面來往過兩次，一片長滿蘆荻的荒涼沙灘，誰能相信那上面囚禁著人？遲不如快，先救柳眉師徒為要！青女俠輕車熟路，請你作個領導的人吧！」

笑天叟以崑崙高手，仍對於青魄仙子表示著欽佩之意。

青魄仙子卻冷冷搖手說：「且慢！待我先把下面情形說明，再作計議！」

熊倜非常信服他這位青姊姊，笑天叟則不相信白鳳堂的繆天雯、勿惡夫人，會厲害到什麼程度？

青魄仙子說：「綠岩下面這座石洞，只是勿惡夫人和些操演陣法的少女，我剛才無意中撞進去，和她交起手來！繆天雯並不在此。秋雯道婆和柳眉，據說送至佛頭崖石洞裡了！所以還須搜查這佛頭崖所在呢。」

她又考慮了一陣，才說：「熊弟弟隨我去找佛頭崖，方大俠在下面監規她們，如果勿惡夫人出洞聲援，把她們纏住遊鬥，免得礙手礙腳！但是切記勿惡夫人那條綾巾浸有奇毒，不可讓沾上衣服，迷魂砂也非常歹毒，總之以避免和她們糾纏為最妥！」

笑天叟贊成她的主張，遂把他和塞外愚夫藏舟的漁磯位置所在說明，約定天明以前，在船上相會。

於是他們立即分頭行事。

夜近三更，寒風攪動著林葉，到處簌簌之音！

三條黑影，自這座小崖頭飄閃而下，分向兩個方向，冉冉沒入林中。遠遠可見綠岩前那一片曠場，已一片寂黑，她們已練完了九宮陣法，像各回洞室就寢了！笑天叟活像一頭夜鷹，他在這片曠場周圍出沒隱現。

他負著監視勿惡夫人這一批惡煞活動的任務！

其實這一著是多餘的佈置，天陰教白鳳堂中的婦女，早經各自安寢了，而她們都棲宿在神秘的處所。

熊倜和青魄仙子魚貫自林中馳過，沿著那曠場邊緣，又接近了綠岩右方的許多低矮的峰崖，他倆細心的搜索。

青魄仙子估計這面必有她們的巢穴，但是挨著峰崖壁腳溜過去，竟連一點可疑的痕跡也看不出來，更不會發現茅屋之類的簡陋建築物了！再往前去山坡傾斜而下，反而成了坦平的地面。

他倆感覺到十分迷惘！

如果這樣轉下去，越去越遠，簡直等於白廢勞而無功！

他倆又順原路躡足而回，二次越過曠場時，他倆的想法只有向左面一帶找找，他倆可以望見笑天叟的身影了！

三人用約好的暗號，互相打了個手勢，表示都是自己人，以免誤會。突然一縷火光，在前方百餘步外林中閃了一閃！熊倜忙隨在青魄仙子身後，由側面橫繞過去，不能迎著火光燭照的方向，一旦被人發現，就很難得手了！

他倆橫繞在火光後面，又往前逼近些，只見一個白衣少女手擧火把，另一少女雙手捧著個食盒。

兩個少女依稀是在荊州府見過的，腳步如飛，她們專揀那灌木叢中，鑽進去。外人怎能曉得這種訣竅呢？

她們利用天然的森林，凡是平出來的路徑，反而都是死路，把你引入荒僻地界，而她們卻另有一簇簇的東坡竹，作為引路的指標。果然循路來至一座圓形土崖下面，那崖頭土石相間，草木暢茂，遮住了山崖的面目。

所以熊倜們無法注意及此，山崖高不及五丈，而後面連著更高的山峰，圓形的崖頂，配合上天然的凹凸部份，居然像個人的頭顱，那麼正是佛頭崖了！難道天陰教人把柳眉師徒幽囚起來，不讓和九天仙子會面麼？

崖下很小巧的一間瓦房，裡面也燈光熒然。

自房裡出來兩個同樣妝束的少女，迎迓這後來的人。四個女子彼此笑謔了幾句，咕嘟著，詛咒著，因為她們深夜不能入睡，而奉命看守伺候著兩個囚犯！這是多麼討厭的苦差使啊！

捧食盒的女子說：「都別埋怨啦，趕快餵她們吃下去這一盒美味食物，以後就可放心睡大覺了！」

屋內的一個鵝蛋形臉少女歎口氣說：「柳姊姊素日和你最要好，現在你忍心！」

熊倜和青魄仙子都心神為之一震！這次送來的食物，或者竟是要柳眉師徒命的毒藥，也未可知！

捧食盒的少女，把食盒交與鵝蛋形臉的少女，說：「你們餵她倆吃吧！夜已深了，我們就先回去覆命了。」

那少女接過去，罵道：「懶透了的小蹄子！你也該進去勸勸她呀！倘若她不肯吃，難道強灌下去？」

捧食盒的笑道：「整整餓了一天，不怕她倆鐵打的人也熬不住！好妹妹你再寬解她們一番，說明繆堂主的恩惠，不就哄了她們麼？」於是後來的兩個少女，又轉頭向來路走去。

熊倜和青魄仙子躲在樹後，俟那原先二女沒入叢林之後，他倆立即躡步推門而入，室內陳設簡陋，後面就是崖壁，通入一條石洞，洞口有鐵柵欄門，洞內隱隱傳來喝罵和少女的勸慰聲，室內卻寂無人跡。

他倆順手端起桌上的手照燈，探步入洞。

洞內壁間也燃有油燈，光線卻極為昏暗。

數丈長的甬道末端，向右折入一間廣大石岩之中，縱橫各七八丈，果見雲中青鳳師徒，被人反剪捆在木樁之上，連兩腿也牢牢縛緊，面色委頓不堪，她們面前，正站著那兩個白衣少女。

一人捧著食盒，鵝蛋形臉的正在花言巧語的勸說：「道長和柳姊姊，又捆又餓這大半日，繆堂主是道長的老朋友，派人送來飲食，這是她一番好意，請勿誤會。」

秋雯道姑怒叱道：「她還認得老朋友?怎不把我的手腳鬆開?你把繆堂主請來，貧道要和她當面辦清交涉！萬惡的卑鄙下流賊子，用迷香擒人，算什麼傢伙！」

少女笑吟吟說：「那是他們不擇手段了！現在未稟明教主夫婦以前，連繆堂主也不敢作主，這是教下規矩，我們又怎敢鬆解道長的束縛呢。這是繆堂主特備的八寶碧粳粥，和兩樣細點，道長何必苦壞了身子？」

雲中青鳳尖聲叫道：「師傅，千萬不能吃一滴水，你別聽胡媚這丫頭胡說！教裡有很多害人的秘藥，我們見了繆堂主問清楚再吃！」

那叫胡媚的少女，把一碗粥端至道婆嘴邊，說：「不熱不冷，剛剛可口！柳姊姊她太任性，不然怎麼鬧出這會事來！」這女孩子確也算完全學會天陰教那一套手段。

老道姑卻緊閉了嘴，怒目一橫說：「滾，滾遠點！」

青魄仙子把油燈置於轉彎處石壁縫裡，她向熊倜揮手示意，兩人同時捷若遊龍，分縱至兩個少女身後。

冷不防各伸指點向她們的商曲穴，於是兩個天陰教女孩子四肢一麻，僵立不能轉動了。雲中青鳳師徒望見她們，柳眉驚喜喚道：「熊小俠，我猜她就是青魄仙子姊姊！小俠怎麼知道我師徒落難呢？」

青魄仙子只把帶有面紗的螓首，微微一頷，她動作快到極點，拔出青魄劍，把捆縛兩人的繩索，齊齊削斷。

老道姑師徒被捆半日，四肢血脈不活，搖搖晃晃的站立起來，謝了兩人一聲，各自揉搓穴道，舒展四肢。

四人自不免要略為交談別後的情況。

秋雯師太師徒在太行鳳尾崖石洞中，營救尚未明，被黑煞魔女尚麗雲等圍住廝殺，幸經青魄仙子制伏了那一干人，所以她們早就互相認識的。青魄仙子俟秋雯道姑倆活轉筋絡之後，立即催促她們快走！

雲中青鳳聽說，他們立即會合崑崙雙傑，去荻洲援救她的心上人尚未明，使她驚喜欲狂，她心說：「不枉受這一次苦惱了！」至於秋雯師太，這次幸未受天陰教人荼毒，她下了決心，要回崆峒邀請同門，和天陰教人一戰！

青魄仙子卻記得跟隨天陰教人來此的路徑，在密林深菁之中，鑽入鑽出，旁邊就是有平坦的路，也視若無睹。

秋雯道姑和柳眉，餓了一天疲乏不堪，自然走不太快，又在暗中摸索前進，而崑崙雙傑約定的地點，又在扁山的背面，這是一段不算短的里程，因而他、她們走近那片漁磯，把殘餘的更次也走完了！

天將破曉，寒露為霜。

他們的心情，卻泰然了一半，笑天叟也正隱身道旁候著她們，相見之下，自略有一番客套的話。

笑天叟撮口長嘯，波聲微動，很快的自暗處蕩來一只快艇，形式與天陰教人的「快蟹」船相同，原就是奪自天陰教人手中的，眾人歡然道故，崑崙雙傑竟和秋雯師太，也是舊相識呢。然而天陰教羽翼已成，實力卻未可輕視！

他們紛紛登舟，各划動槳篙，其中只熊倜一人不諳水性，其餘各位都是內行，以故名符其實，快艇激駛如箭。

湖上又見金蛇閃躍，日出的麗景，閃灼著萬道光霞！

熊倜遠遠望見前面一片荻洲，沙灘平鋪，而蘆荻居然有一丈多高，枯黃了一半，隨風嚓嚓作響。

熊倜又向背面望去，突然自扁山山腳下，轉過來一只同樣形式的快艇，艇上有八名水手，兩個玄衣勁裝之人。

他們的快艇，也是斜斜直奔荻洲。

相距在半里之外，塞外愚夫也發現了這只天陰教人的船，他皺皺眉說：「大家要設法對付了這只船，否則回去通報他們的堂壇，就難以脫走了！」

他話音未畢，後面船上的天陰教人，已高聲喝叱：

「什麼人的船？快些停船！」

雲中青鳳師徒，原就穿著油綢水衣，各把衣服緊紮一下，拔劍在手，青魄仙子那身青色衣服，也經用桐油浸製，她是在山中深潭水眼裡練成的潛水奇功，加以本身寒魄功，更適宜於水底下的活動。

崑崙雙傑，是臨時學來點泅水本領，比起這三位就差遠了，所以他倆不能下水去作戰，他們決定了應戰之策。

於是故意把船停下來，等候後面的快艇。

青魄仙子宛如一條活躍的美人魚，她把面紗一揭，呼喇一聲，人已沒入萬頃碧波之中。可是她的尊容在這一剎那間，卻驚奇了崑崙雙傑，這樣一位身懷絕技的女俠，卻具著一副殭屍面孔？

笑天叟則又仰面向天，以習慣的笑聲，宣洩他驚訝的心情。雲中青鳳吃過天陰教人的虧，恨不把這些壞蛋一一手刃，她立即隨在青魄仙子身後，金鯉穿波勢，頭下腳上，倒插入汪洋碧波之中了！

她雙手前伸，把碧波呼喇一分，苗條的嬌軀，已被碧波吞沒，旋起了一片浪花，汩汩冒著水泡兒。

她和青魄仙子沒水的姿勢，都異常美妙！

老道姑則順著船側，緩緩溜下波心，她負著保衛自己這條船的任務。熊倜則自慚形穢，在這萬頃汪洋的湖上，他雖有通天本領，也減色不少了！

天陰教人那只快艇，越來越近。

船頭上很威武的站著兩個漢子，一位是獨目的神眼蛟袁宙，他提著一把鉤鐮刀，油綢水靠，他水性極佳。

另一位則是熊倜在太行鳳尾崖見過的神奪何起鳳。

碧波接天，扁山的碼頭，在這面望不見，只遠處漁帆出沒，另外並無其他快艇，他們船上由八名水手划槳。

熊倜船上只留下三個年紀老少不一的男子，又都為袁宙何起鳳所不識。神眼蛟一擺鉤鐮刀，喝問：「你們是什麼人？來這荻洲水面上幹什麼？把話交代清楚，倘若無知冒闖，尚可從輕發落，否則——」

熊倜回叱道：「惡徒！你們又是些什麼人？交代不清你又敢怎樣？洞庭湖面上，任何人都可以駕船遊覽一下吧！」

何起鳳人頗老實，他從旁勸道：「袁舵主，原來是些無知閒雜人們，讓他們走吧！」

神眼蛟卻怒氣勃發，又惡狠狠的呸了口唾沫，罵說：「瞎了眼的小子，敢衝撞洞庭四蛟！」他還待罵下去，不料他們的船身一歪，撲通嘩啦之聲不絕。

他們船上的水手們，怪聲驚叫起來！

袁宙忙扭身看時，船上只剩下四名嘍囉，其餘四人卻蹤影不見。剩下的四個水手，也都嚇得面無人色。

其中一個結結巴巴的說：「水裡面有鬼！伸出四隻手來，把王七李四們倒拖下湖裡去了！」

袁宙喝道：「胡說！豈有此理！」

他舉目四顧，不遠數丈外，水面上直冒氣泡兒！

崑崙雙傑卻划轉船頭，向天陰教人的船迎了上去。

笑天叟仰天呵呵一笑，他一順鐵尖長篙，向對方船上的人掃去，呼呼隨著響起一陣風聲，力道很可觀呢。

神眼蛟也是水路英雄，此中能手，不過幾乎猝不及防被長篙掃中，他慌忙也綽起一根長篙，用力攔架。

無如那四名水手，縮作一團，仍然有兩個硬被掃捲得滾落湖中，神奪何起鳳施展鐵板橋功夫，弓腰貼地方免擊中。

這一來袁宙何起鳳都曉得碰上硬點子了！

袁宙雖有很好的武功，他卻不能下水厮鬥，因為他為此行負有重要使命，懷中帶著極珍貴的物件。

他們快艇上殘餘的兩名水手，都也精通水性，漁幫裡稱為「水鬼」，袁宙匆急一擺手說：「快些準備『水金剛』下手！」

所謂「水金剛」者，乃是很鋒利的鋼鑽，這些水鬼，勉強可在水底張目視物，一鑽船底，敵船就要沉沒湖底了！

兩名水鬼，各帶了一柄鋼鑽，撲通撲向波心，但是他們剛一下水，湖面上突然冒出個鐵冠道髻的老道姑。

秋雯師太長劍一揮，兩聲慘叫，兩個水鬼都被攔腰削劈，在水面上一冒一冒的隨波逐流而去。

血水和碧波相融，泛起一股股的紅絲，而水鬼的鋼鑽子早有一把被老道婆奪在手中，秋雯師太又一個猛子鑽下水去！神眼蛟隻眼看著他船上的伙伴，全被人收拾掉，而他卻揮篙和笑天叟相敵，無暇顧及，他已經有些寒心了！

神奪何起鳳空有一身武功，相隔數丈，無法施展手腳。

熊倜拔下貫日劍，縱起空中，迎著神眼蛟的長篙發出他全身勁力，克嚓一聲，神眼蛟的長篙，輕了一截兒！

熊倜微笑著，又飄落船頭。

那塞外愚夫自腰間解下一條數丈長的軟索，頭上繫著幾把鋼鉤，這是他預備好的，無論何處，都可把船靠岸，只要鋼鉤一搭就行了。塞外愚夫揮手一扔，鋼鉤抓住了天陰教人快艇船邊木板，順手一牽，那只快艇，自然就向他們三人的船旁靠來！

塞外愚夫呵呵一笑，向水面上嚷說：「捉活的——別把這兩個魔星子宰掉！」

神奪何起鳳嚇得呆住了！不料快艇下面作起怪來，突然噹噹幾聲響，鑽穿了幾個大洞，湖水順著大洞湧溢，何起鳳連立足地方都沒了！

那位神眼蛟知道大難臨頭，他自恃水中功夫出色超人，他匆忙把懷中一包東西，用油綢包好，塞入貼身袋內，準備躍入湖中逃命。雲中青鳳水淋漓的自天陰教快艇後面冒出水面，左手搭住快艇的船舷。

柳眉又用力一扳，快艇快要翻個兒了，何起鳳站立不穩，他急得反聳身一躍躍至熊倜三人的船上。

笑天叟輕輕伸手一拍他的笑腰穴，何起鳳整個身子快活得要鬆散了，他忍不住顫抖著渾身肌肉，呵呵狂笑起來。

笑聲越來越慘厲，塞外愚夫憐念這人剛才尚有一念善心，勸神眼蛟放他們走，尚非不可救藥的惡徒，遂另點了一處活穴，把他的笑穴緩開。神奪何起鳳僅狂笑了一盞茶頃，身上已痛苦不堪。

同時神眼蛟袁宙，在雲中青鳳扳翻快蟹船時，他不能坐以待斃，以很快的身法，踴身跳入水中。

神眼蛟沉入水底之後，仍須隔一段時間冒出水上換口氣，他剛一沒水，雲中青鳳師徒立刻泅水同時向他撲過去。但是神眼蛟非常滑溜，他像一條魚般在水中分波急竄，約莫竄出七八丈遠，才腳分碧波，浮起身來。

卻不料腦後命門穴上，已被纖細的手指點中，身體一麻，而這人手的指尖端，一縷寒氣直襲周身脈絡。

獨目的神眼蛟，像死屍一般聽敵人擺佈了。

天陰教這只船上，八名水手均已了賬，柳眉師徒先後躍上船來，她倆正為不曾捉住神眼蛟有些懊喪。

青魄仙子卻已在波上，箭一般推波逐浪而來。

她一手提劍撥水，另一隻手卻拖著個黑衣大漢——神眼蛟袁宙，熊倜心裡更加欽佩器重這位青姊姊。

天陰教那只快蟹艇，灌滿了水，悠悠下沉，沒入湖心之中。而他們六人又聚合在艇上，划漿前進。

依秋雯道婆便要處死這兩個被擒的天陰教爪牙，塞外愚夫忙說：「且慢！先問問他們荻洲上的情形，再作處置！只要他們有心向善，洗心革面，何必多事殺戮！再者擒賊擒王，被他們裹脅的人未嘗不可設法感化呀！」

於是先替神眼蛟、何起鳳活了頸部血脈，他倆都能張口說話了。而神眼蛟粗獷的脾氣，潑口大罵不止。

那何起鳳卻垂首無語，暗暗吞聲歎氣。

何起鳳原是關中有名俠客，卻和生死判湯孝宏刎頸之交，經湯孝宏一番遊說，誤投入天陰教中，一旦身入教中，行動就不由自主了，稍有違背教中派遣，即遭受嚴懲，九天仙子又曾以美色為餌，許了他一件美麗幻夢！

天陰教白鳳堂那些女孩子，作用就在此。何起鳳心醉朱歡，繆天雯也佯為應允婚事，但是卻口惠而實不至。

何起鳳在朱歡解回太行之後，到處請託人情，朱歡才少受許多折磨，而他和朱歡，平日也還相處得不壞。

朱歡遇見尚未明之後，才捨了何起鳳，專心去籠絡尚未明的。何起鳳年紀剛過三十，略不及尚未明英俊而已。

笑天叟和顏悅色，首先詢問神眼蛟荻洲上面的情形，尚未明幽囚禁何處等等。神眼蛟強充硬漢，口裡還是一派不乾不淨的混罵，笑天叟又轉而詢問何起鳳時，何起鳳卻兩行清淚奪眶而出，他歎氣道：「天陰教規例極嚴，逼我說出來我也不免一死！」

笑天叟仰天而笑，用手撫摩他的肩臂，說：「何起鳳，你也是江湖白道上一條漢子，崑崙雙傑絕不會虧負朋友，把你再送回天陰教下！你放心實說，天下正派人士，正由武當派邀合，共除天陰教，只要你有心悛悔，就是我們這一方的臂助呢。」

何起鳳心意有些動搖了，他以哀懇的語氣祈求著：「崑崙雙傑，真個看得起在下，允許在下追隨驥尾效力麼？」

神眼蛟卻瞪了他一眼，叱道：「何副壇主，本教待你不薄，你敢洩漏教中秘密，你……活得不耐煩了麼？」

笑天叟氣得食指一伸，點了神眼蛟的啞穴！這個穴道三個時辰內不予解開，終身就成了啞巴！笑天叟還是不忍立時處死。

如果立即處死，他們將會後悔無窮呢。

笑天叟制止神眼蛟發話，卻更使何起鳳心驚肉顫，他以為已被點死，他決心從新做人，突然叫嚷：「崑崙方前輩，千萬不要把袁宙丟入湖中，他身上還帶有寶貴的物件呢！」

熊倜等大為愕然，不測這隻獨眼蛟身畔藏有何物？

何起鳳於是詳述萩洲上面的情形，沙洲廣約四十餘畝，並沒建有房屋，只有一排木棚囚牢，一兩個嘍囉看守著，囚禁著鐵膽尚未明，和武當派下王錫九鏢局裡兩位鏢頭，這兩位鏢頭被他們投以軟骨酥筋散，廢去武功。

這兩個鏢頭不耐痛苦，在他們利誘威迫之下，竟甘心效忠天陰教，所以經焦異行夫婦特准收留，交下來兩份解藥，恢復他們的武功，而神眼蛟和何起鳳正是奉命來此，提回這兩個鏢頭，分派去扁山效力的。

何起鳳說：「解藥就藏在神眼蛟懷裡，諸位俠士救了鐵膽尚未明，正需要這種解藥救治，否則尚當家的就難以復原了！」

他最後這幾句話，真是天外飛來的喜訊，青魄仙子、崑崙雙傑，在洞庭逗留多日，始終還弄不到手呢！

除了尚未明，還有粉蝶東方瑛，也受軟骨酥筋散之害，正陷於痛苦的深淵之中，豈料會絕處逢生，可以獲得了解藥？熊倜的心裡，也頓時開朗了許多，最歡欣鼓舞的還是雲中青鳳柳眉。

尚未明如果醫治不過來，縱然救出那仍是傷透她的芳心了！

雲中青鳳喜上眉梢，忙問何起鳳：「何俠士懂得解藥的用法麼？」

何起鳳點點頭說：「很簡單，再加兩樣新鮮藥引服下去就成，焦異行分派時，我也在側，不過——」

柳眉又急急問他：「不過什麼？」

何起鳳皺皺眉說：「藥引子很特別，一時卻還不易找吧！一味是金色鮮鯉，另一味是岳麓山特產的墨菌。剛才原放在那只船上，可惜連船一齊沉沒了！」

金鯉，洞庭湖偶有發現，而墨菌則必須自岳麓山採取。

這兩味藥引，都是協助發揮藥性之物，縱然不容易尋找，總算有了可靠的辦法，但是熊倜卻有些為難。

目前受天陰教秘藥之害的，已有尚未明東方瑛朱歡和這兩位鏢頭五人，究應該先救誰，不能把另外三個人，棄之不顧呀！而笑天叟卻很快的自神眼蛟身上，搜出一個油綢包兒，裡面用白緞特裝的兩個荷包，包著解藥，封織甚為精巧，大家都圍過去，看了一番，由熊倜珍重藏好。

雲中青鳳恨透了天陰教的爪牙，她猛然一腳，把神眼蛟踢得滾翻船外，載沉載浮，與洞庭湖中水族為伍去了！

秋雯師太，於心不忍，微微搖頭歎息！

這是他們第一次剷除的天陰教徒！

何起鳳嚇得有些發抖，笑天叟郤伸手拍開他已封閉的穴道，說：「我們歡迎你共同敵禦天陰教人，朋友前途無量，好自為之吧！」他伸手和何起鳳顫抖的手握在一起。何起鳳還有些赧愧，但大家都一致稱許他了。

於是他才認識，熊倜和秋雯師太、青魄仙子諸人。

另外一個重要的秘密，由他口中說出，就是天山三龍暗投天陰教，明裡參加武當結盟，做著很秘密的間諜工作。

崑崙雙傑等大為愕然，熊倜則在武當山時，早已窺察出些兒蹊蹺，僅僅由何起鳳加了一層有力證實而已。

船抵荻洲，在何起鳳嚮導之下，很容易的找見了囚禁尚未明等的木棚。

那是在沙灘中低窪之處，只有三尺多高，聊蔽風雨，下面是泥濘不堪的深坑，尚未明就被囚禁在這矮棚之內。

由何起鳳熊倜等俯身進去把三個囚犯背出棚外。

尚未明已奄奄一息，昏迷不省，看去憔悴枯瘦，不成人形，使雲中青鳳一見之下，驚駭得一聲尖叫，眼圈兒紅了——

誰又認識以前這位英俊不凡的少年，當年兩河總瓢把子，竟成了這副慘相？他沒有死在天陰教魔掌之下，已算萬幸了！

雲中青鳳和尚未明終未有什麼關係，她不能表示出過份親密，她卻攛掇著老道姑——她師傅，一同上前看視。

那兩位鏢頭，則頗受天陰教人優待，依然行動步履自若。他們內心懷著隱愧，腆顏向崑崙雙傑諸人致謝。

熊倜為尚未明揉按穴道，使他氣血活動些。

尚未明依然昏迷未醒，他周身傷痕累累，他在重傷之後，又遭受天陰教人的酷刑，灌下去軟骨酥筋散，更無法支持，但是他始終不屈不撓，許多處皮肉都脫落露骨，天陰教人認為他不死也成廢物了！

熊倜和崑崙雙傑同施內功急治，尚未明僅能微微睜目，他明白他已遇救，而卻無力說出一個謝字，僅只嘴角泛起一絲笑意，當他無神的目光觸及雲中青鳳時，他喉嚨裡微微咳響，他嘴角笑意更濃了！

但是他又一陣痛楚襲入頭腦，他重復不支而昏去！

淚珠從柳眉的眼角掛下來了！她真怕這位心上人，會就此撒手而去，含笑瞑目！她比熊倜還更焦慮。

對於這麼一個垂死的朋友，崑崙雙傑雖攜有些傷藥，一時也無從救治，確實尚未明已至死亡邊緣了！

看守木棚的兩個天陰教三流角色，被他們點了活穴，沒有加以誅戮，這是他們存心寬厚之處，沒有殺這些無名小卒的必要。熊倜等略作計議，以從速離開荻州，先到岳陽城替尚未明醫傷為要。

加上救出來的三人，十個人駕了一葉扁舟，沖波激浪而去。他們避開天陰教人防泛之區，繞了個大圈子。

次晨，安抵岳陽。

在城內雲夢客棧投歇，崑崙雙傑以多年的經驗，先行配藥醫治外傷，另請了一位當地高明的大夫，開藥內服，益氣調元，設法滋補虛虧，再由熊倜等以內功輔助治療，尚未明方漸有起色。

幾個月來的折磨，傷毒內淤，非短期所能痊癒。

雲中青鳳師徒則親赴岳麓山尋找墨菌。

何起鳳不敢拋頭露面，終日藏於室中，服侍尚未明。

兩位鏢客，則打發他們回鄂城鏢局。解藥只有兩份，經崑崙雙傑作了決定，以醫治尚未明為第一，其次青魄仙子力主把那一份給粉蝶東方瑛，因為她喜歡蝶妹妹。熊倜終覺有些歉然。

因為那兩位鏢客，和武當待救的朱歡，不將遺恨終身了麼？但是凡事有個親疏遠近，又豈能捨己救人？

青魄仙子則一力自任，她還要再探君山，直至把解藥取獲到手為止，她這種堅定不移偉大的精神，使熊倜和崑崙雙傑非常感動。塞外愚夫也自告奮勇，和她結伴同行，於是他倆又飄然離去。

熊倜守護著尚未明，還要防範天陰教人偷襲，笑天叟也責無旁貸，他倆輪換著替尚未明施功救治。

尚未明清醒之後，略微能進飲食，自不用說他對於熊倜諸人銘感於心，熊倜把雲中青鳳往返太行，出生入死，歷經艱危的情形，詳細告訴了他，尚未明被柳眉這一份兒情意，感動得流淚不止，但是那位也熱愛著他的朱歡呢？

尚未明覺得有些對不起朱歡，因為雲中青鳳是他心房深處潛伏著的最大熱流，融入了他的生命，以及周身之內，他和她早已結為一體，不容再有任何東西滲入，他並不是感情的轉變，而確是感情的正當歸宿。

熊倜也勾起了他對夏芸的懷念，而東方瑛也佔有了一小部分地位，單純的相思——愁思尚可忍受，加著許多不可解的死結，熊倜的心理狀態，確實難以形容了——這是兩個女孩子對於他付出情感的代價！

沉默冷靜而內向的性格，他將更趨於冷靜，他不懂用什麼酗酒之類，來減輕自己精神上的負擔。

若換了一種個性的人，他將樂天地隨遇而安了。

十二月初，雲中青鳳師徒悄然歸來，她們行蹤是非常隱密的，終於找到了不少的墨菌，而金鯉熊倜早已收購存著備用了。

柳眉和尚未明兩人間的輕憐蜜愛，娓娓情話，熊倜局外人，卻也分享了一份兒的快慰，尚未明解藥服過，漸漸身體也復原了！於是第二件要事，就是返回武當，送藥救治粉蝶，他們又重新商決行止。

塞外愚夫和青魄仙子也參與了這次商談。

因尚未明體力未復，暫由笑天叟雲中青鳳師徒以及神奪何起鳳護送返回武當，並醫治東方瑛內傷。

青魄仙子獨留洞庭，偵查天陰教人的擊動，並尋取那種解藥，她功力絕高，出沒無常，又有絕佳水底功夫，擔任此一角，頗為適宜。

熊倜則偕塞外愚夫，西上甜甜谷，會合散花仙子夫婦，明春同踐峨嵋之約！

第四十一回

三龍投毒，尊者受愚
雙劍合璧，俠士輕生

感情齧噬著熊倜的心房，他不肯再返武當，他像做下了不可饒恕的過錯，夏芸的倩影，永遠盤旋在他的腦中！

塞外愚夫老於世故，他看透了這少年陷入了鬱悶枯寂，而痛苦的境界裡，但是他無法拯救這少年！

人的性格，和內在的支配因素，愈結愈牢，不是用尋常幾句慰藉的話所能奏效，也就是說，必須對症下藥，不關痛癢的慰藉，反而更增加了當事者的感慨悵惘！他從這少年的目光裡，已竟窺出他心理上的複雜變化，而更趨向於憂鬱！

沿途許多名勝，大好的山青水秀麗景，塞外愚夫邀他欣賞，反而更增加了他的感慨悵惘！正如杜甫詩中所詠：「感時花濺淚，恨別鳥驚心」，良辰美景，反而倍增情愁，塞外愚夫對於熊倜固然還不算十分明瞭，但是他已替這少年非常懸心了。

塞外愚夫只有以事業前途，與本身俠義責任，敦勉這位少年，而熊倜態度確實有些失常，他狂笑一陣，說：「峨嵋一行，收回倚天劍，我的責任就完了！」

塞外愚夫正色說：「熊老弟，你忘記銀杖婆婆的話麼？飄然前輩，毒心神魔又怎樣囑咐你的？天陰教大害未除，你能置身事外麼？」

熊倜搖頭歎息，繼之以一聲苦笑！

他雙目注向滾滾東流的江水，似乎他已沿江而下，置身秣陵城內秦淮河畔，眼前一片青塚，若馨臨死前那種淒怨欲絕的神態，又映現眼簾，他突然垂下頭去，凝思，又凝思，他應該相隨若馨於地下！

接著又來了第二幕——他轉首癡癡的望著北天蒼空，另一個幻象發生了——夏芸在太行風雲館樓上，最後互相溫存的情形，夏芸又伏在寶馬神鞭懷中哀泣著，她的銀鞭晃閃卷舞，他竟不肯引頸受戮，他太自私了！他逃避了應得的報償！這一幕久久在他腦中輪番隱現著，他情感麻木了！

熊倜這種不時恍惚出神的異態，驚駭了塞外愚夫！

在荊州府附近和笑天叟尚未明諸人分手之後，他倆馳向荊山甜甜谷，那次熊倜和尚未明是夜間入山，迷失方向，只略略記得些影子，這時宛如追尋一場夢痕，碧峰深澗，到處都像是曾經踏過，而又都不像是原來位置！

塞外愚夫信賴著他，以為他應算老馬識途了，而熊倜卻連自己也迷迷糊糊，他的心裡正在恍惚神往。

他又因甜甜谷散花仙子，即將會晤，而觸想起了夏芸。

蒼蒼翠微，橫嶺側峰，他倆東奔一氣，越過幾重峰嶺，又西奔一氣，依然是層巒疊嶂，熊倜凝立而思。

深山之中既無顯明的路徑，熊倜極力在搜尋他的回憶了。塞外愚夫也以銳利的目光，向四周搜索著。

他們來回奔馳，許多雙峰夾峙的谷口，都看過了，熊倜找尋那塊石碑，碑上刻著：「入谷者殺」四字，但是他無法找見那塊石碑，玉面神劍常漫天早已在熊倜尚未明入谷之後，把它廢去，他覺得那種禁例無存在之必要了。

他倆停步佇立在一處雙峰夾峙的谷口，雲山橫亙，這條谷深幽險峻，有些像了，但是還未敢輕入，一旦找錯了地段，再退回來，就很費一段時間！冬末衰草披靡，淡雲封鎖了峰腰，回環如帶。

突然谷中傳來一陣馬蹄達達之聲，他倆立刻精神為之一振，熊倜眼前一亮，常漫天和田敏敏已雙雙跨馬馳來。

他們四人驟然相遇，互相驚喜。

倚馬而談，班荊道故，熊倜遇見好友，精神為之一度開朗，散花仙子力邀他們回谷中款待，稍作勾留。

熊倜的經歷，滄桑變易，他以無限感慨，挑燈細述。田敏敏歎息著夏芸的遭遇，她同情夏芸，但也欣慰粉蝶能由熊倜親手救出太行，她不測熊弟弟現在究竟是什麼心事，由夏芸而移情東方瑛麼？

熊倜心情的恍惚，表露在面上的，使散花仙子為之非常焦慮，她柔聲軟語，勸他應該珍重別人所付出的情感。她卻不能代熊倜有所抉擇。而散花仙子最關心的是夏芸，她認為寶馬神鞭，死不足惜！

夏芸終會向正義求得諒解，散花仙子幾乎要親自去找夏芸，她向熊倜擔保，她終能把夏芸的心挽回來！

殘冬歲暮，散花仙子夫婦遂準備款留他們，度過這微雪陰霾的除夕和元旦，熊倜傷感的心情，反而有增無已。

他不願散花仙子插入他和夏芸之間的恩怨！

新春隨著時序降臨，家家爆竹，戶戶屠蘇，而川鄂道上，正冒著朔風，急馳著四匹駿馬，馬上三男一女。

乘舟進入三峽之後，他們又以駿馬代步。

沿江而上，他們來至嘉定府。

到處一片升平景象，天陰教的勢力，尚未蔓延入川，他們絲毫不加防範，欣賞著四川境內的風物名勝。

過了眉縣，他們已接近終點，巍峨崇峻的三峨，遙遙在望，峨嵋號稱天下秀，也是佛教三大聖地之一。

馬行至山腳的伏虎寺為止。

他們在寺中投歇下來，寄存了馬匹，向知客和尚探問去斷雲崖的路徑，奇怪當地僧人竟不知斷雲崖所在。

至於殘雲尊者和流雲師太的大名，山下僧人也竟不大熟悉，他們說：「似乎有這麼兩位僧尼，但是很少遇見過。」

峨嵋一派，在武林聲勢不小，而在當地，反而不為人知，可見他們是如何善於韜光養晦了。

他們問不出個所以然來，但是既來峨嵋，只有入山一探了。他們還期待著峨嵋派人，自動出山來迎迓他們。

正月裡上香的遊客是非常稀少，他們頭一天歇在中峨的寶光寺，又向這山寺僧侶，打聽斷雲崖所在。

所得的結果，仍然是杳無下落！

一夜朔風吹拂，彤雲密佈，飄下一天大雪！

雪封山徑，千山鳥飛絕，萬徑人蹤滅，知客和尚兜攬生意，勸他們待雪消之後，再朝金頂。極殷勤的以山上的藥酒異味相饗，知客和尚，頗為健談，細細述說山上的佛光神燈所有的靈跡，使人聽來娓娓忘倦。

他們在齋堂中，享受著山中佳餚，和寺僧特為香客準備的葷味，暮色朦朧中，突然自山門湧進來三位人物。

一色兒黑衣勁裝，前行的是位蒼鬚老人，而後面卻是兩個年青漢子，這三人的出現，使熊倜等大為震驚。

在峨嵋山中會碰上了天山三龍父子？這是他們意想不到的事，天山三龍還偽裝著正派人士，武當加盟者的身分，他父子不遠數千里跋涉至此，其目的又何在？塞外愚夫忙囑咐熊倜不可露出痕跡，最好仍保持著同盟友誼，反可從他們身上，刺探出來些消息，窺察他們的動向。

於是他們四人不動聲色，仍然低頭飲著酒。

天山三龍，被迎入款待香客的淨室之中，老龍鍾問天，選定了房間，大聲急問知客：「知客師傅，老夫留下的話，老夫幾位下江朋友已否到此？你只記著和我們衣服式樣相同的人就好好招待吧！記著還有一位黃衣的仇老先生呢！」

熊倜和塞外愚夫等又神情一震，天陰教人大規模齊集峨嵋，他們一定有什麼毒辣的計畫，難道也是為倚天劍而來？峨嵋派人應該食不甘味夜不安寢了！峨嵋派門徒也不少，何以如此粗心大意，竟沒有一人出現？

他們把光明洞奪劍之約忘掉不成？

天山三龍，趾高氣揚，而他們面上都露著無限自滿與得意之色，好像已把武林各派完全征服一樣。

知客和尚足恭的回答他們：「下江口音的客人，只有昨天來的四位，又與老施主所示的服色不同，小僧不敢確定是否你老的朋友！」

和尚一指齋堂說：「他們正在用齋呢。」

天山三龍哦了一聲，他們急急相率而出，一直往齋堂踱來，他們像急於明瞭這四位遠來的生客！

當這七位武林名手覿面之下，那神情是異常緊張的。

蒼龍鍾天宇和墨龍鍾天仇都手問劍鞘，大有一觸即發之勢，老龍鍾問天卻向兩個兒子遞了個眼色，抱拳呵呵一笑說：「堯大俠，點蒼雙俠，還有熊小俠，不期而遇，幸會幸會！四位新春歲首，竟遠道有閑來遊峨嵋麼？」

他裝著同盟友人身分，塞外愚夫也正想從他口中，刺探些秘密，遂很客氣的答禮，散花仙子則一直閉著嘴，不屑為禮，玉面神劍也徐徐起立，點首為禮。

熊倜隨著他倆起立，微一抱拳說：「名山幸會三龍，往日的樑子，倒不妨在這名山勝境，作個了斷！」

老龍呵呵奸笑著又向二子連使眼色，說道：「老夫既已加盟武當，公仇重於私怨，我們先把以往的過節收起，將來隨時都可以解決一下！老夫不能讓同道罵我不識事體，破壞今春清明節的義舉！我想四位此來，一定是約峨嵋一派高手東下共襄大舉吧！」

塞外愚夫攔住熊倜，陪笑說：「正是如此！在武當玉真下院，我們和峨嵋流雲師太，還發生過一件小小不愉快的事件，其實不過為了一口劍！來此順便一遊，卻不料竟問不出斷雲崖所在，那只有廢然而返，無法一登斷雲崖了！」

鍾問天聽了塞外愚夫這種輕鬆而不著邊際的話，他眼光灼灼，似想從塞外愚夫態度上判斷什麼蹊蹺，但是他也為「一口劍」那三個字而神氣一變，他笑聲震徹了整個齋堂，他面上仍然不露一絲怒意，又笑說：「那很好！老夫父子就剛從斷雲崖回來，頗蒙行雲大師款待，四位如不識路徑，老夫可以奉告。熊小俠如不記以往的嫌隙，老夫今夜具點薄酒野味，痛飲一宵，老夫倒很願結交武林中後起之秀呢！」

又向塞外愚夫拱拱手說：「今夜禪堂潔樽候教，不知崑崙堯大俠可肯賞光？」

天山老龍這種前倨後恭的態度，使熊倜等大為愕然，真不知這老傢伙存著什麼心？鍾問天已吩咐天仇天宇，把自山頂打來的野味，交付和尚們烹調燒烤，並向和尚訂購兩大罈松露酒。

細心的熊倜，散花仙子，和老練的塞外愚夫都猛然想起天陰教人，製有不少各種性能的秘藥，像軟骨酥筋散之類，難道他父子想施展這種下三流伎倆，暗算他們？塞外愚夫則客客氣氣滿口答應下來。

他又追問斷雲崖的位置路徑，天山老龍笑說：「今晚煮酒論英雄，慢慢談吧！」

他和天仇天宇等滿面春風的先行告退。

禪堂分外寬大，厚厚的棉布簾隔絕了寒氣，室內正熊熊燃燒著一大盆杠炭（四川的木炭），暖洋洋的春意盎然。

墨龍鍾天仇正把酒罈子偎在火盆之旁，去了泥封，他以極快的手法，取出大包藥粉，傾入酒中，立刻冒起一層濃泡，他又摻入另一種藥粉，使先前這藥的怪味幾乎消失掉，他舀了點嘗嘗，酒香依舊，馥馥撲鼻。

他得意地裂嘴微笑。

又很快的回身四面張望，卻聽得屋上薄瓦格登一響，接著竟是一聲貓叫，和極輕的一疊瓦響。

他投下去的不是軟骨酥筋散，也非蒙汗迷藥，另外是一種更可怕的東西，他將置熊倜等於萬劫不復之境的！

蒼龍鍾天宇招呼著和尚們，把烹製好的鹿脯、山雉、野兔等，水陸雜陳，一味味端進禪堂之內。

老龍鍾問天緩步而入，他和他邀來的知客和尚打招呼，說：「那邊堯大俠熊小俠們在屋裡吧！煩大和尚請一請，就說老夫鍾問天，已在這兒煮酒相待了！」

知客和尚唯唯應是，正待向門外走去，突然門簾揭處，湧現了一位年近五十的蒼白髮髻醜怪猙獰的老婦。

她一身雪白色的衣裳，肩頭纏繞著一條白綾軟巾，金絲熠熠生光，她還簪滿了一頭花朵！真是個老怪物！

知客正驚異這位生客，悶聲不響的走入廟內，天山老龍忙說：「大和尚，這位勿惡夫人，也是老夫的朋友，請勿見怪！」他忙迎過去，附耳向那醜老婦不知嘰咕些什麼，醜老婦卻尖聲笑道：「鍾老龍，何必費這麼多的手腳？仇堂主他們——」

天山老龍慌忙使眼色制止她說下去，並說：「那我先隨夫人去一趟，回來再收拾這些惡煞——斷雲崖那面的事，老夫已經辦得妥妥貼貼，不出三天——」

他又俯在老醜婦肩頭咬耳朵，聲音非常微細。

知客和尚自然奇怪他們的舉動，有些不倫不類了。

禪堂屋頂，突然劃破夜空，一迭冷酷的笑聲蕩震開來。立刻使天山老龍和醜老婦勿惡夫人大為震驚！

醜老婦忍不住一聲尖嘯，聲如鴟梟夜啼惡鬼悲嚎，淒慘慘的攝人心魄，她立即晃身飛出禪堂，老龍也倏然隨之而出。

接著外面一片喝叱之聲，漸喝漸遠。

蒼龍鍾天宇正在準備兩把錫壺，旋滿了酒，知客和尚猜不透這些人是什麼門路？但是絕非善類！

他還來不及去請那邊淨室裡的四位遠客，熊倜塞外愚夫等，他遲疑著等候這位鍾老頭回來以後，有何吩咐。

棉布簾一掀，熊倜和塞外愚夫雙雙緩步而入。

塞外愚夫呵呵笑道：「主人把酒配好了吧！今日不醉無歸，我堯窪來領情了，怎麼不見令尊大人？良宵圍爐，旨酒佳餚，不妨先痛飲三杯！」蒼龍和墨龍，狡詐異常，怎能聽不出塞外愚夫話中帶刺，他倆都神色一變。

知客和尚不明內幕，他起來張羅著，讓這兩位客人就坐，墨龍鍾天仇還想裝傻，立刻斟了一大杯酒，遞與熊倜說：「熊小俠，有種的請乾一杯，我再奉陪你幾手高招，咱們把以前的過節，作為一筆購銷！」

熊倜他們飯後回淨室，相商應付天山三龍之策，散花仙子則招呼熊倜，同借上乘輕功，躍上禪堂屋頂，把天山三龍施展的手腳，窺看清楚，散花仙子裝成兩聲貓叫，他們就躍回那邊淨院牆頭。

他們臨去時，卻發現了兩條黑影，自廟外電射而入。

前面是個白衣老婦，後面是個面覆青紗的青衣女人。

熊倜認識這兩者，前面正是扁山螺獅坳的勿惡夫人，後面則可以想像而知是他的青魄姊姊。

青衣女人遠遠向他打了個手勢，意思是不許他聲張，她更顯示著有什麼重要的事，亟待辦理，她無暇來和他晤談。熊倜遂和散花仙子，匆匆返室，知會塞外愚夫和常漫天。關於青魄仙子，玉面神劍夫婦也非常景慕。

他們立即向正殿禪堂這面走來，玉面神劍主張把天山三龍一齊制伏，逼問他們的惡毒計畫，但是恰逢勿惡夫人和天山老龍，發覺屋上笑聲，追出廟外，散花仙子夫婦自願去協助青魄仙子，偵查天陰教人的舉動。

熊倜囑咐他夫婦千萬注意勿惡夫人的惡毒迷魂砂等，約定仍在淨室裡互相等候，以決定下一個行動步驟。

他們都明瞭峨嵋山頂，出現天陰教人蹤跡，必有巨大的陰謀，而那柄倚天劍又是峨嵋派人自天陰教手中盜去，倘若讓他們得手，平添無窮的麻煩。可是他們又豈知天陰教人的野心勃勃，還不止為了這口劍呢！

所以塞外愚夫和熊倜坦然來赴這類似鴻門宴的約會。

墨龍鍾天仇斟過酒來，熊倜怒不可遏，以疾如閃電的手法，五指突伸，扣住了鍾天仇的脈門手腕穴道。

鍾天仇猛然一驚，想掙脫手腕，熊倜已朗聲喝道：「天山三龍，投身天陰教下，還鬼鬼祟祟自充正派人士，為虎作倀，來武當臥底，暗中算計各正派豪傑，真是無恥之尤！我熊倜絕不暗算你！你亮兵刃動手吧！」

熊倜把五指一鬆，順手一送，加上了八成內力，把鍾天仇送得踉踉蹌蹌倒跌回去！

恰好他哥哥蒼龍抽劍奮身而前，再沒有這麼巧，墨龍的背部竟向鍾天宇劍尖倒下，蒼龍嚇得尖叫一聲，慌忙收劍已來不及了，哧的一聲，他的利劍已穿入弟弟的腰部，他然雖撤去劍上力道，卻因墨龍跌回去的勢子過猛，依然刺入七八寸深，墨龍慘嗥如牛，臉上一陣抽搐，倒下去了！

蒼龍心痛手足誤傷在自己的劍下，輕輕把劍抽出，鮮血依然湧起一條血柱！劍上完全是他弟弟的血跡！

熊倜不禁為之一怔，他很抱歉的說：「在下誤傷令弟，實出無心，而閣下也應負失手疏神之咎呀！你如找在下報復，就請動手吧！」

鍾天宇咬牙切齒罵道：「我父子念及同盟之誼，設筵招待，誰知你這小子狼心狗肺，暗算我弟弟！你還想逃出鍾某手下麼？看劍！」

鍾天宇志切為弟弟報仇，他顧不得為墨龍急救，展開了飛龍七式，刷刷刷直攻了三劍，頓時禪堂內寒風肅肅。

知客和尚見出了人命，兩方面又火併起來，他嚇得面無人色，東搶西跌的躲避不迭，哆嗦著亂嚷：「救命！」

塞外愚夫卻認為天山三龍父子，窮凶極惡，笑裡藏刀，罪無可恕，聳身過去，駢指又一點鍾天仇太陽穴。

把這個狂妄作惡的少年，點了死穴。

鍾天宇連攻三劍，熊倜只以潛形遁影輕功閃避，並未拔劍還招，蒼龍看見塞外愚夫驟下毒手，更是憤不欲生。

他捨了熊倜，向塞外愚夫揮劍猛劈。

廟裡的和尚，聽見救命的呼聲，湧來了一大堆光頭，塞外愚夫以一雙肉掌，封拿蒼龍的長劍，還略佔優勢。

熊倜見鬧成這種場面，是非曲直，在這些和尚眼中，顯然他們是壞人了！遂向塞外愚夫招呼說：「堯老前輩，我們去接應常大哥們吧！不必傷及鍾天宇，剛才是他誤傷了他的弟弟，別讓和尚們發生誤會！」

塞外愚夫以極巧妙的手法，傳指一彈蒼龍手中劍面，噹啷一聲，長劍震飛出去，撞上了牆壁，又跌落地上。

蒼龍不自量力，他瘋犬一般，掄拳猛攻，塞外愚夫喝聲：「去吧！」他一掌拍出，蒼龍雖然揮掌硬碰，畢竟內力相差太遠，砰的被震退一丈多遠，他胸前氣血翻逆，身子抵住了木隔扇，頹然萎坐在地上了！

外面的和尚們一齊口宣佛號，吵得亂哄哄的，有人說：「這位施主，打出了人命，可怎麼辦？」另一個惶急的聲音說：「老施主你不能走，陪人家打場官司吧！」

塞外愚夫挽了熊倜的手，掀簾而出，他倆飄身躍上屋簷，向廟外飛縱而去。下面有人叫嚷：「別讓兇手跑掉，他們都是飛賊——」

熊倜和塞外愚夫飛出山門，突然迎面林中縱出兩條身影，並肩而至，正是玉面神劍夫婦。常漫天匆匆說：「堯大俠來得正好，我已探明他們的毒計，正要通知你兩位，連夜趕往斷雲崖——事機已迫——遲則峨嵋一派從此煙消雲散了！」這幾句話，使熊倜和塞外愚夫驚惶莫名，不知究有多麼嚴重的事態？

熊倜急急問說：「青魄仙子呢？」

散花仙子笑道：「天陰教人滿山狂追，也沒追上她的影子！青魄女俠，的確是一位了不起的奇人！」

塞外愚夫也急詢究竟。常漫天說：「事不宜遲，遲則生變，我們邊走邊談吧！」

原來他夫婦隨在天山老龍身後，他們沒追上青魄仙子，就進入附近崖側一座佛光寺裡，天陰教來了黃衫客仇不可和黑煞魔掌尚文斌勿惡夫人三位高手，他們互相計議著對付熊倜等的手段。

天山三龍以加盟友人的身分，拜訪峨嵋派的殘雲尊者，適值殘雲尊者外出，由流雲師太，行雲頭陀兩位尊輩接待，天山老龍鼓起如簧之舌，挑撥峨嵋派與熊倜及崑崙雙傑間劍的爭執。

天山老龍奉有特殊使命，乘機偷偷在峨嵋派法雨禪院香積廚中水缸裡投下秘藥，據說叫做「奪命散」，效力非常毒辣，究是何種毒性，他們沒有談及。不過所有峨嵋派兩世的名手男女一十四位，都已束手待戮了！

天山老龍做好手腳，他就率領蒼龍墨龍告辭下山，回轉中峨寶光寺，恰好與熊倜等相遇，天山老龍自忖在他們四位跟前，討不著便宜，遂偽裝友好，邀他們飲酒，仍用奪命散來收拾熊倜等，那就把天下有數的幾位高手，一網打盡了！

仇不可等最重要的決定，就是乘峨嵋派人毒性發作後，連夜前往斷雲崖法雨寺取回倚天劍，同時奪命散乃蒼虛上人手製，隔了多年，未知效力如何，又恐熊倜等不肯上鉤，也去爭奪倚天劍，他們遂採先發制人之策。

散花仙子匆匆竊聽到的，只是他們急於星夜前往斷雲崖，和投過秘藥奪命散，以及爭取倚天劍寥寥數語而已，但已約略知道他們的計畫了！至於斷雲崖，天山老龍提過在金頂側面深峪雲海之中，不難找見。

他們四人遂連夜往上峨峨嵋金頂馳去。

熊倜和塞外愚夫點死墨龍鍾天仇，又重創蒼龍鍾天宇，寶光寺一般世俗和尚不明內幕，自然誤會他們是兇手了。四人一路急腳疾馳，多半討論奪命散秘藥和青魄仙子身世師門淵源等，也僅僅是推測之詞！得不到確切答案。

險峻崇高的峨嵋山，夜間行來確很吃力，不過他們輕功絕高，較常人要快上一兩倍。愈行愈高，接近金頂下面，山尖上積雪如銀，四周削峰壁立萬仞，群峰之間雲海汪洋，只有日出前後，雲收霧斂，山容略為清晰。

熊倜等於昧爽時分，攀上金頂，濃厚的曉霧，他們飛躍巉岩削壁之上，初自山外湧升的日輪，旭光竟無法消融那層濃霧，他們無心賞玩奇麗的風景，而濃霧也正遮絕了他們的視野。

他們身臨峭壁之下，攀藤捫石，立足處正當萬仞削崖的邊緣，正不知從何處找尋下去的路徑，身旁卻有個高大的白影子晃了一下，那白影子竟直穿雲層霧影，向深壑中扶搖而下！而且還響起一片笑聲，蒼老的怪聲說：「哈哈！下面就是斷雲崖呀！」

笑聲和話音，在熊倜耳中十分熟悉，不禁使他想起了毒心神魔，老人在鄭州曾允諾他來峨嵋照料他！

散花仙子等卻如臨大敵，留神警戒起來。

熊倜雖不敢確定就是侯生，但是這人似乎專為指示他們方向而言的，塞外愚夫略為遲疑了一下，熊倜卻欣然一躍而下，他想招呼一聲，如果是毒心神魔，那更使他非常興奮，熊倜目前來到峨嵋，他正努力做著取劍的大事，他恍惚的心情，反而暫時集中在這一件事上。

他的心情異常激動，好友尚未明已被他親手救出，雙劍都回到身邊，那他還有什麼事留待他去完成呢！

若是他人生旅程尚未結束，就應該只剩下最後一著——自刎以謝愛他而又恨他的夏芸了！沉鬱而冷靜的性格，使他把他的決定，隱藏自密，任何好友如玉面神劍、尚未明、新識的青魄姊姊，都無法測知他自己安排的結局！

再見上毒心神魔一面，而正好把倚天劍如命交還，這是他樂於完成的任務，他樂觀地充滿了自信之心。

一個人的心理，倘若走向枯木死灰萬念俱寂的路子上，他往往會類似精神分裂性的患者，實際這也就是人類精神分裂的邊緣，熊倜把若蘭義姊安置在飛靈堡，他漫遊江南之際，已經走近這危險的訊號！

若馨控制了他的靈魂，反而邂逅夏芸，夏芸重新鼓舞了他的生機，現在又該讓夏芸主宰著他的靈魂了！

他仍然很理智的去完成他認為最重要的事——收回倚天劍，毒心神魔似乎就在他身邊，無疑的這算是一種鼓舞他的力量。所以他在瞥睹白影聽見笑聲時，他立即興奮起來！熊倜一向就是沉鬱而冷靜，散花仙子夫婦以故毫無異感！

四人魚貫向著峭壁，穿越雲層，雀躍而下，這自然是一幕驚險的場面，稍一不慎，就會墜落不測的幽壑之中！

穿過雲層之後，奇麗的境界豁然呈現！

雲海鋪砌的巨大空間裡，依然是削峰林立，碧崖環拱，不過各個峰崖之間，幽峪深峽，深不可測。

這是一個尋常人不能到的境界。

而前面碧翠交錯，竟是一座極廣的平頂斷崖，三面環以幽窈不測的深峽幽谷，與這面高峰之間，也天然隔絕。

隔著一段百餘丈的絕壑！

碧樹蒙籠，再加上一層輕紗似的薄霧，斷崖上面的情形，很難望得清晰，他們仔細地尋覓著路徑。

終於發現了有一條凸出的小嶺，嶺脊狹僅丈餘，蜿蜒向北，似乎可以接近斷崖的側背，當然很可能那兒就是斷雲崖。

以他四人的輕功，走起來捷若猿猱，輕如飛鳥，是不難飛越過去的，他們仍然付出很大的力氣，方始抵達斷崖之上。遠望頗為平坦，實則仍有若干丘壑，亂石堆疊，密樹交覆，異鳥仙猿，啼嘯出沒。

他們躍上以後，仍然懷疑是否找到了斷雲崖？

但是繞過一帶石丘之後，密篁中顯出一道石級小徑，而小徑的終點，法雨禪院的正門已赫然在望！

這座敻絕塵囂的禪林，處境之幽雅，確算得世外仙源呢。松濤竹浪，使人有飄飄遺世出塵之想。

從粉堊的圍牆，可以望見牆內也是花木森羅，靜悄悄的不聞人聲，院門雖是虛掩著，他們仍遵守禮節，佇立輕叩門環，以俟峨嵋派人的迎迓！他們不想採用激鬥豪奪的方式，而是想曉以武林道義，不能冒然作意氣之爭的。

良久而又良久，竟無人應門！

峨嵋乃五大正派之一，這兒又是他們高手們隱遁聚集之所，何以竟對於來客不加理會？難道久久與世隔絕，竟不屑招待來人？

他們又叩擊銅環，熊倜用內力發出朗澈的音調：「小子熊倜，特來斷雲崖拜謁峨嵋一派高手前輩！」

沉重的腳步聲，夾著一聲悽楚蒼涼的歎息，門內似有人走近！於是大門呀然而開，應門的卻是一位身被衲衣，目光炯炯的瘦削緇流，他眉峰愁鎖，面呈戚容，懷著重重的心事，目光向他們四位射來！

塞外愚夫認得此人就是峨嵋掌門殘雲尊者。

殘雲尊者瞪視了他們一眼，怒目喝問：「誰是熊倜！」

熊倜以彬彬有禮的態度，躬身應諾！

殘雲尊者驟然右臂一伸，發出了他排山倒海一般的內力，猛向熊倜當胸穴道拍下，手法之神速，令人眼花繚亂，而這一掌帶出來的力道，激震得氣流暴旋，發出尖銳的肅肅嘯音，他同時以哀痛憤怒的腔口喝叱：「熊倜，你心術竟如此惡毒，毒害本派兩世十四位同門，搶走了倚天劍，還不放過老衲這僅存的老年人麼？」

殘雲尊者的舉動，出乎他們的意外，他一見面就痛下辣手，熊倜幾乎無法躲避，他當門而立，首當其衝，固然因為這口倚天劍，引起些兒誤會，然而卻不料殘雲尊者，竟不顧武林規矩，一見面就以全力狙擊！

殘雲尊者喝叱的話，更使他們非常驚異，峨嵋派人受了天陰教人暗害，卻把責任一齊加諸熊倜頭上，顯然誤會太深了！熊倜倉卒間想運內功迎阻，其勢萬來不及，而這一掌之力，熊倜著上了，不死也該重傷！

突然簷頭呼嘯之聲下遏，一股巨大帶有凜冽氣息的寒風，自上而下，迎接住殘雲尊者的掌風，砰然一聲震響，把殘雲尊者一掌之威反震回去，熊倜僅僅本能地向後縮退了兩步，一條青影已自空而降。

面覆青紗的青魄仙子已飄然墮地，她冷冰冰喝道：「殘雲大師！你一門人受天陰教秘藥之害，瀕臨絕境，你輕信人言，開門揖盜，反而認賊作父，把仇不可勿惡夫人一干惡魔款為上賓，真是老悖昏憒到了極點！倚天劍早為他們覬覦之物，我不暫時取去，憑你隻手雙拳，還能保得住麼？快快覺悟，解藥就在黑煞魔掌尚文斌手中，還不從他手中奪下解藥，你峨嵋一派人，休想活命了！」

眾人再一看，青魄仙子背上果然繫著兩口古劍，一柄是她自己的青魄劍，另一柄塞外愚夫認得正是崑崙舊物！

塞外愚夫和熊倜，急促中先向青魄仙子作禮招呼，而不及向散花仙子夫婦介紹！他們正處於極端緊張的局面之下。

殘雲尊者一掌未劈中熊倜，反感覺一股砭人肌骨的冷氣，直逼身畔，而眼前落下來個四肢僵硬的青衣女子，他驚問：「你是什麼人？」

青魄仙子冷酷的腔調，死板板的說：「我麼？自號青魄仙子！倚天劍原是熊弟弟受自毒心神魔，真正的原主，還是崑崙鐵劍先生！這口劍應歸何人，大家慢慢磋商！應該先救貴派諸同門為要！黃衫客仇不可藉此要脅，讓你一派人集體投降天陰教，不是他們投下的毒藥，他們又怎能有這種解藥，送上門來？」

殘雲尊者被她說得有些迷惑，他遲疑而俯首深思了。

原來殘雲尊者昨夜歸來，發現法雨禪院，他一門的師弟師侄弟子等，都臥床不起，發作了一種奇怪的病症，四肢瘓軟，寒熱交加，而又不是痢疾傷寒，全身的筋絡，抽縮痙攣，抽風一般抽縮成一堆兒，痛苦不堪言狀。

天光甫亮，他投下許多藥物毫不見效，而天陰教的仇不可勿惡夫人和尚文斌三人，踵門求見！

他們誣陷熊倜暗中投放毒藥，目的只在奪取倚天劍，恰巧倚天劍也自殘雲尊者練功的光明洞中失蹤，自然殘雲尊者要信以為真，仇不可則自述懂得這種毒性，但是他力主峨嵋一派，加入天陰教。

他說崑崙點蒼各派，不顧信義，以卑鄙惡劣手段，殘殺異己，只有天陰教竭誠願與峨嵋合作。

他們提出的條件很簡單，只要宣誓加入天陰教，他們負責配製解藥，醫活峨嵋派所有受毒的人的性命！

對殘雲尊者來說，這是一場驚天動地的空前慘禍，流雲師太行雲頭陀，以及徐小蘭谷小靜孤峰一劍邊浩等十二個男女弟子，一個打盡，峨嵋派快要在武林絕跡了，這是何等悲痛的事！

殘雲尊者憂急同門，糊糊塗塗的就相信了天陰教人的話，所以他一開門，就怒不可遏，狙擊了熊倜一掌。

他經過青魄仙子的當頭棒喝，他懷疑天陰教人了！他們遠在川邊，素與天陰教人風馬牛不相及，天陰教人竟恰好在他們中毒之後，登門送上解藥，這絕非巧合的事，而投降天陰教，是殘雲尊者絕對不屑出此下策的！

熊倜介紹常漫天夫婦和青魄仙子相見。

塞外愚夫也和殘雲尊者互相見禮，並證實青魄仙子的話，催促他快快作個決斷，表示他們願協助殘雲尊者，一致對付天陰教人。

但是局勢卻急轉直下，不容殘雲尊者多作考慮了！院內突然一片喝叱夾著尖聲怪嘯。

自牆中飛躍出來個白髮白眉白衣的通體白色怪人，緊緊隨著他縱出三位天陰教高手，黃衫客仇不可、勿惡夫人和黑煞魔掌尚文斌！後來的三位，劍掌白綾軟巾，一齊湧上，把白衣老人圍住厮鬥！

熊倜認得是他恩師之一，毒心神魔，被天陰教人圍攻了！他慌忙拔劍縱了過去，加入搏鬥。

毒心神魔呵呵笑道：「青魄仙子身手的確不凡，而且她處處占了先著！若不是我及時趕到，他們這三個魔星子，要下手屠戮峨嵋一派同門了！你能獲得青魄仙子的幫助，將來與你裨益甚巨！用不著你幫忙，我會消遣消遣這些魔星子的！」

毒心神魔在三人兵刃影中，閃飛飄忽，旋轉如電，他乘空把一個大白緞包袱，擲向殘雲尊者，笑說：「老殘！這是老夫奪來他們帶的解藥，快些拿進去救救你峨嵋一門弟子！老朋友我不煩你道謝，只是我交給劣徒熊倜的那口倚天劍，關係著武林劫運，銀杖婆婆在子午谷，立等此物！你不必再撒賴吧！」

毒心神魔和殘雲尊者，也是老朋友呢。

殘雲尊者這時不由他不相信了，他以感謝的口吻說：「老毒！你為何不早些現形？讓老衲幾乎把你的高足劈了！而且也對不起青魄仙子老堯這幾位武林同道呀！」

殘雲尊者也高興起來，因為他的同門獲救了！

他本想和這幾位遠客客套一番，而散花仙子等已加入戰中，青魄仙子也立即揮劍助陣。

天陰教三人，被這一群武林頂尖兒高手聯手合擊，他們嚇得抱頭鼠竄而去，論實力相差太遠了，他們是見機逃走，這次在峨嵋枉費了許多手腳，黑煞魔掌尚文斌還被青魄仙子砍中一劍，他們狠狽不堪的逃去！

侯生攔住不讓熊倜他們追趕，他只警告仇不可，讓他轉告焦異行夫婦，從速解散邪教，洗心向善，以免落個身敗名裂的下場！但是仇不可等狼狽遁走，連他的話也沒聽清楚，即或聽見，他們也不肯斂跡的。

熊倜忙收劍還鞘，上前拜見毒心神魔。

塞外愚夫已協助殘雲尊者，張羅解救峨嵋受害諸同門的事，因為經這一番驚險，嵋崑崙兩派摒棄了一點兒意氣之爭，和睦得像一家人了！青魄仙子則正與散花仙子執手互致傾慕之忱，不過她還是不願把面紗揭去。

青魄仙子得來的倚天劍，已交給熊倜，熊倜雙手把倚天劍呈上侯生，他算完成了毒心神魔交付他的使命。

毒心神魔歎息：「此劍原係我暫為保存，銀杖婆婆既有安排，自當交還她分派用場，多少會與你發生些緣分——天陰教這一場浩劫，方興未艾，應該是你們幾個年青人的責任！老夫從此歸隱八達嶺了！武林局面澄清以後，你再來告慰我吧！」

他又慰勉了熊倜幾句，逕自去禪院找他的老朋友——殘雲尊者談敘去了！殘雲尊者也把他們幾位邀進去款待。

流雲師太等經服過解藥，毒性立解，大吐大瀉，吐瀉出來的都是深綠色汙汁，他們仍須多日調養始能復原。

而這種奪命散所含的毒性，仍然無法研究出來，只知道是一種劇烈的毒藥而已。若無解藥救治，三天以後就不免喪掉性命！

青魄仙子在君山探聽出來，天陰教派仇不可等攜帶解藥，約定時間，由天山三龍以友人身分，設法投下毒藥，而另由仇不可等出面，以解藥為餌，要脅峨嵋一派歸依天陰教，青魄仙子以為還是那種軟骨酥筋散的解藥。

所以她一直尾隨在仇不可勿惡夫人之後，星夜馳來峨嵋。

他們沒有得到軟骨酥筋散的解藥，仍然不無遺憾。

熊倜佩了倚天劍貫日兩柄古劍，與散花仙子夫婦、青魄仙子、塞外愚夫，五個人出了峨嵋山，在伏虎寺借宿一宵。

塞外愚夫多年沒參謁他的師姑銀杖婆婆了，他願陪熊倜同赴子午谷，他知道銀杖婆婆的住址！

青魄仙子則擬把熊倜伴送至終南山，然後東出關洛，回她的太行山風穴，她的內心卻不願離開這位少年呢。

散花仙子夫婦，則多年隱居甜甜谷，久未參加點蒼同門的盛會，他倆準備遄返點蒼山，順便邀請幾位同門於清明節前趕往君山，應武當之邀，共同與天陰教人周旋，以故他們就和熊倜等作別，另自尋路南下。

熊倜的心理散漫了，倚天劍已親手交還過毒心神魔，他心裡再沒有什麼中心課題，虛空！空空蕩蕩的一無所有！

三個人沿江北上的途中。

熊倜突然把雙劍一齊解下來，交付塞外愚夫，不自然的狂笑說：「崑崙舊物，何煩小子送交銀杖前輩，敬懇堯前輩代勞吧！」他面上露出堅定而決絕的神態，他表示要離開他們！

塞外愚夫十分惶惑，而驚奇他這種舉措，忙說：「銀杖婆婆既有指示，小俠應該如命親自去子午谷，我想她老人家必有深意！小俠為什麼要這樣矯情見外呢？」

熊倜由於心理上的重重負擔，他目前只有一件事，縈繞心中，無論如何，海角天涯，先找見了夏芸，然後了結他的心願，自刎以謝愛他的芸！

他精神確有些恍恍惚惚，飲食乏味，坐臥不寧，他彷徨著，夜夜輾轉反側，他覺得，應該立即找尋他人生的歸宿！

熊倜依然狂笑不止，他深深鬱結在心裡，而不肯表示任何理由，最後，他猛拍坐馬，另向一條路馳去！

青魄仙子暫為佩上了雙劍，她和塞外愚夫都驚得呆了，熊倜顯然是精神錯亂！青魄仙子只知道這少年可以代表她的龍的人，有兩個愛他或相愛的女子，其中一個粉蝶她見過的，另一個夏芸，則為她所未曾謀面。

粉蝶和熊倜在沙河客店中表現的，他倆是相敬如賓，非常融洽，而夏芸這女孩子呢，又有多大魔力，攫住這少年的心靈？他究竟為了哪一個女孩子而失魂落魄？青魄仙子很難猜測而知了！

塞外愚夫雖知道熊倜和他的芸，有著不平凡的關係，卻不明白究曾發生過什麼糾葛，熊倜殺死寶馬神鞭的事，他是諱莫如深，從不願告訴別人的。反而只有粉蝶兄妹，能瞭解他心理上藏著一種隱痛！

青魄仙子和塞外愚夫，費了很大力氣，又找著熊倜，熊倜深深低頭不語，青魄仙子憐惜而又焦急，問說：「熊弟弟，你還認識我麼？」

熊倜低聲應道：「你是青姊姊呀！」

他並沒有神經錯亂，他只是不能控制他自己的行動，青魄仙子和塞外愚夫用很多的話來勸解他，問他：「你要去哪裡？」

熊倜面向著東北方的茫茫蒼空，出神的目光呆呆望著，不發一言，他的嘴唇輕輕顫動著，微吐他的心聲：「芸！你不會孤伶伶回了關外落日馬場吧！」

塞外愚夫急得惶惶無主，他不知該如何勸醒這位囈語著如在夢中的少年。青魄仙子較為細心，她聽出來「芸，關外」三個字！心病必須心藥醫，眼前只有她算了解熊倜的心事了！她欣然拉住熊倜的手說：「弟弟，你要去關外找你的芸麼？」

熊倜被她刺穿了謎底，這少年竟紅了臉無限愧赧，而且他積蓄已久的幽鬱孤憤的情感，突然奔瀉而出！

他伏在青魄仙子身上，嗚咽，失聲而哭！

青魄仙子被他這深情感動了，她瞭解了情的真諦，她跋涉關山，又是為了什麼，她陪著灑了幾滴熱淚！

青魄仙子以從來未有的情調，柔聲歎息說：「倜弟弟！只要你說出心事，姊姊我送你去關外！順路出川經過子午谷，把雙劍呈還銀杖婆婆，然後姊姊隨你天涯海角，不找著夏芸，我們絕不罷手！你聽姊姊的話吧！不可憂苦壞了身子！」

熊倜的全部理智又恢復清醒，他像從大夢之中甦醒過來，他激動的心情，顫抖的聲調，接受了青魄仙子的盛意安排。他點點頭說：「就這樣吧！不過會見了她，希望你不要干預我倆間的交涉！」

青魄仙子為安慰他幽鬱的心靈，她完全順著他的性子，一切都贊成，於是熊倜方始漸漸回復了說笑，心情也開朗一些。塞外愚夫則十分驚奇這少年的隱情，同時也詫異他和青魄仙子間究算一種什麼情誼？

青魄仙子內心仍然愛憐粉蝶，顯然這少年對於粉蝶只是些虛情假意，而可憐的粉蝶，一片癡情，怎不遺恨終天？

青魄仙子把熊倜和兩女之間的情形，判斷一下，她恨不立時設法找來粉蝶，使她灌輸柔情，挽回這少年的癡心！但是她又不能離開熊倜，因為塞外愚夫絕不肯那麼細心體貼照拂他，一個男子也做不來的。

他三人經劍閣棧道而至漢中，無意中遇見了武當派的飛鶴子，飛鶴子來漢中邀聘關中正派豪傑的，於是青魄仙子塞外愚夫暗暗囑託他回去轉告粉蝶兄妹，務須急速來終南山子午谷一趟，她覺得粉蝶溫柔多情，還可以設法慰藉她的倜弟弟。

他們循捷徑，出藍關北上。

終於他們來至子午谷，銀杖婆婆的雲峰小築。

一片岩壁上，一帶竹籬，靠石壁一排兒數楹精舍，清幽出塵，而崖上翠竹蔽日，寒梅爭豔。

他三人走近銀杖婆婆的雲峰小築，熊倜把雙劍捧在手上，塞外愚夫隔著竹籬笆，向裡面肅容高叫：「銀杖師姑！愚姪堯窪，陪同熊倜小俠，青魄仙子拜謁你老人家來了！」

精舍的風門開處，出來迎迓他們的，卻是一位十七八歲披著雪白兔皮風蓬的絕麗少女。

少女飛步而出，和熊倜驟然對面相逢，他和她立刻都呀了一聲，那種離奇而突出的表情，雙方都呆呆怔住！

他倆都神情劇變，少女卻只感到意外的驚喜，而加上一份兒隱愧！

塞外愚夫和青魄仙子都不認識這位少女。

夏芸出乎意外在子午谷出現，使熊倜周身熱血噴湧，他仰頭狂笑，聲音突然變了，說：「芸！快拿你的銀鞭動手吧！你應該替令尊寶馬神鞭報仇呀！熊倜的一顆心，永遠交給你，我決不畏縮引避，讓你任意處置，決不還手！」

少女芳容又為之慘變，她不勝內心的隱痛，她沒表露絲毫憤怒之色，她反而掩面哭泣，淚珠涔涔下滴，她激動得尖叫道：「哥哥！你聽我把話說明白……」

她不叫「倜」，而另以一種親切稱謂——「哥哥」來稱呼他，她的眼光裡是純摯的愛，而不復是情人的眼波了！

少女還來不及說下去……

熊倜已陡然拔出倚天劍，他積蘊已久的悲憤沉鬱的心情，控制不住自己的行動，以豪放的笑聲語調說：「芸，你不肯動手，我來履行我的諾言吧！」

他猛然橫劍向他自己咽喉刎去，青魄仙子極神速的一掌，向他臂腕上推出一股勁力！熊倜的手臂頓抖了一下。

鮮血自熊倜的胸前激射而出，這少年全身抽搐著，徐徐倒在地上了！

伴以三聲驚呼，少女伏在熊倜的身上，哀哀悲號起來！

哭聲震動了山谷，佐以塞外愚夫的兩聲長歎！

蒼穹神劍的唯一傳人——熊倜，就此死在他的愛侶——夏芸的面前麼？造物者不應安排這樣悲慘的結局吧！

天地含悲，風雲變色，似乎子午谷中，被一層淒淒慘慘的陰霾愁氛所籠罩，而杲杲的紅日，卻正送來無限的光明！

《蒼穹神劍》全書完

古龍真品絕版復刻 3

蒼穹神劍（下）

作者：古龍
發行人：陳曉林
出版所：風雲時代出版股份有限公司
地址：10576台北市民生東路五段178號7樓之3
電話：(02) 2756-0949　　傳真：(02) 2765-3799
封面影像處理：許惠芳
執行主編：劉宇青
行銷企劃：林安莉
業務總監：張瑋鳳
出版日期：2022年9月
ISBN ：978-626-7153-22-2

風雲書網：http://www.eastbooks.com.tw
官方部落格：http://eastbooks.pixnet.net/blog
Facebook：http://www.facebook.com/h7560949
E-mail：h7560949@ms15.hinet.net
劃撥帳號：12043291
戶名：風雲時代出版股份有限公司

風雲發行所：33373桃園市龜山區公西村2鄰復興街304巷96號
電話：(03) 318-1378　　傳真：(03) 318-1378
法律顧問：永然法律事務所 李永然律師
　　　　　北辰著作權事務所 蕭雄淋律師

行政院新聞局局版台業字第3595號 營利事業統一編號22759935

定價：320元　　**版權所有　翻印必究**

國家圖書館出版品預行編目資料

蒼穹神劍 (古龍真品絕版復刻 1 - 3)／古龍著. --
臺北市：風雲時代，2022.08　冊；　公分.
ISBN : 978-626-7153-20-8（上冊 : 平裝）
ISBN : 978-626-7153-21-5（中冊 : 平裝）
ISBN : 978-626-7153-22-2（下冊 : 平裝）

857.9　　111009561